LA PRINCESA DE PAPEL

LA PRINCESA DE PAPEL

LOS ROYAL
LIBRO 1

erin watt

Traducción de
TAMARA ARTEAGA PÉREZ Y YULISS M. PRIEGO

Primera edición en este formato: julio de 2024
Título original: *Paper Princess*

Diseño de cubierta: Meljean Brook

Publicado por Wonderbooks
C/ Roger de Flor n.º 49, escalera B, entresuelo, despacho 10
08013, Barcelona
info@wonderbooks.es
www.wonderbooks.es

ISBN: 978-84-18509-87-2
THEMA: YFM
Depósito Legal: B 11579-2024
Preimpresión: Taller de los Libros
Impresión y encuadernación: Liberdúplex
Impreso en España – *Printed in Spain*

Para Margo, cuyo entusiasmo
por este proyecto igualaba al nuestro.

Capítulo 1

—Ella, te esperan en el despacho del director —dice la señora Weir antes de poner un pie en la clase de Introducción al cálculo.

Echo un vistazo al reloj para comprobar qué hora es.

—Pero si no he llegado tarde.

Falta un minuto para las nueve y este reloj nunca falla. Lo más seguro es que sea el objeto más caro que poseo. Mi madre dijo que era de mi padre. Es lo único que dejó antes de marcharse, además de su esperma.

—No, no es por llegar tarde... en esta ocasión. —Dulcifica su habitual severa mirada y mi instinto lanza una señal de alerta a mi lento cerebro adormilado. La señora Weir es dura de roer, y por eso me cae bien. Trata a los alumnos como si estuvieran aquí para estudiar Matemáticas de verdad en lugar de alguna lección vital sobre amar al prójimo y chorradas de esas. Así que su mirada compasiva significa que algo malo se cuece en el despacho del director.

—Vale.

No me encuentro en la situación de poder responder otra cosa. Asiento y me dirijo a las oficinas del instituto.

—Te mandaré los deberes por correo —responde la señora Weir. Supongo que piensa que no volveré a clase, pero estoy segura de que el director Thompson no puede decirme nada que sea peor que a lo que ya me he enfrentado.

Cuando me matriculé en el instituto George Washington para cursar mi penúltimo año, ya había perdido todo lo que me importaba. Aunque el señor Thompson haya descubierto de alguna manera que técnicamente no vivo en el distrito escolar del George Washington, puedo mentir para ganar algo de tiempo. Y si tengo que cambiar de instituto, que es lo peor que podría ocurrirme hoy, no pasa nada. Lo haré.

—¿Qué tal, Darlene?

La secretaria del instituto con peinado de madre apenas levanta los ojos de su revista del corazón.

—Siéntate, Ella. El señor Thompson te atenderá enseguida.

Sí, Darlene y yo nos tuteamos y nos llamamos por nuestro nombre de pila. Solo llevo un mes en el instituto George Washington, pero ya he pasado demasiado tiempo en esta oficina gracias a la creciente pila de avisos por llegar tarde a clase. Eso es lo que pasa cuando trabajas por la noche y no te acuestas hasta las tres de la madrugada.

Estiro el cuello para echar un vistazo a través de las persianas abiertas de la oficina del señor Thompson. Hay alguien sentado en la silla para las visitas, pero lo único que veo es una mandíbula prominente y pelo castaño oscuro. Todo lo contrario a mí. Soy lo más rubia que se puede ser y tengo los ojos más azules del mundo. Cortesía de mi donante de esperma, según mi madre.

El hombre sentado en el despacho de Thompson me recuerda a los empresarios de fuera que daban una generosa propina a mi madre para fingir ser su novia por la noche. Algunos hombres disfrutaban más con eso que con el sexo. Ese era el caso de mi madre, claro. Yo no he tenido que tomar ese camino… todavía. Y espero no hacerlo nunca. Por eso necesito terminar el instituto, para ir a la universidad, graduarme y ser una persona normal y corriente.

Algunos jóvenes sueñan con viajar por el mundo y tener coches rápidos y casas grandes. ¿Y yo? Solo quiero mi propio apartamento, un frigorífico lleno de comida y un trabajo estable, a poder ser, uno tan interesante como secar pegamento.

Los dos hombres hablan sin parar durante quince minutos. Entonces digo:

—Oye, Darlene. Me estoy perdiendo Introducción al cálculo por estar aquí. ¿Te importa si vuelvo cuando el señor Thompson no esté ocupado?

Intento parecer lo más simpática posible, pero al no haber tenido una figura adulta en mi vida durante años (mi inconstante y querida madre no cuenta), se me hace difícil ser todo lo obediente que los adultos esperan de alguien a quien legalmente no se le permite beber.

—No, Ella. El señor Thompson acabará enseguida.

Esta vez está en lo cierto, porque la puerta se abre y el director sale de su despacho. El señor Thompson mide aproximadamente un metro setenta y cinco y parece que hubiera acabado el instituto el año pasado. De algún modo, da la sensación de ser responsable.

Me hace gestos para que me acerque.

—Señorita Harper, pase por favor.

¿Que pase? ¿Mientras don Juan sigue dentro?

—Todavía hay alguien en su despacho. —Puntualizo lo evidente. Todo esto parece sospechoso y mi instinto me dice que me vaya. Pero si escapo, dejaré atrás la vida que he planeado al detalle durante meses.

Thompson se gira y mira a don Juan, que se levanta de su asiento y me saluda con una enorme mano.

—Sí, bueno, él es la razón por la que está aquí. Entre, por favor.

En contra de mi buen juicio, paso por delante del señor Thompson y me quedo de pie en el interior del despacho. Thompson cierra la puerta y baja las persianas. Ahora sí que estoy nerviosa de verdad.

—Señorita Harper, siéntese, por favor. —Thompson señala la silla que don Juan acaba de dejar libre.

De mala gana, me cruzo de brazos y miro a ambos. Ni en un millón de años voy a sentarme.

Thompson suspira y se acomoda en su propia silla, pues reconoce una causa perdida cuando la tiene delante. Esto me hace sentir todavía más incómoda, porque el hecho de que se rinda ahora significa que hay una pelea más importante a la vista.

El director recoge un par de papeles de su escritorio.

—Ella Harper, este es Callum Royal —dice, y se detiene como si eso significase algo para mí.

Mientras tanto, Royal me observa como si nunca hubiera visto a una chica. Me doy cuenta de que, al estar cruzada de brazos, tengo el pecho estrujado, así que dejo caer las manos a los costados con torpeza.

—Encantada de conocerlo, señor Royal. —Queda claro para todos los que estamos en la habitación que pienso justo lo contrario.

Mi voz lo saca de su aturdimiento. Camina hacia delante y, antes de moverme, me sostiene la mano derecha entre las suyas.

—Dios mío, eres igual que él —susurra, de forma casi imperceptible. Entonces, como si recordara dónde está, me da un apretón de manos—. Por favor, llámame Callum.

Percibo un tono extraño en sus palabras. Como si le costara pronunciarlas. Tiro de la mano y tengo que esforzarme, porque el tipo raro este no quiere soltarme. Hasta que el señor Thompson no carraspea, Royal no me suelta la mano.

—¿De qué va todo esto? —pregunto. Al ser una chica de diecisiete años en una sala llena de adultos, mi tono está fuera de lugar, pero nadie pestañea.

El señor Thompson se pasa una mano por el pelo. Es evidente que está nervioso.

—No sé cómo decirle esto, así que seré directo. El señor Royal me ha contado que sus padres fallecieron y que ahora él es su tutor legal.

Titubeo. Solo durante un segundo. Lo suficiente como para que la sorpresa se convierta en indignación.

—¡Y una mierda! —digo antes de poder detenerme—. Mi madre me matriculó en el instituto. Tienen su firma en los formularios de ingreso.

El corazón me late a toda velocidad, porque en realidad esa firma es mía. La falsifiqué para mantener el control de mi propia vida. Aunque sea menor de edad, he tenido que ser la adulta de la familia desde los quince años.

Hay que decir a favor del señor Thompson que no me reprende por la palabrota.

—Este informe indica que la declaración del señor Royal es legítima. —El director agita los papeles en las manos.

—¿Sí? Bueno, pues miente. Nunca he visto a este hombre, y si deja que me vaya con él, el próximo informe que verá será el de una chica del instituto George Washington que desapareció en una red de tráfico sexual.

—Tienes razón, no nos hemos visto antes —interrumpe Royal—. Pero eso no cambia la verdad.

—Déjeme ver —me acerco al escritorio de Thompson y le quito los papeles de las manos. Recorro las páginas con la mirada, sin leer con atención lo que está escrito. Hay palabras que me llaman la atención: *tutor legal, fallecido* y *legado,* pero no significan nada. Callum Royal es un desconocido. Y punto.

—Si su madre viniera, quizá podríamos aclararlo todo —sugiere el señor Thompson.

—Sí, Ella, trae a tu madre y retiraré mi declaración —añade Royal con suavidad, aunque percibo la dureza de su voz. Sabe algo.

Me giro hacia el director. Él es el eslabón débil aquí.

—Podría hacer esto en la sala de informática del instituto. Ni siquiera necesitaría Photoshop. —Tiro los papeles delante de él. Veo en su mirada que empieza a dudar, así que me aprovecho—. Necesito volver a clase. El semestre acaba de empezar y no quiero quedarme rezagada.

Thompson se relame los labios, inseguro, y yo lo observo con todo el convencimiento de mi corazón. No tengo padre. Y mucho menos un tutor legal. Si lo tuviese, ¿dónde ha estado ese capullo toda mi vida, cuando hemos tenido problemas para llegar a fin de mes o cuando mi madre sufría un dolor horrible por culpa del cáncer? ¿O cuando lloraba en su cama del centro de cuidados paliativos por dejarme sola? ¿Dónde estaba él *entonces*?

Thompson suspira.

—De acuerdo, Ella. ¿Por qué no regresas a clase? Está claro que el señor Royal y yo tenemos más asuntos que tratar.

Royal se niega.

—Lo que dicen estos papeles es cierto. Me conoce y conoce a mi familia. No se los presentaría si no fuesen verdaderos. ¿Por qué tendría que hacerlo?

—Hay muchos pervertidos por el mundo —respondo con malicia—. Tienen muchas razones para inventarse historias.

Thompson gesticula con la mano.

—Ya basta, Ella. Señor Royal, nos ha pillado a todos por sorpresa. Aclararemos todo esto cuando contactemos con la madre de Ella.

A Royal no le gusta que lo haga esperar y comenta de nuevo lo importante que es y que un Royal nunca mentiría. Una parte de mí espera que lo jure por George Washington y el cerezo. Mientras ambos discuten, yo salgo del despacho.

—Voy al baño, Darlene —miento—. Después volveré a clase.

Se lo cree con facilidad.

—Tómate tu tiempo. Se lo diré a tu profesora.

No voy al baño. No vuelvo a clase. En lugar de eso, me escapo a la parada del autobús y cojo el bus G hasta llegar a la última parada.

Desde allí hay treinta minutos de camino hasta el apartamento alquilado en el que vivo por quinientos dólares al mes. Tiene una habitación, un lóbrego baño y una zona de salón comedor que huele a moho. Pero es barato, y la casera estaba dispuesta a aceptar dinero en efectivo sin constatar mis referencias.

No tengo ni idea de quién es Callum Royal, pero que esté en Kirkwood es una mala noticia. Esos papeles legales no estaban falsificados con Photoshop. Eran de verdad. Pero ni loca dejaría mi vida en manos de un extraño que ha aparecido de la nada.

Mi vida es *mía*. Yo la vivo. Yo la controlo.

Saco de la mochila los libros de texto que me han costado cientos de dólares y la lleno de ropa, artículos de aseo y lo que queda de mis ahorros, mil dólares. Mierda. Necesito conseguir dinero rápido para marcharme de este sitio. Estoy casi sin fondos. Mudarme aquí me ha costado más de dos mil dólares, entre billetes de autobús y pagar el primer y último mes de alquiler junto con la fianza. Es una lástima perder ese dinero, pero está claro que no puedo quedarme aquí.

Me toca escaparme de nuevo. La misma historia de siempre. Mi madre y yo siempre nos escapábamos. De sus novios, de sus jefes pervertidos, de los servicios sociales, de la pobreza. El centro de cuidados paliativos fue el único lugar en el que nos quedamos durante más tiempo, y eso fue porque estaba muriéndose. Algunas veces creo que el universo ha decidido no permitirme ser feliz.

Me siento en un lateral de la cama e intento no gritar por la frustración que siento y, vale, sí, también por lo asustada que estoy. Me permito cinco minutos de autocompasión y después cojo el teléfono. Que le den al universo.

—Hola, George, he estado pensando en tu oferta para trabajar en Daddy G's —digo cuando una voz masculina responde la llamada—. Estoy preparada para aceptarla.

Trabajo como bailarina en Miss Candy's, un club donde me desnudo hasta quedarme en tanga y cubrepezones. Gano bastante dinero, aunque no muchísimo. Durante las últimas semanas, George me ha pedido que empiece a trabajar en el Daddy

G's, un local de desnudo integral. Me he resistido porque no tenía la necesidad de hacerlo. Pero ahora sí.

Tengo la suerte de contar con el cuerpo de mi madre. Unas piernas largas. Cintura estrecha. Mis pechos no son de copa D doble, pero George dijo que le gustaba mi copa B porque era un espejismo de juventud. No es un espejismo, pero mi carné dice que tengo treinta y cuatro años y que mi nombre no es Ella Harper, sino Margaret Harper. Mi difunta madre. Si te paras a pensarlo, da muy mal rollo, y por eso trato de no hacerlo.

No hay muchos trabajos que una chica de diecisiete años pueda hacer a media jornada y con el que pueda pagar las facturas. Y ninguno de ellos es legal. Transportar drogas. Estafar. Desnudarse. Yo elegí el último.

—¡Joder, tía, eso es genial! —exclama George—. Tengo un hueco esta noche. Puedes ser la tercera bailarina. Lleva el uniforme de colegiala católica. A los tíos les encantará.

—¿Cuánto por esta noche?

—¿Cuánto qué?

—Dinero, George. ¿Cuánta pasta?

—Quinientos y la propina que consigas. Si quieres hacer bailes privados, te daré cien por baile.

Joder. Podría conseguir fácilmente mil dólares esta noche. Empujo toda mi ansiedad e incomodidad al fondo de mi mente. No es hora de tener un debate moral interno. Necesito el dinero, y desnudarme es una de las formas más seguras de conseguirlo.

—Ahí estaré. Reserva todos los que puedas.

Capítulo 2

Daddy G's es un cuchitril, pero está mucho mejor que otros clubs de Kirkwood. Aunque es como decir «Muerde este pollo podrido. No está tan verde y mohoso como otros trozos». Aun así, el dinero es dinero.

La aparición de Callum Royal en el instituto me ha hecho darle vueltas a la cabeza todo el día. Si tuviese un portátil y conexión a internet, lo habría buscado en Google, pero mi viejo ordenador está roto y no tengo dinero para sustituirlo. Tampoco quería hacer la caminata hasta la biblioteca para usar uno de los que tienen allí. Es una estupidez, pero tenía miedo de que Royal me tendiese una emboscada en la calle si me marchaba del apartamento.

¿Quién *es*? ¿Y por qué piensa que es mi tutor legal? Mamá nunca mencionó su nombre. Antes, durante un momento, me he preguntado si sería mi padre, pero esos papeles decían que mi padre también había fallecido. Y, a menos que mamá me hubiera mentido, sé que mi padre no se llamaba Callum. Se llamaba Steve.

Steve. Siempre he pensado que se lo inventó. Como cuando tu hijo te dice «Mamá, háblame de papá» y tú te encuentras en un aprieto y sueltas de golpe el primer nombre que te viene a la cabeza: «Esto… se llamaba, eh, Steve, cielo».

Pero odio pensar que mamá me mintió. Siempre habíamos sido sinceras la una con la otra.

Intento olvidarme de Callum Royal porque esta noche es mi debut en Daddy G's y no puedo dejar que un extraño de mediana edad vestido con un traje de mil dólares me distraiga. Ya hay suficientes hombres de mediana edad en este sitio para ocupar mis pensamientos.

El local está lleno. Supongo que la noche de la escuela católica es una gran atracción en Daddy G's. Las mesas y los reservados de la zona principal están todos ocupados, pero la planta superior que acoge la sala VIP está desierta. No me sorprende.

No hay muchos vips en Kirkwood, un pueblo de Tennessee a las afueras de Knoxville. Es un pueblo de gente trabajadora, la mayoría de clase baja. Si ganas más de cuarenta mil dólares al año se te considera asquerosamente rico. Por eso lo elegí. Los alquileres están baratos y el sistema de educación pública es decente.

El vestuario está en la parte de atrás. Está abarrotado. Mujeres medio desnudas me miran al pasar por la puerta. Algunas asienten, un par sonríen y después vuelven a centrarse en ajustarse los ligueros o maquillarse con lo que tienen en sus tocadores.

Solo una se acerca rápidamente a mí.

—¿Cenicienta? —me pregunta.

Yo asiento. Es el nombre artístico que he estado usando en Miss Candy's. Parecía apropiado en su momento, ya que en inglés es *Cinderella,* y yo me llamo Ella.

—Soy Rose. George me ha pedido que te enseñe todo esta noche.

Siempre hay una mamá gallina en cada club, una mujer mayor que se ha dado cuenta de que está perdiendo la lucha contra la gravedad y decide hacerse útil de otra forma. En Miss Candy's era Tina, la madura rubia teñida que me acogió bajo su ala desde el primer momento. Aquí es la madura pelirroja Rose, que cacarea mientras me guía hacia el perchero de metal con los trajes.

Extiendo la mano hacia el uniforme de colegiala, pero ella la intercepta.

—No, eso es para después. Ponte esto.

Antes de que me dé cuenta, me está ayudando a ponerme un corsé negro con lazos entrecruzados y un tanga negro de encaje.

—¿Voy a bailar con esto? —Apenas puedo respirar con el corsé, por no hablar de llegar adonde se desata.

—Olvídate de lo de arriba. —Rose ríe cuando percibe mi respiración entrecortada—. Limítate a menear ese trasero y a bailar en la barra del tipo rico y todo irá bien.

La miro perpleja.

—Pensé que estaría en el escenario.

—¿George no te lo ha dicho? Ahora vas a hacer un baile privado en la sala VIP.

¿Qué? Pero si acabo de llegar. Según mi experiencia en Miss Candy's, normalmente se baila en el escenario varias veces antes de que alguno de los clientes pida un espectáculo privado.

—Debe de ser uno de los clientes habituales de tu antiguo club —sugiere Rose cuando observa mi confusión—. El tipo rico ha entrado como si fuese el dueño del local, le ha dado a George quinientos pavos y le ha dicho que te lleve. —Me guiña un ojo—. Juega bien tus cartas y le sacarás más billetes.

Después se va. Fija su atención de una bailarina a otra mientras yo debato conmigo misma si todo esto ha sido un error.

Me gusta fingir que soy dura, y sí, lo soy, hasta cierto punto. He sido pobre y he pasado hambre. Me ha criado una *stripper*. Sé pegar un puñetazo si tengo que hacerlo. Pero solo tengo diecisiete años. A veces parece demasiado poco para vivir lo que yo he vivido. A veces, miro a mi alrededor y pienso «No debería estar aquí».

Pero *estoy* aquí. Estoy aquí, sin blanca, y si quiero ser la chica normal que intento ser con todas mis fuerzas necesito salir de este vestuario y bailar en la barra del señor vip, tal y como ha señalado Rose con tanta dulzura.

George aparece cuando salgo al vestíbulo. Es un hombre fornido con barba abundante y ojos amables.

—¿Te ha hablado Rose del cliente? Está esperándote.

Asiento y trago saliva, incómoda.

—No tengo que hacer nada sofisticado, ¿no? ¿Solo es un baile privado normal?

Él ríe.

—Haz todos los movimientos sofisticados que quieras, pero si te toca, Bruno lo sacará a rastras a la calle.

Me alivia oír que en Daddy G's se impone la regla de no tocar la mercancía. Bailar para hombres babosos es más fácil de digerir cuando no acercan sus pegajosas manos a tu cuerpo.

—Lo harás bien, chica. —George me da una palmadita en el brazo—. Y si pregunta, tienes veinticuatro, ¿vale? Nadie mayor de treinta trabaja aquí, ¿recuerdas?

«¿Y menor de veinte?», estoy a punto de preguntar. Pero mantengo la boca cerrada. Debe saber que miento sobre mi edad. La mitad de las chicas de aquí lo hacen. Y puede que haya sufrido mucho, pero no hay duda de que no aparento treinta y cuatro. El maquillaje me ayuda a fingir que tengo veintiuno. Por los pelos.

George desaparece en el vestuario y yo tomo aire antes de encaminarme por el vestíbulo.

La sensual música de fondo me da la bienvenida cuando llego a la sala principal. La bailarina del escenario acaba de desabrocharse la camisa blanca del uniforme, y los hombres se vuelven locos en cuanto ven su sujetador transparente. Llueven billetes en el escenario. Me concentro en eso. En el dinero. Que le den a todo lo demás.

Aun así, me da tanta rabia pensar en dejar el instituto y a todos esos profesores que parece que se preocupan por lo que enseñan de verdad. Pero encontraré otro instituto en otra ciudad. Una ciudad donde Callum Royal no sea capaz de encontrarme...

Me detengo en seco. Después me doy la vuelta, asustada.

Es demasiado tarde. Royal ya ha cruzado la sombría sala vip y me agarra del brazo con su fuerte mano.

—Ella —dice en voz baja.

—Suélteme —contesto con toda la indiferencia con la que soy capaz de hacerlo, pero me tiembla la mano mientras intento liberarme.

Él no me suelta, no hasta que otra figura aparece de entre las sombras, un hombre ataviado con un traje oscuro con los hombros de un defensa de fútbol americano.

—No se toca —dice el segurata en tono amenazador.

Royal me suelta el brazo como si estuviese hecho de lava. Frunce el ceño y mira a Bruno, el guardia de seguridad. Entonces, se da la vuelta hacia mí. Tiene los ojos fijos en mi cara, como si se esforzara por no echar un vistazo a mi revelador conjunto de ropa.

—Tenemos que hablar.

—No tengo nada que decirle —respondo con frialdad—. No lo conozco.

—Soy tu tutor.

—Es un desconocido. —Ahora me muestro arrogante—. Y no me está dejando trabajar.

Abre y cierra la boca. Después dice:

—De acuerdo. Empieza a trabajar entonces.

¿Qué?

Ofrece una mirada burlona mientras toma asiento en los lujosos sofás. Se sienta, abre las piernas ligeramente y continúa con la burla.

—Dame lo que he pagado.

Se me acelera el corazón. No puede ser. No puedo bailar para este hombre.

Por el rabillo del ojo, veo que George se aproxima a las escaleras de la sala. Mi nuevo jefe me mira, expectante.

Trago saliva. Quiero llorar, pero no lo hago. En lugar de ello, me dirijo hacia Royal con una seguridad que no siento.

—Está bien. ¿Quieres que baile para ti, papi? Bailaré para ti.

Las lágrimas se agolpan en el interior de mis párpados, pero sé que no caerán. Me he entrenado a mí misma para no llorar en público. La última vez que lloré fue en el lecho de muerte de mi madre, y sucedió cuando las enfermeras y los doctores abandonaron la habitación.

Percibo un rastro de dolor en los ojos de Callum Royal mientras bailo delante de él. Muevo las caderas al ritmo de la música, como por instinto. De hecho, lo hago instintivamente. Llevo lo de bailar en la sangre. Forma parte de mí. Cuando era joven, mamá fue capaz de ahorrar algo de dinero para apuntarme a clases de *ballet* y *jazz* durante tres años. Después de que los ahorros se agotasen, se encargó de enseñarme ella misma. Veía vídeos o se colaba en clases del centro comunitario hasta que la echaban, y después volvía a casa para enseñarme.

Adoro bailar y se me da bien, pero no soy tan estúpida como para pensar que será mi profesión, no a menos que quiera dedicarme a desnudarme. No, tendré una profesión práctica. Relacionada con el mundo de los negocios o el derecho, algo con lo que viva bien. Bailar no es más que un estúpido sueño de niña.

Royal gime cuando me paso las manos por encima del corsé. No es el gemido que estoy acostumbrada a oír. No parece excitado. Parece… triste.

—Ahora mismo se está revolviendo en su tumba —dice Royal con voz ronca.

Yo lo ignoro. No existe para mí.

—Esto no está bien —añade en un tono ahogado.

Me echo el pelo hacia atrás y me aprieto los pechos. Noto como Bruno tiene la mirada fija en mí entre las sombras.

Cien pavos por un baile de diez minutos y ya han pasado dos. Quedan ocho. Puedo hacerlo.

Pero es evidente que Royal no. Un movimiento más y me agarra la cintura con las manos.

—No —gruñe—. Steve no querría esto para ti.

No tengo tiempo para parpadear, para digerir sus palabras. Se pone de pie, me alza y mi torso choca contra su ancha espalda.

—¡Suélteme! —grito.

No me escucha. Me lleva sobre su espalda como si fuese una muñeca de trapo, y ni siquiera la aparición de Bruno lo detiene.

—¡Apártate de mi camino! —grita Royal cuando Bruno da un paso más—. ¡Esta chica tiene diecisiete años! Es una menor, y yo soy su tutor. Juro por Dios que si das un solo paso más haré que todos los policías de Kirkwood se presenten aquí, y tú y todos estos pervertidos iréis a la cárcel por poner en peligro a una menor.

Puede que Bruno sea corpulento, pero no es tonto. Se quita de en medio con una expresión afligida.

Yo no coopero tanto. Le doy puñetazos en la espalda y clavo las uñas en su cara chaqueta de traje.

—¡Bájeme! —chillo.

No lo hace. Y nadie lo detiene cuando se dirige a la salida. Los hombres del club están demasiado ocupados vitoreando y mirando lascivamente al escenario. Veo cierto movimiento: George llega hasta donde está Bruno, que le susurra algo al oído enfadado, pero después los pierdo de vista y una ráfaga de aire frío me golpea.

Estamos fuera, pero Callum Royal sigue sin soltarme. Veo como sus elegantes zapatos taconean contra la acera agrietada del aparcamiento. Oigo un tintineo de llaves, un pitido alto y, después, vuelo por los aires hasta aterrizar en un asiento de cuero. Estoy en la parte trasera de un coche. Se cierra una puerta. Se enciende un motor.

Dios mío. Este hombre está secuestrándome.

Capítulo 3

¡Mi mochila!

¡Mi dinero y mi reloj están dentro! El asiento trasero del mastodonte que Callum Royal llama coche es lo más lujoso en lo que me he sentado en toda mi vida. Una pena que no tenga tiempo para apreciarlo. Tiro de la manilla, pero no consigo abrir la maldita puerta.

Desvío la mirada hacia el conductor. Es muy imprudente, pero no tengo otra opción; me impulso hacia delante y agarro el hombro del conductor. Tiene el cuello del tamaño de mi muslo.

—¡Dé la vuelta! ¡Tengo que volver!

Él ni siquiera se encoge. Tiro unas cuantas veces más, pero estoy bastante segura de que, a menos que lo apuñale, y quizá ni siquiera entonces, no hará nada a no ser que Royal se lo ordene.

Callum no se ha movido ni un centímetro de su sitio tras el asiento del copiloto, y yo me hago a la idea de que no saldré del coche hasta que él lo autorice. Pruebo con la ventana para asegurarme. No se baja.

—¿Seguro infantil? —murmuro, aunque estoy segura de la respuesta.

Él asiente ligeramente.

—Entre otras cosas, pero basta decir que te quedarás en el coche durante el viaje. ¿Buscas esto?

Mi mochila aterriza en mi regazo. Resisto el deseo de abrirla y comprobar si ha cogido mi dinero y mi carné de identidad. Sin ambos estoy completamente a su merced, pero no quiero revelar nada hasta que descubra su propósito.

—Mire, señor, no sé lo que quiere, pero es obvio que tiene dinero. Hay muchas prostitutas por ahí que harán lo que quiera y no le causarán los problemas legales que yo sí. Déjeme en el próximo cruce y le prometo que jamás volverá a oír de mí. No iré a la policía. Le diré a George que es un viejo cliente, pero que ya hemos arreglado nuestros asuntos.

—No busco una prostituta. Estoy aquí por ti. —Después de esa ominosa declaración, Royal se quita la chaqueta del traje y me la ofrece.

Una parte de mí desearía ser más valiente, pero estar sentada en este lujoso coche con el hombre que he usado como barra para bailar me hace sentir incómoda y expuesta. Daría cualquier cosa por unas bragas de abuela ahora mismo. Me pongo la chaqueta a regañadientes, ignoro el dolor que me causa el corsé y aprieto las solapas contra mi pecho.

—No tengo nada que quiera. —Está claro que la poca cantidad de dinero que tengo metida en el fondo de mi mochila es como chatarra para este tío. Podríamos cambiar este coche por todos los de Daddy G.

Royal arquea una ceja en silencioso desacuerdo. Ahora que solo lleva la camisa, veo su reloj. Parece... igual que el mío. Sus ojos siguen mi mirada.

—Lo has visto antes. —No es una pregunta. Acerca la muñeca a mí. El reloj tiene una correa de cuero negra, manillas de plata y una caja de oro de dieciocho quilates alrededor de la cúpula de cristal. Los números y las manecillas brillan en la oscuridad.

—No lo he visto en mi vida —miento, con la boca seca.

—¿De verdad? Es un reloj Oris. Suizo, hecho a mano. Me lo regalaron cuando me gradué del Entrenamiento Básico de Demolición Submarina. Mi mejor amigo, Steve O'Halloran, recibió el mismo reloj cuando también se graduó de allí. En la parte de atrás tiene grabado...

Non sibi sed patriae.

Busqué la frase cuando tenía nueve años, después de que mi madre me contara la historia de mi nacimiento. «Lo siento, cariño, pero me acosté con un marinero. Solo me dejó su nombre y este reloj». Y a mí, le recordaba. Ella me revolvía el pelo de broma y me dijo que era lo mejor. Mi corazón se sacude por su ausencia.

—Significa «No por uno mismo, sino por la patria»; el reloj de Steve desapareció hace dieciocho años. Dijo que lo perdió, pero nunca lo reemplazó. Nunca se puso otro reloj. —Royal deja escapar un bufido—. Lo usaba como excusa para llegar tarde siempre.

Me pillo a mí misma inclinada hacia delante. Quiero saber más de Steve O'Halloran, qué demonios significa lo de «Entrenamiento Básico de Demolición Submarina» y cómo se conocieron. Entonces, me doy un sopapo mental y vuelvo a apoyarme contra la puerta del coche.

—Buena historia, tío. ¿Pero qué tiene que ver eso conmigo? —Miro al Goliat del asiento delantero y alzo la voz—. Porque ambos acaban de secuestrar a una menor y estoy bastante segura de que eso es un delito en todo el país.

Royal es el único que responde.

—Es delito secuestrar a una persona, sin importar la edad, pero ya que soy tu tutor y tú estabas cometiendo un acto ilegal, estoy en mi derecho de sacarte de las instalaciones.

Fuerzo una risa burlona.

—No sé quién se cree que es, pero tengo treinta y cuatro años. —Busco mi carné en la mochila y aparto a un lado el reloj que es idéntico al que tiene Royal en su muñeca izquierda—. Mire. Margaret Harper. Edad: treinta y cuatro.

Él me quita el carné de los dedos.

—Un metro setenta. Cincuenta y nueve kilos. —Me echa un vistazo—. Parecían cuarenta y cinco, pero sospecho que has perdido peso desde que estás a la fuga.

¿A la fuga? ¿Cómo demonios sabe eso?

Suelta un bufido como si pudiese leer mi expresión.

—Tengo cinco hijos. No hay truco que no hayan intentado conmigo, y conozco a un adolescente cuando lo veo, incluso debajo de capas de maquillaje.

Le devuelvo la mirada, seria. Este hombre, sea quien sea, no me sonsacará nada.

—Tu padre es Steven O'Halloran. —Se corrige a sí mismo—. Era. Tu padre era Steven O'Halloran.

Giro la cara hacia la ventana para que este desconocido no vea el destello de dolor que cruza mi expresión antes de enterrarlo. Claro que mi padre está muerto. Por supuesto.

Parece que la garganta se me estrecha y tengo la horrible sensación de que las lágrimas se arremolinan tras mis ojos. Llorar es de niños. Llorar es de débiles. ¿Llorar por un padre que no he conocido? Demuestra una total debilidad.

Oigo el tintineo de un cristal que choca contra otro por encima del zumbido de la carretera y, después, el sonido familiar del alcohol que llena un vaso. Royal empieza a hablar un momento después.

—Tu padre y yo éramos los mejores amigos. Crecimos juntos. Fuimos juntos al instituto. Decidimos alistarnos en la marina en un impulso. Con el tiempo, nos unimos a las fuerzas especiales del ejército de los Estados Unidos, pero nuestros padres querían que nos retirásemos pronto, así que, en lugar de volver a servir, nos mudamos a casa para tomar las riendas de nuestros negocios familiares. Construimos aviones, por si te lo preguntabas.

«Claro que sí», pienso con amargura.

Ignora mi silencio o lo toma como una aprobación para continuar.

—Hace cinco meses, Steve falleció durante un accidente de ala delta. Pero antes de irse... es espeluznante, como si hubiera tenido una premonición... —Royal sacude la cabeza—... me dio una carta y dijo que quizá fuese la correspondencia más importante que había recibido. Me dijo que la analizaríamos cuando regresase, pero una semana después, su mujer volvió del viaje y me contó que Steve había muerto. Me olvidé de la carta para encargarme de las... complicaciones con respecto a su fallecimiento y a su viuda.

¿Complicaciones? ¿A qué se refiere? Te mueres y ya está, ¿no? Además, la forma en la que ha dicho *viuda,* como si fuese una palabra asquerosa, me hace sentir curiosidad por ella.

—Un par de meses después, me acordé de la carta. ¿Quieres saber lo que decía?

Qué provocador tan horrible. Por supuesto que quiero saber lo que decía la carta, pero no voy a darle la satisfacción de una respuesta. Apoyo la mejilla contra la ventana.

Dejamos atrás varias manzanas antes de que Royal se rinda.

—La carta era de tu madre.

—¿Qué? —Giro la cabeza sorprendida.

No se muestra petulante por haber llamado mi atención, simplemente parece cansado. La pérdida de su amigo, de mi padre, se refleja en su rostro, y por primera vez veo a Callum Royal como el hombre que profesa ser: un padre que ha perdido a su mejor amigo y ha recibido la sorpresa de su vida.

Sin embargo, antes de que pueda decir una palabra más, el coche se detiene. Miro por la ventana y veo que estamos en el campo. Hay una larga franja de tierra, un gran edificio de una planta hecho de chapa y una torre. Cerca del edificio hay un gran avión blanco con las palabras Atlantic Aviation estampadas en él. Cuando Royal ha dicho que construía aviones, no me esperaba *este* tipo de aviones. No sé qué esperaba, pero no pensaba en un pedazo de *jet* tan grande como para llevar a cientos de personas por el mundo.

—¿Es suyo? —Me resulta difícil no tener la boca abierta.

—Sí, pero no nos detendremos.

Quito la mano de la pesada manilla plateada de la puerta.

—¿A qué se refiere?

De momento, guardo la sorpresa que me ha causado haber sido secuestrada, la existencia —y la muerte— del donante de esperma que ayudó a crearme y la misteriosa carta para observar maravillada y con la boca abierta como atravesamos las verjas, dejamos atrás el edificio y entramos en lo que supongo que es el aeródromo. En la parte trasera del avión se baja una escotilla y, cuando la rampa toca el suelo, Goliat acelera el motor y nos sube al almacén de carga del avión.

Me doy la vuelta para observar por la luneta trasera del coche como se cierra sonoramente la escotilla tras nosotros. En cuanto la puerta del avión se cierra, los pestillos del coche hacen un suave sonido. Y soy libre. O algo así.

—Después de ti. —Señala Callum hacia la puerta que Goliat mantiene abierta para mí.

Con la chaqueta agarrada con fuerza contra mí, intento mantener la compostura. Incluso el avión está en mejores condiciones que yo con mi corsé de *stripper* y mis incómodos tacones prestados.

—Necesito cambiarme. —Agradezco sonar casi normal. Tengo bastante experiencia en pasar vergüenza, y a lo largo de los años he aprendido que la mejor defensa es un buen ataque. Pero ahora mismo estoy bajo mínimos. No quiero que nadie, ni Goliat ni la gente del vuelo, me vea con estas pintas.

Es la primera vez que vuelo. Siempre viajaba en autobuses y, en algunas horribles ocasiones, con camioneros. Pero esta cosa es gigante, lo suficientemente grande como para alojar un coche. Seguro que en algún lado hay un armario para que me cambie.

Callum suaviza la mirada y asiente bruscamente hacia Goliat.

—Te esperaremos arriba. —Señala el final de la habitación que parece un garaje—. Tras esa puerta hay unas escaleras. Sube cuando estés lista.

En cuanto me quedo sola, cambio la indumentaria de *stripper* por mi ropa interior más cómoda, unos vaqueros holgados, una camiseta de tirantes y una camisa de franela con botones; normalmente la dejaría abierta, pero en esta ocasión la cierro, a excepción del botón de arriba. Parezco una indigente, pero al menos estoy cubierta.

Meto la ropa de *stripper* en la mochila y compruebo si el dinero sigue ahí. Gracias a Dios está dentro, junto con el reloj de Steve. Mi muñeca parece desnuda sin él, y como Callum ya lo sabe, me lo pongo. El segundo en que la correa se cierra en torno a mi muñeca me siento mejor, más fuerte. Puedo enfrentarme a cualquier cosa que Callum Royal tenga guardada para mí.

Me echo la mochila al hombro y empiezo a planear qué hacer mientras me dirijo hacia la puerta. Necesito dinero. Callum tiene dinero. Necesito un sitio donde vivir, y pronto. Si consigo suficiente dinero de él, viajaré en avión a mi próximo destino y empezaré de cero. Sé cómo hacerlo.

Estaré bien.

Todo irá bien. Si me cuento esa mentira las suficientes veces, creeré que es verdad... aunque no lo sea.

Cuando llego al final de las escaleras, veo que Callum se encuentra allí, esperándome. Me presenta al conductor.

—Ella Harper, este es Durand Sahadi. Durand, esta es la hija de Steven, Ella.

—Encantado de conocerla —dice Durand con una voz absurdamente profunda. Dios, suena como Batman—. Lamento su pérdida.

Inclina la cabeza ligeramente. Es tan amable que sería descortés ignorarlo. Quito mi mochila de en medio y le estrecho la mano.

—Gracias.

—Gracias, Durand. —Callum despacha a su conductor y se gira hacia mí—. Sentémonos. Quiero llegar a casa. El vuelo a Bayview dura una hora.

—¿Una hora? ¿Ha cogido el avión por una hora de viaje? —exclamo.

—Conducir habría supuesto seis, y eso es demasiado. He necesitado nueve semanas y todo un ejército de detectives para encontrarte.

Ya que no tengo opción, sigo a Callum hacia unos asientos de cuero color crema situados uno frente al otro, con una lujosa mesa de madera negra con incrustaciones de plata entre ellos. Callum se acomoda en uno y después señala al que hay frente a él para que me siente. Hay un vaso y una botella colocados en la mesa, como si su equipo supiese que no funciona sin beber.

Al final del pasillo hay otro grupo de sillas cómodas y un sofá tras ellas. Me pregunto si podría conseguir trabajo de azafata para él. Este sitio es incluso mejor que su coche. Sin duda podría vivir aquí.

Me siento y coloco la mochila entre los pies.

—Bonito reloj —comenta con sequedad.

—Gracias. Me lo dio mi madre. Me dijo que fue lo único que le dejó mi padre además de a mí y de su nombre. —Ya no hay necesidad de mentir. Si su ejército de detectives privados dio con mi paradero, probablemente sepa más de mí y de mi madre que yo misma. Lo cierto es que parece saber mucho acerca de mi padre, y descubro que, muy a mi pesar, estoy ansiosa por recibir toda esa información—. ¿Dónde está la carta?

—En casa. Te la daré cuando lleguemos. —Coge una carpeta de cuero y saca un fajo de dinero con un envoltorio blanco alrededor, como en las películas—. Quiero hacer un trato contigo, Ella.

Sé que tengo los ojos abiertos como platos, pero no puedo evitarlo. Nunca he visto tantos billetes de cien dólares juntos.

Empuja el fajo contra la oscura superficie hasta que la pila de billetes se detiene frente a mí. ¿Es esto un programa o algún tipo de competición televisiva? Cierro la boca y trato de incorporarme. Nadie me toma por tonta.

—Soy toda oídos —respondo mientras me cruzo de brazos y miro a Callum con los ojos entreabiertos.

—Por lo que sé, te desnudas para mantenerte y conseguir tu título de instituto. Después de eso, imagino que querrás ir a la universidad, dejar lo de desnudarte y, quizá, hacer otra cosa. Puede que quieras ser contable, doctora o abogada. Este dinero es un símbolo de buena fe. —Da unos golpecitos a los billetes—. Este fajo contiene diez mil dólares. Te daré un fajo en metálico de la misma cantidad por cada mes que te quedes conmigo. Si te quedas hasta graduarte en el instituto, recibirás una bonificación de doscientos mil. Con eso podrás pagar tus estudios universitarios, alojamiento, ropa y comida. Si te gradúas en la universidad, recibirás otra bonificación sustanciosa.

—¿Dónde está el truco? —Mi mano está deseando coger el dinero, encontrar un paracaídas y escapar de las garras de Callum Royal antes de que diga «mercado de valores».

En lugar de eso, permanezco sentada y espero oír el trato asqueroso que tengo que cumplir para obtener este dinero mientras debato mis límites conmigo misma.

—El truco está en que no luches. No intentes escaparte. Quiero que aceptes que soy tu tutor legal. Que vivas en mi casa. Que trates a mis hijos como si fueran tus hermanos. Si lo haces, podrás tener la vida que has soñado. —Se detiene—. La vida que Steve hubiese querido que tuvieras.

—¿Y qué tengo que hacer por *usted?* —Necesito que me diga exactamente los términos.

Callum abre los ojos como platos y su cara adquiere una tonalidad verde.

—No tienes que hacer nada por *mí*. Eres una chica muy guapa, Ella, pero *eres* una niña, y yo un hombre de cuarenta y dos años con cinco hijos. Quédate tranquila, tengo una atractiva novia que satisface todas mis necesidades.

Puaj. Levanto una mano.

—Vale, no necesito más explicaciones.

Callum ríe aliviado antes de volver a ponerse serio.

—Sé que no puedo reemplazar a tus padres, pero aquí me tienes si me necesitas. Puede que hayas perdido a tu familia, pero ya no estás sola, Ella. Ahora eres una Royal.

Capítulo 4

Estamos aterrizando, pero, a pesar de tener la nariz pegada a la ventanilla, está demasiado oscuro para ver algo. Todo lo que veo son las luces intermitentes de la pista, y, una vez hemos aterrizado, Callum no me da tiempo para echar un vistazo a mi alrededor. No cogemos el coche que está en el almacén de carga. No, ese debe ser el coche «de viaje», porque Durand nos conduce a otro brillante coche negro. Tiene las ventanas tintadas, así que no tengo ni idea del paisaje por el que viajamos. Sin embargo, Callum baja la ventanilla un poco y percibo un aroma a sal. El mar.

Debemos de estar en la costa. ¿En Carolina del Norte o Carolina del Sur? Un viaje de seis horas desde Kirkwood nos dejaría en algún sitio junto al Atlántico, lo cual tiene sentido por el nombre de la empresa de Callum. Sin embargo, no importa. Lo importante es el fajo de billetes nuevos en mi mochila. Diez de los grandes. Todavía no me lo creo. Diez mil *al mes*. Y un montón más tras graduarme.

Tiene que haber un truco. Puede que Callum me haya asegurado que no espera... *favores especiales* a cambio, pero no soy tonta. Siempre hay truco, y con el tiempo lo sabré. Para entonces tendré al menos diez mil dólares en el bolsillo por si necesito escapar de nuevo.

Hasta ese momento le seguiré el juego. Me portaré bien con Royal.

Y sus hijos...

Mierda, me había olvidado de sus hijos. Había dicho que tenía cinco.

Aun así, ¿cuán malos podrían llegar a ser? ¿Cinco niños ricos mimados? Ja. He tratado con cosas peores. Como el novio mafioso de mi madre, Leo, que intentó tocarme cuando tenía doce años y que me enseñó la forma correcta de cerrar un puño después de darle un puñetazo en la barriga y casi romperme la mano. Le hizo gracia, y nos hicimos amigos tras eso. Los consejos de defensa personal me ayudaron con el *siguiente* novio de mi madre, que era igual de sobón. Mamá sí que elegía bien.

Pero intento no juzgarla. Hizo lo que debía para sobrevivir, y nunca dudé de cuánto me quería.

Después de media hora de camino, Durand detiene el coche frente a una verja. Hay una mampara entre nosotros y el asiento del conductor, pero oigo un pitido electrónico, después un zumbido mecánico, y a continuación nos volvemos a poner en marcha. Esta vez vamos más despacio, hasta que finalmente el coche se detiene del todo y los seguros se desbloquean con un clic.

—Hemos llegado a casa —dice Callum en voz baja.

Quiero corregirlo, responder que yo no tengo casa, pero mantengo la boca cerrada.

Durand me abre la puerta y extiende la mano. Me tiemblan ligeramente las rodillas al salir. Hay otros tres vehículos aparcados fuera de un garaje enorme, dos todoterrenos negros y una camioneta rojo cereza que parece fuera de lugar.

Callum se da cuenta de dónde miro y lanza una sonrisa arrepentida.

—Antes teníamos tres Range Rovers, pero Easton cambió el suyo por esa camioneta. Sospecho que quería más espacio para tontear con las chicas con las que sale.

No lo dice con un tono de reproche, sino de resignación. Supongo que Easton es uno de sus hijos. También percibo un poco de... *algo* en la voz de Callum. ¿Impotencia, quizá? Lo acabo de conocer hace unas cuantas horas, pero, de alguna manera, no me imagino que este hombre se haya sentido indefenso alguna vez, y mis defensas vuelven a estar activas.

—Tendrás que ir al instituto con los chicos durante los primeros días —añade—. Hasta que te consiga un coche. —Entrecierra los ojos—. Bueno, si tienes un permiso en el que aparezca tu nombre y tu verdadera edad, ¿es así?

Asiento a regañadientes.

—Bien.

Después me doy cuenta de lo que acaba de decir.

—¿Me vas a comprar un coche?

—Será lo más fácil. Mis hijos... —Parece elegir sus palabras con cuidado—... no cogen cariño a desconocidos con facilidad.

Pero necesitas ir al instituto, así que... —Callum se encoge de hombros y repite—: Será lo más fácil.

No puedo evitar sospechar. Aquí hay algo raro. Este hombre. Sus hijos. Quizá debería haber intentado salir del coche en Kirkwood con más fuerzas. Puede que...

Mis pensamientos se desvanecen cuando veo la mansión por primera vez.

No, el palacio. El palacio real, tal y como se traduce su apellido.

Esto no puede ser de verdad. La casa solo tiene dos pisos, pero es tan larga que apenas veo los extremos. Y hay ventanas *por todas partes*. Quizá el arquitecto que la diseñó era alérgico a las paredes o tenía miedo a los vampiros.

—Tú... —Mi voz se apaga—. ¿Vives aquí?

—*Vivimos* aquí —me corrige—. Ahora esta también es tu casa, Ella.

Esta nunca será mi casa. No pertenezco al esplendor, sino a la miseria. Es lo que conozco. Es donde estoy cómoda, porque la miseria no te miente. No tiene un bonito envoltorio. Es lo que es.

Esta casa es una ilusión. Es refinada y hermosa, pero el sueño que Callum me intenta vender es tan endeble como el papel. En este mundo nada conserva su brillo para siempre.

El interior de la mansión de los Royal es tan extravagante como el exterior. Losas blancas de azulejo surcadas con estrías grises y doradas, como las que se usan en los bancos y en las consultas del médico, cubren el suelo del recibidor, que parece extenderse varios kilómetros. El techo parece no acabar y estoy tentada de gritar algo solo para ver hasta dónde resuena el eco.

Las escaleras a ambos lados de la entrada convergen en un balcón que se encuentra sobre el recibidor. La lámpara de araña que hay en lo alto del techo debe de tener cientos de bombillas y tantos cristales que, si me cayese en la cabeza, solo encontrarían polvo de cristal. Debería estar en un hotel. No me sorprendería que la hubiesen cogido de uno.

Veo *riqueza* por todas partes.

Y mientras tanto, Callum me observa con cautela, como si hubiese entrado en mi mente y se hubiese dado cuenta de lo cerca que estoy de perder los papeles. De escapar rápidamente, porque yo no pertenezco a este lugar, ni de coña.

—Sé que es diferente a lo que estás acostumbrada —dice bruscamente—. Pero también te acostumbrarás a esto. Te gustará. Te lo prometo.

Se me tensan los hombros.

—No me haga promesas, señor Royal. A mí no, nunca.

Veo en su cara que mi respuesta le ha afectado.

—Llámame Callum. E intentaré cumplir todas las promesas que te haga, Ella. De la misma forma que intenté cumplir las que hice a tu padre.

Algo en mi interior se suaviza.

—Tú... eh... —Pronuncio las palabras torpemente—. A ti realmente te importaba mi... Steve, ¿verdad?

—Era mi mejor amigo —responde Callum—. Le habría confiado mi vida.

Debe de ser bonito. La única persona en la que confiaba se ha ido para siempre. Está muerta y enterrada. Pienso en mi madre y al instante la echo tanto de menos que se me cierra la garganta.

—Esto... —Intento sonar informal, como si no estuviese a punto de llorar o de venirme abajo—. Entonces, ¿tienes un mayordomo o algo así? ¿O una ama de llaves? ¿Quién cuida de este sitio?

—Tengo servicio. No tendrás que fregar suelos para ganarte el pan. —Su sonrisa desaparece cuando ve mi mirada seria.

—¿Dónde está mi carta?

Callum debe de sentir lo cerca que estoy de perder la cabeza porque su tono de voz se dulcifica.

—Mira, es tarde, y ya has tenido suficientes emociones por un día. ¿Por qué no dejamos esta conversación para mañana? Ahora solo quiero que duermas largo y tendido. —Me observa con complicidad—. Tengo el presentimiento de que ha pasado mucho tiempo desde la última vez que dormiste así.

Tiene razón. Tomo aire y exhalo despacio.

—¿Dónde está mi habitación?

—Te llevaré... —Unas pisadas que resuenan por encima de nosotros lo interrumpen y observo un destello de aprobación en sus ojos azules—. Ahí están. Gideon está en la universidad, pero he pedido al resto que bajen para conocerte. No siempre escuchan...

Y por lo visto siguen sin hacerlo, porque ignoran la orden que les ha dado. Y también a mí. Cuatro chicos de pelo oscuro aparecen en la barandilla curvada del balcón, pero ninguno posa su mirada en mí.

Abro la boca ligeramente, antes de cerrarla de nuevo y hacerme la fuerte ante la agresiva representación que tiene lugar arriba. No dejaré que vean cuánto me ha afectado, pero joder, estoy afectada. No, estoy intimidada.

Los chicos Royal no son lo que esperaba. No tienen pinta de ricachones con ropa pija. Parecen ladrones amenazadores que podrían partirme la cara con facilidad.

Todos son tan altos como su padre. Sin duda superan el metro ochenta y tienen varios grados de musculatura; los dos de la derecha son más esbeltos, los dos de la izquierda tienen los hombros anchos y unos brazos esculpidos. Deben de ser atletas. Nadie está tan cachas sin trabajar duro ni sudar la camiseta.

Ahora estoy nerviosa porque nadie ha dicho nada. Ni ellos ni Callum. A pesar de que estoy abajo, lejos de ellos, me doy cuenta de que todos sus hijos tienen los ojos azules, brillantes y penetrantes de su padre, al que miran fijamente.

—Chicos —dice finalmente—. Venid a conocer a nuestra invitada. —Callum niega con la cabeza como si se corrigiese a sí mismo—. Venid a conocer al nuevo miembro de nuestra familia.

Silencio.

Es inquietante.

El del medio sonríe con superioridad. Solo esboza una pequeña sonrisa torcida. Se burla de su padre mientras apoya sus musculosos brazos en la barandilla, sin decir palabra alguna.

—Reed. —La voz imponente de Callum resuena entre las paredes—. Easton. —Pronuncia otro nombre—. Sawyer. —Y otro—. Sebastian. Bajad aquí. Ahora.

Los chicos no se mueven. Me doy cuenta de que los dos de la derecha son gemelos. Son idénticos a la vista y tienen la misma pose insolente, con los brazos sobre el torso. Uno de los gemelos mira a un lado, hacia el hermano que está en el extremo izquierdo.

Un escalofrío me recorre el cuerpo. De *él* es de quien tengo que preocuparme. *Él* es a quien tengo que vigilar.

Es el único que me observa, con una mirada calculadora. Cuando nuestros ojos se encuentran, el corazón empieza a latirme más rápido. Tengo miedo. Quizá, en otras circunstancias, el corazón me latiría por una razón diferente. Porque es guapísimo. Todos lo son.

Pero este me asusta, y me esfuerzo por intentar esconder mi reacción. Cruzo una mirada con él, desafiante. *Baja, Royal. Vamos*.

Sus ojos azul oscuro se entrecierran ligeramente. Se da cuenta de que estoy retándolo, en silencio. Mi resistencia no le gusta. Entonces, se da la vuelta y se marcha. El resto lo sigue como si fuese una orden. Hacen caso omiso a su padre con la mirada. Las pisadas resuenan en la casa cavernosa. Después, se cierran puertas.

Callum, que está junto a mí, suspira.

—Siento todo eso. Pensé que lo habían entendido. Han tenido tiempo para prepararse, pero está claro que necesitan más para digerir todo esto.

¿Todo esto? Se refiere a mí. A mi presencia en su casa, a la conexión con su padre, que no sabía que tenía hasta hoy.

—Estoy seguro de que por la mañana te darán una mejor bienvenida —añade.

Parece que trate de convencerse a sí mismo.

Pero está claro que a mí no me ha convencido.

Capítulo 5

Me despierto en una cama extraña. No me gusta. No es por la cama. La cama es la leche. Es blanda pero firme a la vez, y las sábanas son suaves como la seda, no como las telas rasposas a las que estoy acostumbrada cuando duermo en una cama con sábanas. He dormido muchas veces en un saco de dormir, y al cabo de un tiempo los sacos de nailon empiezan a oler mal.

Esta cama huele a miel y lavanda.

Todo este lujo y esta finura resulta amenazador, porque sé por experiencia propia que después de que te ocurra algo bueno siempre recibes una sorpresa desagradable. Una vez, mamá volvió del trabajo y me dijo que nos mudaríamos a un sitio mejor. Un hombre alto y delgado vino a ayudarnos a recoger nuestras pertenencias, y varias horas más tarde estábamos en su diminuta casa. Era adorable, con cortinas de tela a cuadros en la ventana, y, a pesar de que era pequeña, tenía mi propia habitación.

Esa misma noche, unos gritos y el sonido de cristales haciéndose añicos me despertaron. Mamá vino corriendo a mi habitación, me sacó de la cama y abandonamos la casa en un abrir y cerrar de ojos. Hasta que no estábamos a un par de manzanas de la casa y nos detuvimos no vi el cardenal que se formaba en su mejilla.

Así que las cosas buenas no equivalen a personas buenas.

Me incorporo en la cama y miro mi alrededor. Toda la habitación está diseñada para una princesa, una muy joven. Hay tantas cosas rosas y volantes que me dan arcadas. Solo faltan los pósteres de Disney, aunque estoy segura de que los pósteres son demasiado ordinarios para esta casa, igual que mi mochila, colocada en el suelo cerca de la puerta.

De repente, recuerdo todo lo que sucedió el día anterior y me detengo en el fajo de billetes de cien. Salto de la cama y cojo la mochila. La abro y suspiro aliviada cuando veo la cara de

Benjamin Franklin impresa en los billetes. Hojeo los billetes y escucho el delicioso sonido del papel que reemplaza el silencio de la habitación. Ahora mismo podría cogerlo e irme. Podría vivir con diez mil durante un buen tiempo.

Pero... Callum Royal me ha prometido mucho más si me quedo. La cama, la habitación, diez mil dólares al mes hasta graduarme... ¿solo por ir al instituto? ¿Por vivir en esta mansión? ¿Por conducir mi propio coche?

Guardo el dinero en un bolsillo secreto al fondo de la mochila. Le daré un día. Nada me impide irme mañana, el próximo mes o el siguiente. En cuanto las cosas vayan mal, me piraré.

Con el dinero en un sitio seguro, tiro el resto de cosas que tengo dentro de la mochila sobre la cama y hago inventario. Tengo dos pares de vaqueros pitillos, los vaqueros holgados que me puse al volver del local nocturno para no llamar la atención, cinco camisetas, cinco bragas, un sujetador, el corsé con el que bailé anoche, un tanga, un par de zapatos de *stripper* y un vestido bonito que en su día fue de mi madre. Es negro, corto y hace que parezca que tengo más delantera que la que Dios me ha dado. Hay un maletín de maquillaje (de nuevo, cosas que mamá usaba), pero también restos de varias bailarinas de *striptease* que conocimos por el camino. El kit vale por lo menos mil dólares.

También tengo mi libro de poesía de Auden, el objeto más romántico e innecesario de mis pertenencias, a mi parecer, pero lo encontré en la mesa de una cafetería y la inscripción coincidía con la de mi reloj. No lo podía dejar allí. Fue el destino, aunque tiendo a no creer en esas cosas. El destino es para los débiles, aquellos que no tienen suficiente poder o voluntad para encauzar su vida como necesitan. Yo todavía no lo he conseguido. No tengo bastante poder, pero lo tendré algún día.

Paso la mano por la cubierta del libro. Quizá podría encontrar trabajo de camarera a media jornada en algún sitio. Un asador estaría bien. Eso me proporcionaría algo de dinero para no tener que utilizar los diez mil, que considero intocables.

De repente, me sobresalto al oír un golpe en la puerta.

—¿Callum? —pregunto.

—No, soy Reed. Abre.

Miro mi camiseta extragrande. Era de uno de los antiguos novios de mi madre, y me cubre bastante, pero no voy a enfrentarme a la mirada enfadada y acusadora de uno de los chicos Royal sin estar bien preparada. Lo que significa estar vestida y llevar una capa de maquillaje.

—No estoy arreglada.

—Me importa una mierda. Te doy cinco segundos antes de entrar —responde con contundencia y en un tono apagado.

Capullo. Con los músculos que tiene, no me cabe duda de que podría tirar la puerta abajo si quisiera.

Camino hacia la puerta dando pisotones y la abro.

—¿Qué quieres?

Me mira de arriba abajo con grosería, y, aunque la camiseta cae lo suficiente como para cubrir cualquier cosa atrevida, me hace sentir como si estuviese desnuda por completo. Odio eso, y la desconfianza que nació anoche se convierte en antipatía genuina.

—Quiero saber a qué juegas. —dice, y da un paso adelante. Sé que lo dice para intimidarme. Es un tío que utiliza su físico como arma y como cebo.

—Creo que deberías hablar con tu padre. Él es quien me secuestró y me trajo aquí.

Reed da un paso más hasta que estamos tan cerca que, cada vez que respiramos, nuestros cuerpos se tocan.

Es lo suficientemente guapo para que se me seque la boca y empiece a sentir un hormigueo en zonas que no creía que un gilipollas como él pudiese despertar. Pero otra lección que aprendí de mi madre es que a tu cuerpo pueden gustarle cosas que tu cabeza odie. Tu cabeza tiene que ser la que mande. Esa fue una de sus reprimendas que seguían con un «haz lo que digo, no lo que hago».

Es un capullo y quiere hacerte daño, le grito a mi cuerpo. Mis pezones se endurecen a pesar de la advertencia.

—Y tú te resististe con todas tus fuerzas, ¿verdad? —Mira con desdén las elevaciones que se han formado bajo mi delgada camiseta.

Yo solo puedo fingir que siempre tengo los pezones así.

—Te lo repito, deberías hablar con tu padre.

Me doy la vuelta y finjo que Reed Royal no ataca cada terminación nerviosa de mi cuerpo. Camino hacia la cama y cojo un par de bragas básicas. Como si nada me importara, me quito las que llevo y las dejo en la alfombra color crema.

Oigo una respiración agitada a mis espaldas. Un punto para el equipo visitante.

Me pongo la ropa interior limpia lo más tranquilamente posible, la subo por las piernas hasta llegar a la camiseta, con cuidado. Noto como me recorre el cuerpo con la mirada, como si me tocara.

—Que sepas que, sea cual sea tu juego, no vas a ganar. No contra todos nosotros. —Su voz se ha vuelto más profunda y áspera. Mi espectáculo le afecta. Otro punto para mí. Me alegra mucho estar de espaldas a él para que no vea que su voz y su mirada me afectan—. Si te vas ahora, no te haremos daño. Dejaremos que te quedes lo que papá te ha dado, y ninguno de nosotros te molestará. Si te quedas, te destrozaremos de tal manera que no tendrás más remedio que marcharte a rastras.

Me pongo los vaqueros y entonces, todavía de espaldas, empiezo a quitarme la camiseta.

Entonces oigo una risa fuerte y unas rápidas pisadas. Reed me agarra el hombro con la mano, aunque mantiene mi camiseta en su sitio. Me da la vuelta para ponerme frente a él. Después, se inclina sobre mí y, con sus labios a escasos centímetros de mi oído, me dice:

—Noticia de última hora, nena: puedes desnudarte delante de mí todos los días, y aun así, no me acostaría contigo, ¿lo pillas? Puede que tengas a mí padre comiendo de tu mano, pero el resto sabemos de qué vas.

La cálida respiración de Reed baja por mi cuello y tengo que controlarme con todas mis fuerzas para no temblar. ¿Estoy asustada? ¿Excitada? A saber. Mi cuerpo está muy confundido. Mierda. ¿Soy la hija de mi madre? Porque sentir debilidad por los tíos que tratan mal a una chica o una mujer es... era, joder, la tarjeta de visita de Maggie Harper.

—Suéltame —contesto con frialdad.

Me aprieta el hombro con los dedos durante un momento antes de distanciarse de mí. Yo tropiezo hacia delante y me agarro al borde de la cama.

—Estaremos vigilándote —añade en un tono misterioso, y después se marcha.

Las manos me tiemblan mientras me termino de vestir. A partir de ahora *siempre* voy a ir vestida en casa, incluso dentro de mi habitación. Ese idiota de Reed no volverá a pillarme con la guardia baja jamás.

—¿Ella?

Pego un bote, sobresaltada, y me doy la vuelta. Callum está de pie al lado de la puerta abierta.

—Callum, me has asustado —digo en un tono agudo, y me llevo la mano al corazón, que late desbocado.

—Lo siento. —Entra en la habitación con una hoja de cuaderno gastada—. Tu carta.

Lo miro a los ojos, sorprendida.

—Eh… esto… gracias.

—Pensabas que no te la daría, ¿no?

Yo hago una mueca.

—La verdad es que no estaba segura de que existiera.

—No te mentiré, Ella. Tengo muchos defectos. Las travesuras de mis hijos podrían llenar un libro más largo que *Guerra y paz*, pero no miento. Tan solo voy a pedirte que me des una oportunidad. —Posa el papel en mi mano—. Cuando hayas terminado, baja y desayuna. Al final del pasillo hay unas escaleras que conducen a la cocina. Ven cuando estés lista.

—Gracias, lo haré.

Sonríe de forma amable.

—Me alegro mucho de que estés aquí. Durante un tiempo pensé que nunca te encontraría.

—No… no sé qué decir. —Si solo estuviésemos Callum y yo creo que me aliviaría estar aquí, quizá incluso me sentiría agradecida, pero después del encuentro con Reed siento una mezcla de miedo y terror.

—No pasa nada. Te acostumbrarás a todo esto. Lo prometo. —Me guiña el ojo en un intento de asegurármelo y se va.

Entonces, me dejo caer en la cama y desdoblo la carta con dedos temblorosos.

Querido Steve:

No sé si esta carta te llegará alguna vez o si creerás lo que te cuento en ella cuando la leas. La enviaré a la base naval de Little Creek con tu número de identificación. Te dejaste aquí un trozo de papel en el que aparecía, junto con tu reloj. Yo me quedé el reloj. De algún modo recordé tu maldito número.

Bueno, al grano, me dejaste embarazada en el frenesí que vivimos aquel mes antes de que te destinasen a Dios sabe dónde. Para cuando me di cuenta de que estaba preñada, tú ya te habías ido. Los chicos de la base no estaban interesados en escuchar mi historia. Sospecho que ahora tú tampoco lo estarás.

Pero si lo estás, deberías venir. Tengo cáncer. Esta acabando con mi colon. Juro que lo siento dentro de mí, como si fuese un parásito. Mi pequeña va a quedarse sola. Es fuerte. Dura. Más dura que yo. La adoro. Y, aunque no tengo miedo a la muerte, temo que se quede sola.

Sé que no fuimos más que dos cálidos cuerpos que se acostaron juntos, pero te juro que hemos creado lo mejor del mundo. Te odiarás a ti mismo si no llegas al menos a conocerla.

Ella Harper. La llamé así por esa caja de música tan cursi que ganaste para mí en Atlantic City. Pensé que te gustaría.

Bueno, espero que esta carta te llegue a tiempo. Ella no sabe que existes, pero tiene tu reloj y tus ojos. Sabrás que es ella la primera vez que la veas.

Atentamente,

Maggie Harper.

Me meto en el baño privado, también de rosa chicle, para ponerme un paño en la cara. *No llores, Ella.* No sirve de nada. Me inclino sobre el lavabo y me echo agua en la cara, fingiendo que las gotas que caen sobre la porcelana son de agua y no lágrimas.

Cuando lo tengo todo controlado, me peino el pelo con un cepillo y me hago una coleta alta. Me echo algo de hidratante con color para cubrirme los ojos rojos y lo doy por terminado.

Antes de irme, guardo todo en la mochila y me la echo al hombro. Me la llevaré adonde vaya hasta que encuentre un lugar donde esconderla.

Paso por delante de cuatro puertas hasta que llego a la escalera trasera. El pasillo que hay junto a mi habitación es tan amplio que podría conducir uno de los coches de Callum por él. Vale, este sitio *tiene que* haber sido un hotel alguna vez, porque es ridículo que una casa familiar sea tan grande.

La cocina, al final de las escaleras, es enorme. Hay dos cocinas, una isla con una encimera de mármol y muchos armarios blancos. Veo un fregadero, pero no encuentro la nevera ni el lavavajillas. Quizá haya otra cocina en las entrañas de la casa y me manden fregar el suelo de allí, a pesar de lo que Callum dijo. Lo que, de hecho, me parecería bien. Me sentiría más cómoda si me diesen dinero por trabajar de verdad que simplemente por ir al instituto y ser una chica normal, porque ¿a quién le pagan por ser normal? A nadie.

En el extremo más lejano de la cocina hay una mesa enorme y unos ventanales con vistas al mar. Los hermanos Royal están sentados en cuatro de las dieciséis sillas. Todos llevan uniforme: una camisa blanca con el faldón sobre unos pantalones caqui. Hay americanas azules sobre el respaldo de algunas sillas. Y, de alguna forma, cada chico consigue parecer atractivo y tener un toque salvaje.

Este sitio es como el jardín del Edén. Hermoso pero lleno de peligros.

—¿Qué tipo de huevos prefieres? —pregunta Callum. Se encuentra frente a la cocina con una espátula en la mano y dos huevos en la otra. No parece estar cómodo. Un breve vistazo a los chicos confirma mis sospechas. Callum cocina pocas veces.

—Me gustan revueltos. —Nadie puede cocinar mal unos huevos revueltos. Callum asiente y después señala con la espátula la gran puerta de un armario que hay junto a él—. Hay fruta y yogur en el frigorífico, y bollos detrás de mí.

Me dirijo al armario y lo abro mientras los cuatro chicos observan mis movimientos con una mirada taciturna y enfadada. Es como cuando el primer día en un colegio nuevo todos deciden odiar a la chica nueva porque sí. Se enciende una luz y el aire frío me golpea en la cara. Una nevera escondida. ¿Por qué querría alguien ver que tienes una nevera? Qué raro.

Saco un envase con fresas y lo dejo en la encimera.

Reed tira su servilleta a la mesa.

—He terminado. ¿Quién quiere que lo lleve?

Los gemelos echan sus sillas para atrás, pero el otro, creo que es Easton, niega con la cabeza.

—Yo voy a recoger a Claire.

—Chicos —dice su padre en tono de advertencia.

—No pasa nada. —No quiero empezar una pelea o ser motivo de tensión entre Callum y sus hijos.

—No pasa nada, *papá* —responde Reed a modo de burla. Se gira hacia sus hermanos—. Salimos en diez minutos.

Todos le siguen como crías de pato. Aunque quizá sería mejor compararlos con soldados.

—Lo siento —dice Callum. Suspira y continúa—: No sé por qué están tan molestos. Tenía pensado llevarte yo al instituto de todas formas. Simplemente tenía la esperanza de que fuesen más... amables contigo.

El olor a huevo quemado hace que ambos nos giremos hacia los fogones.

—Mierda —maldice. Me pongo a su lado y veo un revoltijo oscuro solidificado. Callum sonríe arrepentido—. Nunca cocino, pero pensé que no podría preparar unos huevos mal. Supongo que me equivocaba.

¿Así que nunca cocina para sus hijos, pero sí para una chica extraña a la que acaba de traer a casa? No es difícil adivinar por qué están resentidos.

—¿Tienes hambre? Porque yo tengo suficiente con la fruta y el yogur. —La fruta fresca es algo que no he tenido el privilegio de comer a menudo. La comida fresca es símbolo de ser privilegiado.

—De hecho, estoy famélico —contesta, con una mirada apenada.

—Puedo hacer unos huevos. —Antes de que termine de hablar, Callum ya ha sacado un paquete de beicon —. Y beicon si tienes.

Callum se apoya contra la encimera mientras cocino.

—Así que cinco hijos, ¿eh? Son unos cuantos.

—Su madre falleció hace dos años. Nunca se han repuesto. Ninguno de nosotros lo ha hecho, de hecho. Maria era el pegamento que nos unía. —Se pasa una mano por el pelo—. Antes de que ella falleciese yo no pasaba mucho tiempo con ellos. Atlantic Aviation pasaba por una racha complicada, y yo buscaba tratos por todo el mundo. —Deja escapar un suspiro—. He conseguido levantar el negocio... todavía sigo trabajando en mi familia.

Por lo que he visto de sus hijos, creo que no han mejorado muchas cosas, pero las habilidades paternales de Callum no son asunto mío. Emito un sonido evasivo con la garganta que Callum toma como un estímulo para continuar.

—Gideon es el mayor. Está en la universidad, pero vuelve los fines de semana. Creo que está saliendo con alguien de la ciudad, aunque no sé con quién. Lo conocerás esta noche.

Genial... La verdad es que no.

—Me encantaría. —Tanto como ponerme un enema.

—Me gustaría llevarte al instituto y matricularte. Después de solucionarlo todo, Brooke, mi novia, se ha ofrecido para llevarte de compras. Imagino que podrás empezar el instituto el lunes.

—¿Voy muy atrasada?

—Las clases empezaron hace dos semanas. He visto tus notas, así que creo que estarás bien —me asegura.

—Tus detectives deben de ser muy buenos si tienes mi expediente escolar. —Frunzo el ceño y clavo la mirada en los huevos.

—Te has mudado en muchas ocasiones, pero sí; cuando descubrí el nombre completo de tu madre, no fue difícil dar marcha atrás y obtener todo lo que necesitaba.

—Mamá me cuidó lo mejor que pudo —respondo con la barbilla alta.

—Se desnudaba por dinero. ¿Te obligó a hacerlo a ti también? —responde Callum con rabia.

—No. Ella no tuvo nada que ver con eso. —Echo sus huevos en un plato. Puede cocinarse su maldito beicon él solo. Nadie habla mal de mi madre delante de mí.

Callum me coge del brazo.

—Mira, yo...

—¿Interrumpo algo? —pregunta alguien desde el umbral de la puerta.

Me doy la vuelta y veo a Reed. Su voz es gélida como el hielo, pero sus ojos desprenden fuego. No le gusta que esté tan cerca de su padre. Sé que es un movimiento completamente estúpido, pero hay algo en mí que hace que me acerque incluso más a Callum, a que me coloque casi bajo su brazo. Callum presta atención a su hijo, por lo que no se da cuenta de la razón de mi repentina cercanía. Sin embargo, los ojos entrecerrados de Reed me dicen que ha recibido el mensaje.

Alzo la mano y la poso en el hombro de Callum.

—No, solo le preparaba el desayuno a tu padre. —Sonrío con dulzura.

La expresión de Reed se torna más furiosa.

—Se me ha olvidado la chaqueta. —Se dirige a la mesa y la coge de la silla.

—Te veo en el instituto, Reed —respondo en un tono burlón.

Reed me lanza otra mirada y se marcha. Dejo caer la mano del hombro de Callum, que me mira, divertido.

—Estás provocando a un tigre.

Yo me encojo de hombros.

—Ha empezado él.

Callum niega con la cabeza.

—Y yo que pensaba que criar a cinco hijos era una aventura. Todavía no he visto nada, ¿verdad?

Capítulo 6

Callum me lleva al instituto en el que estudiaré los próximos dos años. Bueno, Durand es el que nos lleva. Callum y yo nos sentamos en la parte de atrás, y, mientras él reorganiza lo que parecen copias de planos, miro por la ventana e intento no pensar en el encontronazo que he tenido con Reed en mi habitación.

Pasan diez minutos hasta que Callum deja de prestar atención a su trabajo.

—Lo siento, estoy poniéndome al día. Me ausenté de la oficina después de que Steve falleciese, y la junta me presiona para que me ponga al día con todo.

Estoy tentada de preguntarle cómo era Steve, si era agradable, lo que hacía para divertirse, por qué se acostó con mi madre y nunca miró atrás. En lugar de eso me quedo callada. Una parte de mí no quiere saber nada de mi padre. Porque si sé de él, se convertirá en alguien real. Quizá se convierta en alguien *bueno*. Es más fácil pensar en él como el capullo que abandonó a mi madre.

Señalo los papeles.

—¿Son planos de tus aviones?

Callum asiente.

—Estamos diseñando un nuevo caza con motor de reacción. Lo ha encargado el ejército.

Madre mía. No solo construye aviones. Construye aviones de militares. Debe de ganar mucho dinero. Por otro lado, teniendo en cuenta la casa que tiene, no debería sorprenderme.

—Y mi pa... Steve... ¿También diseñaba aviones?

—Él estaba más involucrado en la parte de las pruebas. Yo también, en cierta medida, pero a tu padre le apasionaba volar.

A mi padre le gustaba pilotar aviones. Archivo esa información.

Cuando me quedo callada, la voz de Callum se suaviza.

—Me puedes preguntar lo que quieras sobre él, Ella. Conocía a Steve mejor que nadie.

—No estoy segura de estar preparada para saber de él todavía —respondo vagamente.

—Lo entiendo. Pero me encantará hablarte de él cuando *lo estés*. Fue un gran hombre.

Me muerdo la lengua para no decirle que no fue tan bueno si me abandonó, pero no quiero discutir con Callum.

Todos los pensamientos sobre Steve desaparecen cuando el coche llega a unas puertas que deben de medir como mínimo seis metros. ¿Así viven los Royal, conduciendo de reja en reja? Las atravesamos y nos mantenemos en la carretera pavimentada que termina delante de un edificio de estilo gótico cubierto de hiedra. Miro alrededor cuando salimos del coche y veo edificios parecidos que salpican las impolutas instalaciones del colegio Astor Park, junto con hectáreas de césped. Supongo que por eso el colegio se llama Astor Park, que quiere decir «parque Astor» en castellano.

—Quédate por aquí —ordena Callum a Durand a través de la ventanilla abierta del asiento del conductor—. Te llamaré cuando estemos listos para irnos.

El coche negro se dirige hacia una zona de aparcamiento situada al extremo del camino. Callum se gira hacia mí y dice:

—El director Beringer nos espera.

Es difícil mantener la boca cerrada mientras lo sigo por las amplias escaleras que dirigen a la puerta principal. Este sitio es una locura. Rezuma dinero y clase alta. El césped cortado a la perfección y el patio gigantesco están desiertos, supongo que todos ya están en clase; a lo lejos veo un borrón de chicos ataviados con el uniforme azul jugando al futbol en uno de los campos.

Callum sigue mi mirada.

—¿Practicas algún deporte?

—Eh, no. Es decir, soy algo atlética. Baile, gimnasia y esas cosas. Pero no soy muy buena deportista.

Él frunce los labios.

—Es una pena. Si te unieses a algún equipo, estarías exenta de la clase de educación física. Preguntaré si hay algún hueco en uno de los equipos de animadoras, puede que encajes bien ahí.

¿Animadora? Sí, claro. Necesitas vigor para eso, y yo soy la persona menos vigorosa que conozco.

Entramos en un vestíbulo que es igual al de esas películas en las que salen colegios privados. Grandes retratos de exalumnos cuelgan de los paneles de roble de las paredes y el suelo de madera está pulido. Algunos chicos que visten americanas azules pasan junto a nosotros y fijan sus miradas curiosas en mí antes de seguir su camino.

—Reed y Easton juegan a fútbol americano. Nuestro equipo está el primero en la liga estatal. Y los gemelos juegan a *lacrosse* —dice Callum—. Si consigues entrar en el equipo de animadoras, quizá acabes animando a uno de sus equipos.

Me pregunto si se da cuenta de que me está dando más razones para *no* ser animadora. No pienso dar saltos y agitar los brazos para animar a uno de los capullos Royal.

—Puede —murmuro—. Aunque preferiría concentrarme en los estudios.

Callum entra en la sala de espera de la oficina del director como si hubiese estado allí cientos de veces. Probablemente sea así, porque la secretaria de pelo blanco tras el escritorio lo saluda como si fuesen viejos amigos.

—Señor Royal, me alegra verlo por aquí y que no sea para solucionar un problema.

Callum responde con una sonrisa torcida.

—Qué me va a decir. ¿Está listo François?

—Sí. Los espera dentro.

La reunión con el director va mejor de lo que esperaba. Me pregunto si Callum le habrá dado algo de dinero al tipo para que no haga demasiadas preguntas sobre mí. Pero le debe haber contado *algo*, porque al principio me pregunta si quiero que me llamen Ella Harper o Ella O'Halloran.

—Harper —respondo con frialdad. No pienso abandonar el apellido de mi madre. Fue *ella* quien me crio, no Steve O'Halloran.

Me dan el horario, que incluye una clase de gimnasia. A pesar de mis protestas, Callum le cuenta al director Beringer que estoy interesada en hacer las pruebas para ser animadora. Dios, no sé qué tiene este hombre contra la asignatura de Educación Física.

Al terminar, Beringer me estrecha la mano y me dice que mi guía me espera en el vestíbulo para darme un *tour* rápido. Miro asustada a Callum, pero él no se da cuenta; está demasiado ocupado hablando de lo complicado que es el hoyo nueve. Por lo visto Beringer y él juegan al golf juntos, y cuando se despide de mí me informa de que Durand traerá el coche dentro de una hora.

Yo me muerdo el labio y salgo del despacho. No sé cómo sentirme con respecto a este colegio. Me han dicho que es académicamente excelente. Pero todo lo demás... los uniformes, los edificios sofisticados... no estoy hecha para estar aquí. Yo ya lo sé, y mis pensamientos se confirman cuando conozco a mi guía.

Lleva una falda azul marina y una camisa blanca que conforman el uniforme, y todo en ella rezuma *dinero,* desde su pelo perfectamente arreglado hasta su manicura francesa. Se presenta como Savannah Montgomery, «sí, *esos* Montgomery» dice a propósito, como si eso fuese a ponerme al tanto. Sigo sin saber quién es.

Está en penúltimo curso, como yo, y me mira de arriba abajo durante unos veinte segundos. Se le arruga la nariz al ver mis vaqueros estrechos, mi camiseta, las botas militares, mi pelo, mis uñas sin cuidar y el maquillaje aplicado con prisa.

—Te enviarán los uniformes a casa este fin de semana —me informa—. La falda no es negociable, pero se puede cambiar el largo del dobladillo. —Me guiña el ojo y se alisa la falda, que apenas le cubre los muslos. Las chicas que he visto por el pasillo llevaban las faldas hasta la rodilla.

—¿Qué, si le haces una mamada a los profesores te dejan acortar la falda? —pregunto educadamente.

Savannah abre los ojos de color azul claro como platos. Después ríe incómoda.

—Eh, no. Simplemente pásale uno de cien a Beringer si uno de los profesores se queja y mirará para otro lado.

Debe de estar bien vivir en un mundo donde puedes pasar «uno de cien» a la gente. Yo soy una chica de un dólar. Esos eran los que nos metían en el tanga.

Decido no contarle eso a Savannah.

—Bueno, te enseñaré esto —dice, pero en apenas un minuto me doy cuenta de que no está interesada en hacer de guía. Quiere información.

—Una clase, otra clase, el baño de las chicas. —Señala varias puertas con su delicado dedo mientras caminamos por el pasillo—. ¿Entonces Callum Royal es tu tutor legal? Otra clase, otra más, la sala de profesores de penúltimo año... ¿Por qué?

Respondo con frialdad:

—Conocía a mi padre.

—El socio de Callum, ¿verdad? Mis padres estuvieron en su funeral. —Savannah se echa el pelo castaño hacia atrás y abre unas puertas—. Las clases de los de primer año —comenta—. No pasarás mucho tiempo aquí. Las de segundo año están en el ala este. Así que vives con los Royal, ¿eh?

—Sí. —No añado nada más.

Pasamos rápidamente por una larga fila de taquillas que no se parecen en nada a las estrechas taquillas oxidadas de los institutos públicos a los que he asistido a lo largo de los años. Estas son de color azul marino e igual de anchas que tres normales. Brillan por los rayos de sol que se cuelan por las ventanas del pasillo.

Antes de darme cuenta salimos y andamos por un camino adoquinado y bordeado de árboles que dan sombra. Savannah señala otro edificio cubierto de hiedra.

—Ese es el ala de los de penúltimo año. Todas tus clases se impartirán allí. Excepto Educación Física: el gimnasio está en el campo sur.

Ala este. Campo sur. Este colegio es ridículo.

—¿Ya has conocido a todos los chicos? —Se detiene en mitad del camino y fija sus ojos oscuros y astutos en mi cara. Me vuelve a estudiar.

—Sí. —La miro a los ojos directamente—. No me han impresionado.

Savannah ríe, sorprendida.

—Entonces eres parte de la minoría. —Su cara vuelve a adquirir una expresión seria—. Lo primero que debes saber sobre Astor Park es que los Royal controlan este sitio, Eleanor.

—Ella —la corrijo.

Ella gesticula con la mano.

—Lo que sea. Ellos ponen las reglas. Ellos las hacen cumplir.

—Y todos vosotros los obedecéis como buenas ovejitas.

Sus labios se contraen en una pequeña mueca.

—Si no lo haces, pasarás cuatro años horribles.

—Bueno, pues me importan un comino sus reglas —respondo sacudiéndome de hombros—. Puede que viva en su casa, pero ni los conozco ni quiero hacerlo. Solo estoy aquí para terminar mis estudios.

—De acuerdo, supongo que es hora de que te dé otra lección sobre Astor —responde, y echa los hombros hacia atrás—. La única razón por la que soy amable contigo…

Espera, ¿para ella esto es ser *amable?*

—… es porque Reed todavía no ha emitido el decreto Royal.

Levanto una ceja.

—¿Y eso qué significa?

—Significa que basta que diga una palabra para que no seas nadie aquí. Insignificante. Invisible. O peor.

Me echo a reír.

—¿Se supone que me tiene que asustar?

—No, es la verdad. Hemos estado esperando que aparecieras. Nos han avisado y ordenado que no hagamos nada hasta nueva orden.

—¿Quién? ¿Reed? ¿El rey de Astor Park? Vaya, mira como tiemblo.

—Todavía no han tomado una decisión respecto a ti. Aunque lo harán pronto. Te conozco desde hace cinco minutos y ya sé cuál será. —Sonríe de forma burlona—. Las mujeres tenemos un sexto sentido. No nos lleva mucho tiempo saber a quién nos enfrentamos.

Le devuelvo la sonrisa.

—No, es cierto.

El choque de miradas solo dura varios segundos. Lo suficiente para transmitirle que me importan una mierda ella, Reed y la jerarquía social que obedece. Después, Savannah se echa el pelo hacia atrás de nuevo y me sonríe.

—Vamos, Eleanor, deja que te muestre el campo de fútbol americano. ¿Sabes que es lo más novedoso en estadios?

Capítulo 7

El *tour* de Savannah se termina tras la visita a la piscina interior de tamaño olímpico. Si hay algo de mí que le gusta es mi figura. El *look* «apenas he comido» es popular, me dice con una brusquedad que empiezo a creer que es propia de su personalidad y no un reflejo de lo que piensa de mí.

—Puede que creas que soy una zorra, pero digo la verdad. Astor Park es un colegio totalmente diferente. Supongo que has ido a un instituto público hasta ahora ¿no? —Señala mis baratos vaqueros pitillos.

—Sí, ¿qué pasa? El instituto es el instituto. Lo pillo. Hay grupos diferentes. Los populares, los ricos...

Savannah levanta una mano para interrumpirme.

—No. Esto no se parece a nada que has visto antes. ¿Te acuerdas del gimnasio que hemos visto hace poco? —Asiento con la cabeza—. Al principio iba a ser para el equipo de fútbol americano, pero la familia de Jordan Carrington se quejó y se rediseñó como un gimnasio de acceso libre a excepción de unas horas específicas. Entre las cinco y las ocho de la mañana y las dos y ocho de la tarde solo lo puede utilizar el equipo de fútbol americano. El resto del tiempo, está abierto para el resto de la gente. Genial, ¿eh?

No sé si bromea, porque lo de que tenga acceso limitado es ridículo.

—¿Por qué se quejaron los Carrington? —pregunto con curiosidad.

—Astor Park es una institución de educación secundaria privada. —Savannah continúa andando. No hay quien la pare—. Todas las familias del estado quieren que sus hijos estudien aquí, pero es exclusiva. Todos los que asisten, incluso los becados, están aquí porque tienen algo especial que ofrecer. Puede que se les de genial el fútbol americano o lleven al equipo de ciencias a la victoria, lo que significa publicidad. En el caso de Jordan, es la capitana del equipo de baile, lo que en mi opinión se parece mucho a hacer *striptease*...

Mierda, espero que no sea eso lo que Callum ha sugerido esta mañana.

—... pero ganan, y a Astor Park le gusta ver su nombre en el periódico al lado del vencedor.

—¿Y qué hago yo aquí entonces? —murmuro en voz baja.

Pero Savannah tiene un oído muy fino, porque cuando abre la puerta responde:

—Eres un tipo de Royal. Aún está por verse cuál. Si eres débil, el instituto te absorberá, así que te aconsejo que te aproveches de todo lo que te ofrece el apellido Royal, aunque sea a la fuerza.

La puerta de un coche se cierra y una chica rubia platino muy delgada que lleva vaqueros ceñidos y zapatos de tacón altísimos se tambalea en nuestra dirección.

—Hola, mmm... —La desconocida se lleva una mano a la frente para que el sol no le dé en los ojos, lo cual es innecesario, ya que tiene unas gafas de sol enormes que le cubren la cara.

Mi guía murmura suavemente:

—Es la novia de Callum Royal. No tienes que ser maja. Es una *extra*.

Y con ese último sabio consejo, Savannah desaparece y me deja con esta esbelta mujer.

—Tú debes de ser Elaine. Yo soy Brooke, la amiga de Callum. He venido para llevarte de compras. —Da una palmada como si fuese lo más divertido del mundo.

—Ella —le corrijo.

—Oh, ¡lo siento! Se me dan *tan* mal los nombres. —Me mira con una sonrisa de oreja a oreja—. ¡Hoy nos lo vamos a pasar muy bien!

Titubeo.

—No tenemos que ir de compras. No me importa esperar aquí hasta que venga el autobús.

—Oh, querida —contesta mientras ríe de forma nerviosa—. No hay autobuses. Además, Callum me ha dicho que te lleve de compras, así que eso es lo que haremos.

Me coge el brazo con una sorprendente fuerza y me arrastra a la limusina. Durand está en el interior. Ya empiezo a quererlo.

—Hola, Durand. —Saludo con la mano antes de darme la vuelta y mirar a Brooke—. ¿Qué te parece si me siento delante con Durand y dejo que te relajes en la parte de atrás? —sugiero.

—No. Quiero conocerte. —Me empuja hacia el asiento y se mete detrás de mí—. Cuéntamelo todo.

Reprimo un suspiro; no tengo ganas de charlar con la novia de Callum. Después me reprendo, porque Brooke es amable conmigo. Normalmente no soy tan criticona, así que me obligo a bajar un poco la guardia. En todo caso, parece que Brooke es más de mi estilo que de los Royal, ya que los compañeros de los chicos la llaman *extra*.

Aunque parece joven. Muy joven. Tan joven que Callum podría ser su padre.

—No hay mucho que contar —respondo, con los hombros encogidos—. Soy Ella Harper. Callum dice que Steve O'Halloran es mi padre.

Brooke asiente.

—Sí, me lo ha contado esta mañana. ¿No es genial? Me ha dicho que te encontró a varias horas de aquí y que lo pasó muy mal al saber que tu madre había fallecido. —Me coge de la mano y su sonrisa se apaga ligeramente—. Mi madre murió cuando yo tenía trece años. Aneurisma cerebral. Me quedé con el corazón roto, así que sé cómo te sientes.

Cuando me aprieta la mano, siento un nudo en la garganta. Trago saliva un par de veces antes de contestar.

—Lo siento.

Cierra los ojos durante un momento, como si también tratase de controlar sus emociones.

—Bueno, ambas estamos en un sitio mejor, ¿a que sí? Callum también me salvó a mí.

—¿Tu también hacías *striptease* por dinero? —pregunto sin pensar.

Brooke abre los ojos como platos y suelta una risita antes de taparse la boca.

—¿Hacías eso?

—No me desnudaba completamente. —Me encojo ante su risa y deseo no haberlo mencionado.

Ella se calma y me vuelve a dar una palmadita en la mano.

—Siento haberme reído. No me he reído de ti, sino por Callum. Seguramente se sintió avergonzado. Intenta ser un buen padre con todas sus fuerzas, y estoy segura de que conocer a su pupila en un local nocturno tuvo que ser sorprendente.

Ruborizada y avergonzada, miro por la ventana. El día de hoy no podría haber ido peor. Empezando por los sentimientos extraños provocados por el odio agresivo de Reed, seguidos por la condescendiente visita guiada de Savannah y la confesión vergonzosa a la novia de Callum. *Odio* sentir que estoy en un lugar al que no pertenezco. El primer día en un colegio nuevo. El primer viaje en autobús. El primer...

Un golpecito en la frente interrumpe mis pensamientos.

—Eh, no te pierdas en tu mente, cielo.

Giro la cabeza y miro a Brooke.

—No lo hago —respondo.

—Y una mierda —dice en un tono dulce y cariñoso. Levanta la mano y la posa en mi mejilla—. No me desnudaba, pero eso es porque decidí hacer cosas peores para sobrevivir. No te juzgaré. En absoluto. Lo importante es que ya no estás ahí y que no volverás nunca. Si juegas bien tu mano, tendrás la vida arreglada de por vida. —Entonces, retira la mano y me da una palmadita en la cara—. Ahora sonríe, porque nos vamos de compras.

No voy a mentir, suena bien.

—¿Cuánto gastaremos?

Ya he estado en centros comerciales. La cantidad asciende rápido, incluso cuando hay ofertas, pero si tengo uniforme solo necesitaré un par de cosas. Otro par de pantalones. Quizá una camiseta o dos. La playa está cerca, así que lo lógico es comprar un bañador. Podría gastarme algunos cientos de dólares.

La cara de Brooke se ilumina. Saca una tarjeta y la agita delante de mi cara.

—Has hecho la pregunta equivocada. Todo corre a cargo de Callum, y créeme, no importa que diga que su negocio iba mal hace unos años, ese hombre podría comprar y vender el centro comercial entero y tener todavía bastante para hacer que la prostituta más lujosa tenga un orgasmo.

Ni siquiera sé cómo responder a eso.

Acudimos a un centro comercial al aire libre donde hay pequeñas tiendas con ropa diminuta y etiquetas enormes. Cuando no puedo decidirme a comprar nada (¿mil quinientos dólares por un par de zapatos? ¿Están hechos de oro de verdad?), Brooke toma las riendas y le da artículos y artículos de ropa a la dependienta.

Hay tantas cajas y bolsas que temo que Durand deba cambiar el coche por un camión de mudanzas. Estoy exhausta después de visitar la décima tienda y supongo que Brooke se siente igual cuando la oigo suspirar.

—Voy a sentarme aquí y comer un tentempié mientras tú terminas.

Se sienta en una silla de terciopelo y hace una señal a una dependienta que se acerca de inmediato.

—¿Qué le traigo, señorita Davidson?

—Un mimosa. —Agita la mano con la que sujeta la tarjeta que ha usado hasta ahora. Me sorprende que no se haya derretido—. Ve y compra. Callum se sentirá decepcionado si no vuelves a casa con el maletero lleno de bolsas. Me ha dicho específicamente que necesitas de todo.

—Pero... yo... —Me siento completamente incómoda. Déjame suelta por Walmart o incluso Gap y me irá bien. ¿Pero aquí? Ninguna de estas prendas parece que deba ser usada. Aun así, Brooke ha terminado de hablar conmigo. Ella y la dependienta conversan animadamente sobre qué marcará más tendencia en otoño: la franela gris o el *tweed* gris.

Cojo la tarjeta a regañadientes, que es más pesada que las que he tocado hasta ahora. Me pregunto si hay otra dentro y por eso Brooke ha comprado media tienda sin que se haya quemado. Me marcho y compro algunas cosas más; tiemblo al ver el precio y me siento aliviada de verdad cuando aparece Durand para llevarnos de vuelta al castillo de los Royal.

De camino a casa, Brooke parlotea y me ofrece consejos sobre cómo conjuntar algunas de mis adquisiciones para crear el modelito de diseñador perfecto. Algunas de sus sugerencias me hacen reír, y me sorprende darme cuenta de que hoy no lo he pasado tan mal con Brooke. Claro que se entusiasma demasiado y es un poco exagerada, pero quizá fui injusta cuando cuestioné el gusto de Callum por las mujeres. Al menos, Brooke entretiene.

—Gracias por el viaje, Durand —digo cuando nos detenemos frente a la puerta de la mansión. Él aparca el coche aquí mismo en lugar de dirigirse a un lateral como hizo ayer, cuando llegamos de Kirkwood.

Durand ayuda a Brooke a salir del coche y a subir las escaleras. Yo los sigo como si fuese la *extra*, tal y como denominó Savannah a Brooke.

—Ahora recojo las bolsas —me avisa, con la cabeza girada hacia atrás.

Todo eso me hace sentir incómoda e inútil. Debería buscar trabajo. Si tuviese mi propio dinero y algunos amigos de verdad, puede que volviera a sentirme normal.

Cuando soñaba sobre mi futuro, no incluía limusinas, mansiones, chicas bordes ni ropa de diseñador. El péndulo de mi vida se ha balanceado demasiado en la dirección contraria.

Callum espera en el recibidor mientras Durand trae mis bolsas, y Brooke y yo lo seguimos.

—Gracias por la ayuda —le dice Callum a su conductor.

—¡Querido! —Brooke cobra vida cuando escucha la voz de Callum y se lanza a sus brazos—. ¡Lo hemos pasado tan bien!

Callum asiente en señal de aprobación.

—Me alegro. —Me mira—. Gideon está en casa. Quiero que lo conozcas… sin distracciones. Después, ¿te apetece comer algo?

—¿Gideon? —A Brooke se le iluminan los ojos—. Hace demasiado tiempo que no veo a ese chico encantador. —Se pone de puntillas y da un beso a Callum en la mejilla—. Tus planes para comer suenan fabulosos. Tengo muchas ganas.

La voz ronca con la que lo dice casi hace que me sonroje. Callum tose, incómodo.

—Vamos, Ella. Quiero que conozcas a mi hijo mayor —dice, lleno de orgullo, y lo sigo con curiosidad a la parte trasera de la casa, donde una preciosa piscina de azulejos blancos y azules decora un césped perfectamente cuidado.

Dentro de la piscina, hay una flecha humana que se desliza por el agua a brazadas limpias y firmes. Brooke suspira a mi lado. O quizá es un gemido. Tiene sentido que haya emitido cualquiera de esos sonidos porque, incluso dentro del agua, se aprecian los músculos marcados del mayor de los Royal. Y si es como el resto de sus hermanos, fuera del agua su físico será igual de increíble.

Supongo que entiendo por qué se ha alegrado Brooke al escuchar su nombre, pero es un poco extraño, ya que ella es la novia de su padre. Decido que los adultos son complicados. Juzgar sus relaciones no es asunto mío.

Dos largos después, Gideon se detiene y se impulsa fuera de la piscina. Con su bañador Speedo es fácil ver que el tipo no tiene problemas de encogimiento.

—Papá. —Se pasa una toalla por la cara y se la coloca en el cuello. No parece preocuparse o darse cuenta de que está empapando el suelo.

—Gideon, esta es Ella Harper, la hija de Steve.

El mayor de los Royal me mira fijamente.

—Así que la has encontrado.

—Así es.

Hablan de mí como si fuese un cachorro perdido.

Callum posa la mano en mi hombro y me empuja hacia delante.

—Encantada de conocerte, Gideon. —Me limpio la mano en los vaqueros y después la extiendo.

—Igualmente. —Él la estrecha y, a pesar de la frialdad de su voz, me parece más amable que cualquiera de los que viven en esta casa, sin contar a su padre—. Tengo que hacer algunas llamadas. —Se vuelve hacia su padre—. Pero necesito ducharme primero. Os veré más tarde.

Pasa por delante de nosotros. Cuando me giro para verlo marchar, observo la cara de Brooke y me sorprende el deseo que veo reflejado en ella. Su mirada está llena de lujuria, como cuando mi madre veía algo extravagante que quería pero no podía tener.

Callum parece no darse cuenta. Fija su atención en mí, pero yo no puedo dejar de pensar en la cara de Brooke. El hijo de Callum la atrae. ¿Soy la única que lo ve?

Para, Ella. No es asunto tuyo.

—¿Qué te parece si comemos ahora? —sugiere Callum—. Hay una pequeña cafetería que está genial a cinco minutos de aquí. Tienen productos locales. Muy frescos y ligeros.

—Claro. —Estoy preparada para escapar.

—Yo también voy —añade Brooke.

—De hecho, Brooke, si no te importa me gustaría quedarme a solas con Ella. —Su tono denota que no le importa si le parece bien el plan porque va a ser lo que él diga.

Capítulo 8

El almuerzo con Callum es sorprendentemente agradable. Me cuenta más cosas de Steve a pesar de que no hago preguntas, pero confiesa que hablar de Steve lo alivia. Admite que no siempre estaba disponible para ayudar a su mujer y sus hijos, pero que dejaba todo cuando Steve le necesitaba. Por lo visto, el lazo de las fuerzas especiales del ejército de los Estados Unidos es inquebrantable.

No se ríe de mí cuando le pregunto si se hicieron amigos cuando estaban en el ejército, pero parece reprimir una sonrisa cuando me explica que el entrenamiento básico de demolición submarina es un programa de entrenamiento de la marina. Para cuando terminamos de comer conozco un poco más al cabeza de los Royal; es leal, decidido y no cuenta con el control total de su propia vida. No tocamos el tema de sus hijos, pero me tenso cuando la verja se abre.

—Cambiarán de opinión —me anima Callum.

Nos encontramos a los chicos apiñados en una gran habitación al final del ala derecha de la casa. Callum la llama el salón de juegos. A pesar de sus paredes negras, el lugar es enorme, así que no parece una cueva. Los chicos nos reciben en silencio, y las palabras de consuelo que me ha ofrecido antes Callum suenan poco convincentes al instante.

—¿Adónde iréis esta noche? —pregunta Callum en tono informal.

Al principio nadie dice nada. Los jóvenes miran a Reed, que se encuentra apoyado contra un taburete con un pie en el suelo y el otro en el travesaño más bajo. Gideon está tras la barra con las manos sobre la encimera, observando todo.

—¿Gideon? —apunta Callum.

Su hijo mayor se encoge de hombros.

—Jordan Carrington da una fiesta.

Reed se gira y frunce el ceño hacia Gideon como si fuese un traidor.

—Llevaos a Ella a la fiesta —ordena su padre—. Le irá bien conocer a sus nuevos compañeros.

—Habrá alcohol, drogas y sexo —se burla Reed—. ¿De verdad quieres que vaya?

—Preferiría quedarme en casa esta noche —murmuro, pero nadie me escucha.

—Entonces los cinco cuidaréis de ella. Ahora es vuestra hermana.

Callum cruza los brazos sobre el pecho. Están librando una competición de poder, y él quiere ganar. Poco parece importarle la parte de «alcohol, drogas y sexo». Genial. Esto es verdaderamente fantástico.

—Vaya, ¿la has adoptado? —pregunta Reed con sarcasmo—. Supongo que no debería sorprendernos. Hacer cosas sin decirnos nada es tu *modus operandi,* ¿verdad papá?

—No quiero ir a la fiesta —interrumpo—. Estoy cansada. Me apetece quedarme en casa.

—Buena idea, Ella. —Callum descruza los brazos y coloca uno sobre mi hombro—. Entonces veremos una película.

La mandíbula de Reed se mueve con un tic nervioso.

—Tú ganas. Puede venir con nosotros. Salimos a las ocho.

Callum retira el brazo. No es tan despistado como pensé. Los chicos no quieren que se quede a solas conmigo, y Callum lo sabe.

Reed fija sus ojos azul metálico de Reed en mí.

—Será mejor que subas y te arregles, *hermanita.* No puedes arruinar tu gran debut yendo vestida así.

—Reed —le advierte Callum.

Su hijo parece la inocencia personificada.

—Solo intento ayudar.

Desde su posición al lado de la mesa de billar, Easton parece reprimir una sonrisa. Gideon se muestra resignado y los gemelos nos ignoran a todos.

El pánico me invade y me estremezco. Las fiestas de instituto a las que he acudido, todas ellas, eran de etiqueta informal, de vaqueros y camiseta. Claro que las chicas se vestían de forma provocativa, pero no se arreglaban en exceso. Quiero preguntar cómo de elegante será la fiesta, pero no quiero dar a los hermanos Royal la satisfacción de saber que me siento totalmente fuera de lugar.

Como quedan quince minutos para las ocho, subo a mi habitación y encuentro todas las bolsas puestas en fila al final de la cama. Tengo las advertencias de Savannah en mente. Si voy a quedarme dos años aquí, necesito causar buena impresión. Y también me planteo otra cosa... ¿por qué narices me importa? No necesito gustar a esta gente, solo graduarme.

Pero me importa. Me odio por ello, pero no puedo luchar ante la necesidad acuciante de *intentarlo*. De intentar encajar. De intentar que esta experiencia académica sea diferente al resto.

Hace calor, así que decido vestirme con una falda corta de color azul marino y un top blanco y azul claro hecho de seda y algodón. Cuesta tanto como la sección entera de ropa de Walmart, pero es muy bonita, y suspiro cuando me la pongo.

En otra bolsa encuentro un par de manoletinas de color azul marino con un cinturón con una hebilla ancha y plateada retro. Me peino y me recojo los largos mechones en una coleta, pero después decido dejarlo suelto. Me coloco una diadema plateada que Brooke me ha hecho comprar; «los accesorios son obligatorios», insistió, por lo que tengo una bolsa llena de pulseras, colgantes, bufandas y bolsos.

En el baño, abro el kit de maquillaje y me lo aplico para que parezca lo más natural posible. Intento conseguir un *look* inocente y espero que en mi solicitud no apareciese el tiempo que pasé trabajando en bares y locales nocturnos. No estoy acostumbrada a las fiestas de instituto. Sí a trabajar con treintañeros que fingen tener diez años menos y cuyo lema es que si no te pones tres capas de maquillaje es que no te esfuerzas.

Examino mi reflejo en el espejo al terminar y veo a una desconocida. Parezco una estirada formal. Parezco Savannah Montgomery, no Ella Harper. Pero puede que eso sea algo bueno.

Sin embargo, no hay nada que me anime en la respuesta que obtengo unos minutos después, cuando veo a los hermanos Royal en la zona de acceso para los coches. Gideon parece sorprendido por mi apariencia. Los gemelos y Easton resoplan, divertidos. Reed sonríe con suficiencia.

¿He dicho ya que llevan vaqueros de cintura baja y camisetas ceñidas?

Los capullos me la han jugado.

—Vamos a una fiesta, *hermanita,* no a tomar el té con la reina. —La voz profunda de Reed no me hace sentir un cosquilleo esta vez. Vuelve a burlarse de mí, *y* lo disfruta.

—¿Podéis esperar cinco minutos para que me cambie? —pregunto con firmeza.

—No. Hora de irse. —Se dirige hacia uno de los todoterrenos sin mirar atrás.

Gideon me vuelve a mirar y después posa la mirada en su hermano. Suspira y sigue a Reed en dirección al coche.

La fiesta es en una casa lejos de la costa. Easton me lleva. El resto ya se ha ido y él no parece alegrarse de ser al que le toca quedarse conmigo. No habla mucho durante el trayecto. Tampoco enciende la radio, así que el silencio hace que sea un viaje incómodo.

No me mira hasta llegar a la entrada principal de una mansión de tres plantas.

—Bonita diadema.

No cedo al impulso de borrar la engreída sonrisa de su engreída cara.

—Gracias. Ha costado ciento treinta pavos. Cortesía de la mágica tarjeta negra de tu padre.

Eso hace que sus ojos se oscurezcan.

—Cuidado, *Ella.*

Sonrío y llevo la mano hacia la manilla de la puerta.

—Gracias por traerme, *Easton.*

Reed y Gideon están de espaldas en la entrada columnada de la casa, enfrascados en una conversación en voz baja. Oigo que Gideon suelta un taco y después dice: «No es buena idea, hermano. No durante la temporada».

—¿Y a ti qué coño te importa? —murmura Reed—. Has dejado claro de qué lado estás, y ya no es del nuestro.

—Eres mi hermano y me preocupo por... —Se calla cuando se da cuenta de que me acerco.

Ambos se tensan y después Reed se da la vuelta para saludarme. Con saludarme quiero decir que me suelta una lista de lo que puedo y no puedo hacer en la fiesta.

—Es la casa de Jordan. Sus padres trabajan con hoteles. No te emborraches. No eches por tierra el apellido Royal. No te quedes cerca de nosotros. No utilices el apellido Royal para conseguir algo. Actúa como una puta y te echaremos a patadas. Gid dice que tu madre era prostituta. No intentes nada de eso aquí, ¿entendido?

Los famosos decretos de los Royal.

—Que te den, Royal. *No* era una prostituta, a menos que bailar sea tu versión de acostarte con alguien, y si tu vida sexual es así, debe de ser horrible. —Mi mirada rebelde choca con sus ojos fríos—. Haz lo que te dé la gana. Eres un aficionado comparado con lo que he vivido.

Paso por delante de los hermanos Royal y entro como si fuese la dueña de la casa para después arrepentirme de inmediato, porque toda la gente que está en la entrada se gira para mirarme. El martilleo del ritmo de la música hace eco por toda la casa, vibra bajo mis pies y hace temblar las paredes; oigo unas voces y risas fuertes que resuenan más allá de una entrada abovedada a mi izquierda. Un par de chicas con camisetas reveladoras y vaqueros ceñidos me mira con desdén. Un chico alto que viste un polo me sonríe con suficiencia mientras se lleva un botellín de cerveza a los labios.

Lucho contra el impulso de salir corriendo; o me acobardo y soy un objetivo durante los próximos dos años o lo afronto con descaro. Lo mejor que puedo hacer es ser atrevida cuando lo necesite y mezclarme entre la gente cuando tenga la oportunidad. No soy el perrito de nadie, pero tampoco necesito destacar.

Así que sonrío educadamente ante sus miradas y cuando sus ojos se fijan en los Royal, detrás de mí, aprovecho para meterme en el pasillo más próximo. Continúo por él hasta que encuentro un rincón en silencio, un pequeño espacio entre las sombras al final del pasillo. Aunque parece el sitio perfecto para darse el lote con alguien, está vacío.

—Todavía es pronto —dice una chica, y yo pego un bote, sorprendida—. Pero aunque fuese más tarde, esta parte de la casa siempre está vacía.

—Dios, no te había visto. —Me llevo una mano al corazón, que late desbocado.

—Me lo dicen a menudo.

Mientras mis ojos se acostumbran a la oscuridad vislumbro un sillón en la esquina. La chica sentada en él se pone de pie. Es bajita, tiene el pelo negro, que le llega hasta la barbilla, y un pequeño lunar sobre el labio superior. Y unas curvas por las que mataría.

—Soy Valerie Carrington.

¿La hermana de Jordan?

—Yo…

—Ella Royal —me interrumpe.

—Harper, de hecho. —Miro a su alrededor. ¿Estaba leyendo con una linterna? Veo un teléfono sobre una mesita al lado de la silla. ¿Mandaba mensajes a su novio?—. ¿Te estás escondiendo?

—Sí. Te ofrecería un asiento, pero solo hay uno.

—Sé por qué me escondo —digo con vergonzosa sinceridad—. Pero, ¿cuál es tu excusa? Si eres una Carrington, vives aquí, ¿no?

Valerie ríe.

—Soy la prima lejana pobre de Jordan. Una obra de caridad.

Y apuesto a que Jordan no deja que se olvide de ello.

—Esconderse no es malo. Si escapas, vives para luchar otro día. Al menos esa es mi teoría. —Me encojo de hombros.

—¿Por qué te escondes? Ahora eres una Royal. —Hay un pequeño matiz de burla en su voz que hace que me defienda.

—¿Igual que tú una Carrington?

Valerie frunce el ceño.

—Ya lo pillo.

Me paso una mano por la frente y me siento como una completa estúpida.

—Lo siento, no pretendía hablarte así. Han sido un par de días largos, estoy cansadísima y me siento fuera de lugar.

Valerie inclina la cabeza y me observa durante varios segundos.

—Vale, Ella *Harper*. —Pone énfasis en mi nombre, como si fuese la pipa de la paz—. Busquemos algo que te espabile. ¿Sabes bailar?

—Sí, más o menos, supongo. Iba a clases de baile de pequeña.

—Entonces esto será divertido. Ven.

Me guía por el pasillo, hacia unas escaleras.

—Por favor, dime que no tienes que dormir en una alacena debajo de la escalera.

—¡Ja! No. Tengo una habitación arriba. Estos son los cuartos del servicio. El hijo del ama de llaves es amigo mío. Se ha ido a la universidad y ha dejado aquí sus juegos. Jugábamos todo el tiempo, incluido al DDR.

—No tengo ni idea de qué es eso —confieso. Mamá y yo ni siquiera teníamos televisión cuando vivíamos en ese último lugar de Seattle.

—Dance Dance Revolution. Tienes que hacer los movimientos que aparecen en la pantalla y te puntúan según lo bien que bailes. Se me da bastante bien, pero si tienes algo de experiencia de baile entonces no será una aniquilación total.

Cuando me sonríe, estoy a punto de abrazarla porque hace mucho tiempo que no tengo una amiga. Ni siquiera me había dado cuenta de que necesitaba una hasta este momento.

—Tam era terrible —admite.

El tono de su voz me dice que lo echa de menos. Mucho.

—¿Vuelve a menudo? —Pienso en Gideon, que ha vuelto después de un par de semanas de universidad.

—No. No tiene coche así que no nos veremos hasta Acción de Gracias. Cuando su madre vaya a verlo iré con ella. —Casi salta del entusiasmo al mencionar el viaje—. Pero algún día tendrá uno.

—¿Es tu novio?

—Sí. —Me lanza una mirada acusadora—. ¿Por qué? ¿Algún problema?

Alzo las manos en señal de rendición.

—Claro que no. Simplemente tenía curiosidad.

Ella asiente y abre la puerta de una pequeña habitación con una cama bien hecha y una televisión de tamaño normal.

—Entonces, ¿cómo son los Royal en casa? —pregunta mientras enciende el juego.

—Simpáticos —miento.

—¿En serio? —Parece incrédula—. Porque no han sido agradables contigo. Ni cuando han hablado de ti.

Una especie de sentimiento de lealtad inapropiado hacia esos capullos hace que conteste:

—Bueno, están cambiando de opinión. —Repito las palabras de Callum, pero no suenan más creíbles al decirlas yo. Intento cambiar de tema y doy un golpecito a la televisión—. ¿Preparada para bailar?

—Sí. —Valerie acepta que cambie de tema con facilidad. Saca dos bebidas a base de vino, zumo y fruta de una mininevera y me da una—. Brindemos por escondernos y aun así pasarlo bien.

El juego es pan comido. Es demasiado fácil para ambas. Valerie es una bailarina genial, pero yo crecí en este ambiente y no hay movimiento de caderas o de brazos que se me resista. Valerie decide que necesitamos aumentar el nivel de dificultad así que pausa el juego y empezamos a beber. Mientras bebemos, sus movimientos son cada vez más terribles, pero el alcohol es como magia para mí y la música toma el control.

—Vaya, chica, *sí que sabes moverte* —dice en un tono burlón—. Deberías presentarte a alguno de esos programas de baile de la televisión.

—No. —Doy otro trago a mi bebida—. No me interesa salir en televisión.

—Bueno, pues debería. Es decir, mírate. Estás guapa incluso con ese modelito de zorrilla rica. Y con tus movimientos, serías una estrella.

—No me interesa —repito.

Valerie ríe.

—Vale, como quieras. ¡Voy al baño!

Yo también río mientras ella se aleja de la pantalla en mitad de la canción para ir al servicio. Tiene una cantidad de energía asombrosa, y me cae bien. Hago una nota mental de preguntarle si también va al Astor Park. Estaría bien tener una amiga allí cuando empiece el lunes. Pero entonces la canción de la pantalla cambia y la música vuelve a hechizarme.

Mientras Valerie está en el baño, la canción *Touch Myself* de Divinyls empieza a sonar y yo comienzo a bailar, no siguiendo los movimientos que indica el juego, sino con mis propios pasos. Un impecable baile seductor. Uno que hace que mi sangre palpite y que las manos comiencen a sudarme.

La imagen inoportuna del atractivo cuerpo de Reed y sus ojos azules aparece frente a mí. Maldita sea, el muy capullo ha invadido mis pensamientos, y soy incapaz de no acordarme de él. Cierro los ojos e imagino que me recorre las caderas con las manos y me acerca a él. Coloca la pierna entre las mías...

Se enciende la luz y me detengo de golpe.

—¿Dónde está? —pregunta el diablo en persona.

—¿Quién? —pregunto estupefacta. No me creo que estuviese fantaseando con Reed Royal, el chico que cree que me tiro a su padre.

—El capullo para el que bailas. —Reed cruza la habitación y me agarra de los brazos—. Te dije que no puedes engañar a mis amigos.

—No hay nadie aquí. —Mi cerebro ebrio funciona demasiado lento para entender lo que dice. Se oye la cisterna.

—¿Ah, sí?

Me aparta a un lado y abre la puerta del baño. Se oye un chillido de consternación y él murmura una disculpa entre dientes mientras cierra la puerta.

No puedo evitar una sonrisa engreída.

—¿Te había dicho que soy lesbiana?

A Reed no le parece divertido.

—¿Por qué no me has dicho que estabas con Valerie?

—Porque verte sacar tus propias conclusiones es más divertido. Además, aunque te hubiese dicho con quién estaba, no me habrías creído. Ya has decidido quién y cómo soy, y nada te hará cambiar de idea.

Reed frunce el ceño, pero no me contradice.

—Ven conmigo.

—Déjame que piense. —Me golpeo el labio inferior con el dedo como si considerara su penosa invitación. Sus ojos observan el movimiento—. Vale. Ya lo he decidido. *No*.

—No te gusta estar aquí —responde secamente.

—Gracias, don Perspicaz.

Él ignora mi sarcasmo.

—Sí, bueno, a mí tampoco me gusta. Pero esto es lo que hay. Si no vienes conmigo y haces un esfuerzo, mi padre te seguirá obligando a venir a estas fiestas. Pero si mueves el culo, sales y todo el mundo informa a sus padres de que te han visto, papá lo dejará estar. ¿Lo entiendes?

—La verdad es que no.

Reed vuelve a acercarse, y su tamaño me deja pasmada de nuevo. Es muy alto. Lo bastante como para ser apodado «larguirucho» o algo así si fuese delgado. Pero no es delgado. *Tiene un cuerpazo*. Es grande y musculoso, y el alcohol me hace sentir excitada y acalorada al estar junto a él.

Reed sigue hablando, ajeno a mis pensamientos inapropiados.

—Si mi padre piensa que eres un corderillo perdido y solitario, nos obligará a todos a permanecer juntos. Aunque quizá eso es lo que quieres. ¿Es así? Quieres que te vean con nosotros. Quieres estar en estas fiestas.

Sus acusaciones me sacan de mi neblina.

—Claro, como he pasado *tanto* tiempo con vosotros esta noche...

Su expresión no cambia, ni siquiera reconoce que tengo razón. Vale. Me da igual.

—Venga, Valerie, vamos a la fiesta —grito.

—No puedo. Estoy avergonzada. Reed Royal me ha visto en el baño —gime tras la puerta.

—El capullo se ha ido. Además, seguramente seas lo más atractivo y decente que haya visto esta noche.

Reed pone los ojos en blanco, pero se va cuando le señalo que se marche.

Valerie sale por fin.

—¿Por qué vamos a salir de nuestro pequeño paraíso?

—Para observar y ser observadas —respondo con sinceridad.

—Uf. Suena horrible.

—No he dicho que no lo fuera.

Capítulo 9

La primera persona que veo cuando Valerie y yo entramos al salón es Savannah Montgomery. Lleva unos vaqueros ceñidos rotos por las rodillas y una camiseta de tirantes que deja su vientre al descubierto. Tiene los ojos fijos en Gideon, que está hablando con un tío de espaldas, apoyado contra la pared.

Como si me viera relacionándolos mentalmente, Savannah gira la cara hacia mí. No me saluda ni me dice hola, pero me mira a los ojos unos instantes antes de darse la vuelta para hablar con su amiga.

La música es ensordecedora y todo el mundo bebe, baila o se da el lote en varias esquinas. Más allá de las cristaleras, veo una piscina con forma de riñón, cuya luz azulada ensombrece las caras de los adolescentes que están a su alrededor. Hay gente en todas partes. Hace ruido y calor, y ya echo de menos la silenciosa seguridad de los cuartos del servicio.

—¿En serio tenemos que estar aquí? —murmura Valerie.

Pillo a Reed observándonos desde la barra de madera de roble al otro lado del salón. Está con Easton y ambos asienten a modo de advertencia cuando los miro a los ojos.

—Sí.

Valerie parece resignada.

—Está bien. Entonces vayamos directas al grano.

Esta chica es una bendición. Me coge del brazo, me lleva por la fiesta y me presenta a gente al azar para después susurrarme detalles al oído.

—¿Ves a esa chica? ¿A Claire? Se tira a Easton Royal. Le gusta decirle a la gente que es su novia, pero todos saben que Easton no tiene novias.

»¿Y Thomas? Es un cocainómano con temperamento, pero papi es senador, así que los desastres de Thomas siempre se arreglan.

»Aléjate sin dudar de Derek. Es una fuente de clamidia.

Intento no atragantarme de la risa mientras me lleva hacia otro grupo, un trío de chicas con minivestidos combinados en tonos pastel.

—Lydia, Ginnie, Francine, esta es Ella. —Valerie gesticula entre nosotras y me aleja de las chicas pastel antes de que abran la boca—. ¿Te has preguntado alguna vez si hay gente que nace sin cerebro? —inquiere—. Pues ahí tienes la prueba. Estas chicas le dan un significado nuevo a las palabras «cabeza hueca».

No voy a mentir, disfruto de las presentaciones, o más bien de los cotilleos que las acompañan. Me doy cuenta de que nadie me saluda con más que un «hola» antes de desviar la mirada hacia los hermanos Royal para comprobar su reacción.

—Vale, ya hemos pasado la parte fácil —suspira Valerie—. Es hora de matar al dragón.

—¿El dragón?

—Mi prima. También conocida como la abeja reina del Astor Park. Te aviso de que es superposesiva con respecto a los Royal. Estoy bastante segura de que se ha liado con todos ellos, incluidos los gemelos.

Y hablando de gemelos, pasamos por delante de Sawyer de camino a la zona de la piscina. Sé que es Sawyer porque lleva una camiseta negra y antes he escuchado a Gideon llamar Sebastian al de la camiseta blanca. Una pelirroja bajita está abrazada a Sawyer y reparte besos por todo su cuello, sin embargo, clava la mirada en mí cuando pasamos por delante de ellos.

—La novia del pequeño de los Royal —me informa Valerie—. Lauren o Laura, algo así. Lo siento, no conozco mucho a los de segundo año.

Pero parece que sabe mucho de casi todos. Para ser una chica que se esconde en las esquinas, Valerie es una fuente inagotable de cotilleos, aunque supongo que observar desde las sombras es la mejor forma de conseguir información.

—Prepárate —me aconseja—. Puede que saque las garras.

Las garras en cuestión pertenecen a una preciosa chica de pelo castaño que lleva un vestido verde que apenas le cubre los muslos. Está sentada en un lujoso diván como si fuese Cleopatra o algo así. Sus amigas se sientan en poses similares, cada una vestida con prendas reveladoras.

Se me erizan los pelos de la nuca, giro la cabeza y veo que Reed y Easton atraviesan las cristaleras. Los ojos de Reed se encuentran con los míos. Saca la lengua para lamerse los labios y el corazón me da un vuelco; resulta irritante. Odio a este tío. Es demasiado atractivo para su propio bien.

—Jordan —saluda Valerie a su prima—. Una fiesta genial, como siempre.

La chica de pelo castaño sonríe con suficiencia.

—Me sorprende verte de un lado para otro, Val. ¿No te sueles esconder en el ático?

—Esta noche he decidido vivir al límite.

Jordan observa las mejillas sonrosadas de su prima.

—Ya veo. ¿Vas borracha?

Valerie pone los ojos en blanco y después me empuja hacia delante.

—Esta es Ella. Ella, Jordan. —Señala con el dedo a las otras chicas y murmura sus nombres—. Shea, Rachel y Abby.

Solo una de las amigas me mira; Shea.

—Has conocido a mi hermana antes —dice con frialdad—. Savannah.

Asiento.

—Sí. Una chica simpática.

Shea entrecierra los ojos. Creo que intenta descubrir si lo digo con ironía o no.

Jordan habla y sus ojos de color marrón almendra se iluminan.

—Así que Ella. Callum Royal es tu nuevo papi, ¿eh?

Me percato de que el patio está en silencio. Parece que incluso la música está más baja. Noto como la gente nos mira. No, a Jordan. Sus amigas casi parecen contentas.

Me preparo para el ataque, porque es obvio que es lo que va a ocurrir.

Jordan se incorpora y cruza las piernas de forma seductora.

—¿Cómo es chupársela a un viejo? —pregunta.

Alguien resopla. Algunas risitas nerviosas me hacen cosquillas en la espalda.

Se me cierra la garganta por la vergüenza. Esta gente se ríe de mí. Me doy cuenta de que lo más seguro es que los Royal hayan hablado con sus amigos antes de que llegase. Nadie tenía pensado darme una oportunidad de verdad.

Me horrorizo al sentir como las lágrimas se arremolinan en mis ojos. No. Que les den. Que le den a Jordan y que le den a todo el mundo. Puede que no provenga de una familia que «trabaja con hoteles», pero soy mejor que esta zorra. He sobrevivido más de lo que ella podría.

Parpadeo y fuerzo una expresión de indiferencia.

—Tu padre no está mal, si es lo que preguntabas, pero me parece muy raro que quiera tirarme del pelo y que lo llame papi. ¿Va todo bien en casa?

Valerie ríe disimuladamente.

Una de las amigas de Jordan jadea sorprendida.

Los ojos de Jordan arden durante un breve momento antes de volver a brillar con burla, y se echa a reír con voz ronca.

—Tenías razón —le dice a alguien detrás de mí—. Es basura.

No necesito girarme para saber que habla con Reed.

Las facciones de Valerie se endurecen.

—Eres una verdadera zorra, ¿lo sabías? —le dice a su prima.

—Mejor ser una zorra que una de la calle —responde Jordan con una sonrisa de oreja a oreja. Tras eso, nos echa con la mano—. Salid de mi vista. Intento disfrutar de mi fiesta.

Nos echa. Valerie se da la vuelta y yo la sigo, pero cuando llegamos a la puerta me alejo de ella y camino hacia Reed.

Sus ojos no revelan nada, pero sacude la cerveza ligeramente cuando me ve.

—Ya está. He cumplido con mi deber real. —Hago un juego de palabras con su apellido—. Búscame cuando sea hora de irnos.

Paso por delante de él sin mirar atrás.

Nos marchamos pasada la una de la mañana. Easton me encuentra en la habitación de Valerie en el piso de arriba; ambas estamos tiradas en la cama viendo *So You Think You Can Dance,* un programa en el que hacen competiciones de baile. Valerie se ha descargado la temporada entera, me ha obligado a ver un montón de episodios y ha vuelto a insistir en que debo hacer las pruebas del programa. Yo me he negado de nuevo.

Easton indica que es hora de irnos y pone los ojos en blanco cuando abrazo a Valerie para despedirme y le digo que más vale que me busque el lunes en el colegio.

Fuera observo que los gemelos y Gideon ya se han ido en uno de los todoterrenos, lo que significa que tendré que volver con Easton y Reed. Reed se acomoda en el asiento del conductor, Easton en el del copiloto, y yo me quedo en la parte de atrás mientras ellos hablan como si no estuviese ahí.

—Vamos a machacar a Wyatt Prep —dice Easton—. La mitad de su línea atacante se graduó el año pasado, así que iremos prácticamente derechitos a Donovan.

Reed gruñe en señal de aprobación.

—Después nos toca Devlin High, pan comido. Su *quarterback* está de resaca casi todo el tiempo, y el receptor manazas que tienen es un hazmerreír —parlotea Easton con voz animada y unos hombros relajados, algo a lo que no estoy acostumbrada. O está ebrio o por fin empieza a aceptar mi presencia en su vida.

Intento unirme a la conversación.

—¿En qué posición jugáis?

Y en ese momento vuelven a tensar los hombros.

—Apoyador —responde Reed sin mirar atrás.

—Línea de defensa —murmura Easton.

Vuelven a ignorarme. Easton le cuenta a su hermano que esta noche le han hecho una mamada.

—Es como si ahora solo diera un cuarenta por ciento —se queja—. Antes lo daba todo, ¿sabes? Chupaba como si estuviese hecha de chocolate y ahora no son más que unos cuantos lametazos y después me dice: «¿Me das un abrazo?». A la mierda.

Reed esboza una sonrisa burlona.

—Cree que es tu novia. Las novias no necesitan esforzarse.

—Sí, puede que sea hora de liberarme.

—Sois unos cerdos —digo desde el asiento trasero.

Easton se da la vuelta y veo como sus ojos azules se burlan de mí.

—Te lo tienes muy creído, señorita Prostituta.

Me rechinan los dientes.

—No soy una prostituta.

—Mmm. —Se gira hacia delante.

—No lo soy. —Un sentimiento inútil se instala en mi pecho—. ¿Sabéis qué? Que os den. No me conocéis.

—Sabemos todo lo que necesitamos saber —responde Reed.

—No sabes una mierda. —Me muerdo el labio y fijo los ojos en la ventana.

Solo estamos a mitad de camino de la mansión Royal cuando Reed detiene el coche con brusquedad a un lado de la carretera. Lo miro a los ojos a través del espejo retrovisor. Entonces ordena con un rostro inexpresivo:

—Última parada. Sal.

Me quedo conmocionada.

—¿Qué?

—East y yo tenemos que ir a un sitio. Vamos por allí. —Señala hacia la izquierda—. La casa está por allí. —Señala todo recto—. Es hora de que empieces a caminar.

—Pero...

—Solo son unos tres kilómetros, no te pasará nada. —Parece divertirse.

Easton ya está fuera del coche y me abre la puerta trasera.

—Muévete, hermanita. No queremos llegar tarde.

Estoy un poco aturdida cuando me saca del coche y me empuja hacia el lado de la carretera. ¿Me van a dejar aquí de verdad? Es la una de la mañana y está *oscuro*.

A ninguno le importa. Easton se monta en el asiento del copiloto, cierra la puerta y me saluda. El todoterreno acelera, y Reed gira con velocidad y me deja llena de polvo. Oigo su risa por la ventana abierta.

No lloro. Simplemente empiezo a andar.

Capítulo 10

La mañana siguiente desayuno sola en la cocina. Me duelen las piernas y tengo los pies entumecidos por andar tres kilómetros en zapatos nuevos sin estrenar. Soñé que Reed Royal me perseguía por un túnel negro. Se burlaba de mí con su profunda voz en la oscuridad y sentía su respiración cerca del cuello. Me desperté antes de que me atrapara, pero quiero pensar que cuando lo hacía, lo estrangulaba hasta matarlo.

No tengo ganas de ir al instituto el lunes, y los diez mil dólares que tengo en la mochila me llaman. *Márchate. Empieza de cero*. Pero hay mucho más dinero en juego...

Quizá los Royal tienen razón. Puede que sea una puta. Quizá no me acuesto con ninguno de ellos por dinero, pero sí acepto lo que me da Callum a cambio de favores sin especificar en el futuro. Brooke me contó que él la salvó, pero supongo por cómo actúan cuando están juntos que ella se acuesta con él.

Resuenan pisotones en el pasillo y Easton entra en la cocina. Tiene el torso desnudo y lleva pantalones de chándal grises de cintura baja. Intento no mirar fijamente las protuberancias de sus abdominales, pero sí me fijo en el corte que se aprecia en su sien derecha. Ha debido sangrar en algún momento, aunque ahora solo es una línea roja de unos tres centímetros de largo que arruina su piel perfecta.

Coge zumo de naranja de la nevera sin saludarme y bebe directamente del envase.

Nota mental: no beber de ese cartón a menos que quiera herpes labial.

Me concentro en tomarme mi yogur y fingir que no está aquí. No tengo ni idea de adónde fueron Reed y él anoche ni cuándo llegaron a casa, y no estoy segura de querer saberlo.

Siento que me observa. Cuando giro la cabeza, lo encuentro apoyado contra la encimera. Su mirada azulada sigue el movimiento de mi cuchara cuando la acerco a mi boca y después desciende hasta el dobladillo de mi corta camiseta para dormir.

—¿Te gusta lo que ves? —pregunto mientras me llevo otra cucharada a la boca.

—La verdad es que no.

Pongo los ojos en blanco y señalo su cabeza con mi cuchara.

—¿Qué te ha pasado? ¿Te golpeaste la cabeza con el salpicadero cuando se la chupaste a tu hermano anoche?

Easton ríe y mira hacia la puerta que hay detrás de mí.

—¿Has oído, Reed? Nuestra nueva hermana piensa que anoche te la chupé.

Reed entra en la cocina, también sin camiseta y con unos pantalones de chándal. Ni siquiera me mira.

—A ver si te da algunos consejos. Parece que sabe lo que tiene que hacer con una polla.

Hago una peineta, pero él me da la espalda. Sin embargo, Easton lo ve y una lenta sonrisa asoma en sus labios.

—Bien. Me gustan las tías con un poco de garra —pronuncia arrastrando las palabras. Se impulsa contra la encimera y se acerca con los pulgares metidos por dentro de la cinturilla de sus pantalones—. ¿Qué dices, *Ella*? —murmura mi nombre como si fuera un insulto—. ¿Quieres enseñarnos de qué estás hecha?

Se me detiene el corazón. No me gusta la mirada animal con la que me observa. Se planta delante de mí. Entonces su sonrisa se ensancha y se mete una mano dentro de los pantalones para cogerse el miembro.

—¿Eres nuestra hermana, no? Venga. —Se acaricia—. Ayuda a tu hermano.

No puedo respirar. Tengo… miedo.

Miro a Reed, pero este se encuentra ahora apoyado en la encimera, de brazos cruzados. Parece divertido.

Los ojos azules de Easton se nublan.

—¿Qué pasa, hermanita? ¿Te ha comido la lengua el gato?

Contestar me resulta imposible. Desvío la mirada a la puerta que da al piso de arriba. La otra puerta está detrás de mí, pero no quiero darle la espalda a Easton si necesito correr para pedir ayuda.

Easton se da cuenta del miedo que reflejan mis ojos y empieza a reír. Entonces, se saca la mano de los pantalones.

—Vaya, mira eso, Reed. Nos tiene miedo. Cree que le haremos daño.

Reed también estalla en carcajadas. Desde su posición contra la encimera sonríe con burla.

—No es nuestro estilo. No tenemos problemas para encontrar alguien con quien acostarnos.

Quiero responder que el abuso sexual no se trata de acostarse con alguien, tiene que ver con el poder, pero veo que no tenía nada que temer. No necesitan hacerme daño. Ya tienen poder. Esto... lo que fuera esto... tenía el objetivo de intimidarme. Era un juego. Querían hacerme sentir incómoda, y lo han logrado.

Tres pares de ojos se sostienen la mirada cuando Callum entra en la cocina. Frunce el ceño al ver que Easton está tan cerca de mí y su hermano se encuentra acechando en la encimera.

—¿Va todo bien?

Los hermanos Royal me observan como si esperasen que me chivase.

No lo hago.

—Sí, todo va genial. —Me llevo otra cucharada de yogur a la boca, pero no tengo apetito—. Tus hijos y yo estamos conociéndonos. ¿Sabías que tienen un excelente sentido del humor?

Los labios de Easton tiemblan. Cuando su padre se da la vuelta, Easton vuelve a acariciarse la entrepierna con la palma de la mano.

—¿Te lo pasaste bien en la fiesta de anoche? —pregunta Callum.

Reed me mira y levanta una ceja. De nuevo, espera a ver si le contaré a su padre que me abandonaron a un lado de la carretera. Eso también me lo guardo.

—Fue genial —miento—. Muy divertida.

Callum se sienta conmigo en la mesa e intenta mediar entre los hermanos y yo, pero su atención solo provoca desdén por parte de Reed y Easton, los cuales no se esfuerzan por ocultar lo que sienten.

—¿Qué te gustaría hacer este fin de semana?

—Estoy bien. No tienes que entretenerme —contesto.

Callum gira su silla. Alza la barbilla y pregunta:

—¿Y vosotros dos?

El mensaje oculto es: *¿qué haremos con Ella?* Hace que me encoja y que la opresión en el pecho que he apodado «dolor real» en honor a su apellido haga acto de presencia entre mis omóplatos.

—Tenemos planes —murmura Reed, que se marcha antes de que Callum vuelva a abrir la boca. Este se gira hacia Easton, que levanta las manos y parpadea con inocencia.

—No me preguntes. Soy el mediano. Hago lo que el resto me dice.

Callum pone los ojos en blanco y, a pesar de la tensión, resoplo. Easton hace lo que quiere. Nadie lo ha obligado a meterse la mano dentro del pantalón y hacerme una proposición indecente. Es un juego que disfruta y uno que ha empezado sin que le hayan instado a hacerlo.

Le conviene fingir que Reed es el líder porque exime a Easton de responsabilidades.

—Bueno, quizá podrías contarme los planes que tiene Reed para después —rechina Callum.

Easton se ruboriza. Una cosa es que hable de Reed como si fuera el líder y otra que su padre implique que Easton es una marioneta.

—Nunca te ha importado lo que hago los fines de semana. —Coloca el cartón de zumo de vuelta en la nevera. Lanza una mirada llena de ira a su padre y se marcha.

Callum suspira.

—No voy a ganar el premio al padre del año, ¿verdad?

Repiqueteo la cuchara contra la mesa un par de veces porque sé no meter la nariz donde no me llaman. Pero en este caso, Callum me está metiendo en medio de una dinámica disfuncional, y el daño colateral podría ser fatal si no lo controla.

—Mira, no te lo tomes a mal, Callum, es obvio que conoces a tus hijos mejor que yo, pero ¿tiene algún sentido que les obligues a pasar tiempo conmigo? La verdad es que preferiría que me ignorasen. Que no se alegren de que esté aquí no hiere mis sentimientos, y la casa es lo suficientemente grande como para pasar días sin vernos.

Callum me observa como si intentase descubrir si digo la verdad. Al final sonríe avergonzado.

—Tienes razón. No ha sido siempre así. Solíamos llevarnos bien, pero desde que su madre falleció, la familia no ha estado unida. Desgraciadamente, los chicos están mimados. Necesitan una dosis de la vida real.

¿Y yo soy esa dosis?

—No soy una clase extraescolar. ¿Y sabes qué? He experimentado la vida real, y es una mierda. No obligaría a las personas que quiero a vivir *la vida real.* Los protegería de ella —gruño.

Me levanto de la mesa y lo dejo atrás.

Al salir de la cocina descubro que Reed merodea en el pasillo.

—¿Me esperabas?

No lamento ni siquiera el tono sarcástico de mis palabras.

Reed me echa un vistazo y sus preciosos ojos azules se detienen en mis piernas desnudas.

—Simplemente me preguntaba a qué juegas.

—Intento sobrevivir —respondo con sinceridad—. Solo quiero ir a la universidad.

—¿Y llevarte un poco de dinero de los Royal contigo?

Se me eriza la piel. Este tío no se cansa.

—Y puede que también algunos corazones Royal —contesto con dulzura.

Y entonces, con un descaro forzado, alzo un dedo y recorro sus abdominales desnudos, rozando su suave piel con la uña. Su respiración se entrecorta casi imperceptiblemente, pero lo noto.

Se me sube el corazón a la garganta y la sangre empieza a agolparse en lugares que no quiero asociar con Reed Royal.

—Juegas a algo peligroso —murmura con la voz ronca.

Como si no lo supiera. Aun así, no dejo entrever a Reed que me afectan sus palabras. Retiro la mano y cierro los dedos en un puño.

—No conozco otra forma de jugar.

Esa pequeña verdad lo sorprende, y yo me voy. Quiero pensar que he ganado esta ronda, pero siento que cada encontronazo con Reed remueve algo vital en mí.

Paso el día explorando la casa y los terrenos. Al lado de la piscina hay una caseta hecha casi en su totalidad de cristal, que alberga un sofá, algunas sillas y una pequeña cocina. Una escalera lleva a la costa, pero con todas las rocas, no se le podría llamar playa, no a menos que camines más allá de la orilla. Aun así, es preciosa y puedo imaginarme allí sentada con un libro y una taza de chocolate caliente.

Cuesta creer que ahora esta sea mi vida. Todo lo que tengo que hacer es aguantar dos años de insultos por parte de los chicos Royal. Será pan comido comparado con todo lo que he sufrido en el pasado. No tendré que preocuparme de tener bastante dinero para comer o sobre dónde dormir. No me mudaré de ciudad en ciudad en busca de dinero fácil. No me sentaré al lado de la cama de mi madre para verla temblar y llorar de dolor, ni seré demasiado pobre como para no poder permitirme comprar la medicación que acabaría con su sufrimiento.

Esos recuerdos hacen que una punzada de dolor me atraviese. Al igual que Callum no es el mejor padre, mamá no fue la mejor madre del mundo, pero lo intentó con todas sus fuerzas, y yo la quería por ello. Cuando estaba viva no estaba totalmente sola.

Aquí, con el infinito mar que se aleja de mí y al no ver a otra persona alrededor, la soledad me golpea con fuerza. No importa lo que Callum diga o intente hacer, nunca seré una Royal.

Quizá lea dentro.

La casa está en silencio. Los chicos se han ido. Callum ha escrito una nota que dice que está en el trabajo y ha apuntado la contraseña del wifi, su número de móvil y el número de Durand. Debajo del trozo de papel hay una pequeña caja blanca. Respiro profundamente. Alzo el móvil como si estuviese hecho de cristales de azúcar. Mis antiguos teléfonos eran desechables, con ellos llamaba y recibía llamadas. Este… creo que podría *hackear* una base de datos con él.

Paso el resto de la tarde jugando con el teléfono; busco cosas al azar y veo vídeos horribles en YouTube. Es increíble.

Sobre las siete, Callum me llama para decirme que la cena está lista. Lo encuentro junto a Brooke en el patio.

—¿Te importa que cenemos aquí? —me pregunta.

Observo la deliciosa comida y el área iluminada del patio, e intento no poner los ojos en blanco, porque ¿a quién le importaría?

—Me parece perfecto.

A lo largo de la cena, veo un lado distinto y extraño de Brooke. Se muestra vulnerable, agacha la cabeza y parpadea en dirección a Callum. ¿Y Callum? ¿Ese hombre que lidera una empresa que construye aviones para el ejército? Se lo traga.

—¿Te echo más vino, cariño? —se ofrece Brooke. El vaso de Callum está casi a rebosar.

—No, estoy bien. —Sonríe con facilidad—. Tengo a las dos mujeres más hermosas cenando a mi lado. El bistec está cocinado a la perfección y acabo de cerrar un trato con Singapore Air.

Brooke aplaude.

—Eres increíble. ¿Te he dicho ya lo maravilloso que eres?

Se acerca a él y su pecho se aplasta contra el torso de Callum. Entonces le planta un húmedo beso en la mejilla. Él mira con rapidez en mi dirección antes de apartarse. Brooke responde con un pequeño sonido de decepción, pero se acomoda en su silla.

Yo sigo con mi bistec. No sé si he comido un trozo de carne tan jugoso alguna vez.

—El bistec engorda mucho. Toda la carne roja engorda —me informa Brooke.

—Ella no necesita preocuparse de eso —responde Callum bruscamente.

—Ahora no, pero luego lo lamentarás —me avisa Brooke.

Miro el delicioso trozo de carne y después hacia la esbelta figura de Brooke. Creo que sé adónde quiere llegar. Es pobre, al igual que yo. Depende de la generosidad de Callum, y probablemente tema que, si el día de mañana es menos hermosa, él acabe su relación con ella. No sé si tiene razón o no, pero no hace que sus preocupaciones sean menos aceptables. Aun así, estoy hambrienta y quiero comerme el bistec.

—Gracias por informarme.

Callum intenta evitar reírse, y Brooke frunce el ceño. Entonces su rostro adquiere una expresión que no comprendo. Parece decepción, o rechazo. Hace pucheros con los labios, que después regresan a su forma original cuando se da la vuelta hacia Callum y comienza a hablar con él acerca de alguna fiesta a la que acudieron antes de que yo me instalase.

La culpa hace que el siguiente trozo de bistec sepa menos delicioso que el primero. He herido sus sentimientos y ahora se cierra en banda. Sin contar a Valerie, es la única persona amable en este sitio nuevo, y ahora la he ofendido.

—¿Organizamos una fiesta para dar la bienvenida en la familia a Ella? —sugiere Callum, que intenta incluirme en la conversación.

Y Callum. Se ha comportado de forma perfecta conmigo desde que me sacó del Daddy G's, pero ¿asistir a una fiesta con los gilipollas del colegio? Preferiría que me arrancasen las uñas de una en una.

Coloco el tenedor junto al plato.

—No necesito una fiesta. Ya me has dado todo lo que necesito.

Brooke apoya la cabeza contra el tenso hombro de Callum.

—Callum, no te preocupes. Ella hará amigos a su tiempo, ¿verdad, querida?

—Así es. —Asiento de acuerdo.

Esbozo mi mejor sonrisa, y parece funcionar, porque la tensión del cuerpo de Callum desaparece.

—De acuerdo entonces. Nada de fiestas.

—Callum es el mejor, ¿verdad? —Brooke empieza a jugar con el primer botón de su camisa. Sus acciones implican que es posesiva, como si intentase defender su territorio. Quiero decirle que no soy una amenaza, pero no sé si me creerá —Somos como unas palomas manchadas. Espero que cuando estemos limpias, no haga que nos marchemos.

—Nadie va a hacer que Ella se marche. Es una Royal —declara Callum.

Mi mirada viaja hacia Brooke y por la tensa expresión en su rostro veo que se ha dado cuenta de que Callum no la ha incluido en su discurso.

—¿De verdad? Pensé que era la hija de Steve. ¿Hay algo que no nos has contado? —gorjea Brooke.

Él se echa hacia atrás como si ella le hubiese golpeado.

—¿Qué? No. Por supuesto que es hija de Steve. Pero él... —Callum traga saliva—... ya no está, así que ahora Ella es parte de la familia al igual que los chicos lo hubiesen sido de la de Steve si algo me hubiera sucedido.

—Por supuesto. Solo quería decir que eres generoso. —Su voz se apaga hasta parecer un ronroneo—. Tan generoso.

Se acerca a él con cada palabra hasta estar casi en su regazo. Él cambia el tenedor a su mano izquierda y apoya un brazo sobre la silla de Brooke. Me ruega con la mirada que lo entienda. *La uso igual que ella a mí.*

Lo entiendo, de verdad. Se trata de un hombre que ha perdido a su mujer y a su mejor amigo en un corto plazo de tiempo.

Conozco el luto, y si Brooke llena esos espacios vacíos de Callum, entonces me alegro por él.

Pero no necesito verlos en acción.

—Voy dentro a... —Ni siquiera me molesto en terminar la frase porque Brooke se ha colocado encima de él. Con los ojos abiertos observo como lo coge de las orejas como si fuera un caballo.

—Aquí no, Brooke. —Sus ojos parpadean en mi dirección. Empiezo a caminar con rapidez hacia la cocina.

Entonces oigo como Brooke lo tranquiliza:

—Tiene diecisiete años, querido. Probablemente sepa más sobre sexo que nosotros dos juntos. Y si no es así, tus hijos le abrirán los ojos pronto.

Eso hace que me encoja, pero el hechizo bajo el que Brooke ha hecho caer a Callum hace efecto porque oigo gemir a Callum.

—Espera. Espera. Brooke.

Ella se ríe entrecortadamente y después la silla de Callum empieza a chirriar. Maldición, el patio es enorme.

Easton sale de la cocina cuando yo entro. Me mira mientras pasa, sin inmutarse ante lo que sucede en el patio.

—Bienvenida al palacio de los Royal —dice. Entonces, esboza una sonrisa traviesa y chilla—: No os olvidéis de usar protección. No necesitamos más hijos ilegítimos avariciosos en la familia.

Mi sonrisa desaparece al instante.

—¿Te ha enseñado alguien a ser un capullo o te sale solo?

Easton duda durante un momento, pero, como si tuviese a Reed sentado sobre su hombro, se lleva la mano a la entrepierna.

—¿Por qué no subimos y te enseño lo bueno que soy al natural?

—Paso. —Camino lo más tranquila posible y no empiezo a correr hasta que llego a las escaleras.

Cuando estoy en la privacidad de mi habitación hago una lista con las razones por las que no debería marcharme de inmediato. Recuerdo que no paso hambre. Tengo diez mil de los grandes en mi mochila. No me desnudo para hombres avaros con billetes de un dólar en sus sudorosas manos. Puedo soportar dos años de insinuaciones sexuales e insultos de los chicos Royal.

Sin embargo, permanezco en mi habitación el resto de la noche, donde paso el tiempo buscando trabajos a tiempo parcial a través del MacBook nuevo que ha aparecido por arte de magia en mi escritorio. No hay transporte público delante de la casa, pero anoche pasé por delante de una parada de autobús que no estaba tan lejos. Quizá a unos cuatrocientos metros.

El día siguiente voy hasta allí. Según mi reloj tardo diez minutos a paso raudo, lo que significa que más bien estaba a unos ochocientos. El horario de autobuses del domingo es un asco; solo pasa un autobús cada hora hasta las seis. Sea cual sea el trabajo que busque, necesitaría terminar pronto los fines de semana.

De vuelta a casa, Gideon pasa junto a mí en un brillante todoterreno. Tiene el pelo tieso y unas marcas rojas en el cuello. Si fuese cualquier otro diría, que acaba de acostarse con alguien, pero parece demasiado furioso. Quizá se ha peleado con un mapache.

—¿Qué haces? —ruge.

—Caminar.

—Sube. —Se detiene y abre la puerta—. No deberías estar aquí sola.

—Parece un buen sitio. —Las casas son grandes. Los terrenos, todavía más. Además, a sus hermanos no les importó dejarme a un lado de la carretera la otra noche—. Lo más peligroso que me he encontrado esta mañana ha sido un gran hombre que ha intentado que me acercara a su camioneta. Menos mal que sé lo que tengo que hacer.

Una sonrisa reacia acecha las comisuras de su boca.

—No tengo dulces ni helados, así que deberías considerarte a salvo por defecto.

—No, solo eres un secuestrador pésimo.

—¿Te subes o vamos a bloquear el tráfico del domingo todo el día?

Miro tras él y veo venir otro coche. ¿Qué demonios? ¿por qué no? Es un viaje corto hasta casa.

Gideon no dice nada durante el trayecto, solo se toca el brazo un par de veces. Unos minutos después, se detiene en la puerta principal y aparca el coche.

—Gracias por traerme, Gideon. —Al ver que no me sigue hasta dentro le grito— ¿No vienes?

Él mira hacia la casa.

—No. Necesito nadar. Un buen rato.

Entonces se frota el brazo de nuevo como si lo tuviese sucio y se lo quisiera limpiar. Me pilla mirándolo y frunce el ceño.

Quiero preguntarle si le pasa algo, pero la mirada de «prohibido preguntar» hace que me trague las palabras. Lo observo preocupada, como si fuese una invitación. *He visto muchas cosas*, intento decirle. Gideon aprieta la mandíbula a modo de respuesta.

Hay otra nota de Callum sobre mi cama. Me subo a la nube rosa y blanca y me acomodo contra el cabecero para leer.

«Siento lo de la cena de anoche. No volverá a pasar. Durand te llevará al colegio por la mañana. Hazle saber la hora.

P. D.: Tu coche está de camino. Quería el adecuado, y el único con el color correcto estaba en California.»

Oh, Dios, espero que no sea rosa. Moriré si tengo que conducir el coche de ensueño de Barbie Malibú.

Me siento de forma rígida en la cama. No puedo creerme que esas palabras se me hayan pasado por la cabeza. Un coche es un coche. Debería estar agradecida solo por conducir uno. ¿A quién le importa del color que sea? Si es rosa, me inclinaré y besaré el guardabarros de color chicle.

Madre mía. Solo ha pasado un fin de semana y ya me estoy convirtiendo en una niña mimada.

Capítulo 11

La mañana siguiente, me levanto al amanecer. No voy a repetir los errores de la fiesta. Dejo de lado los preciosos zapatos que me compró Brooke y encuentro unas deportivas de lona blancas. Las conjunto con unos vaqueros ceñidos y una camiseta.

Me muerdo el labio. ¿Dejo la mochila aquí o la llevo conmigo? Si la llevo conmigo, puede que algún gamberro me la robe. Si la dejo en casa, quizá uno de los Royal rebusque en ella. Decido llevármela, aunque llevar diez mil dólares me vuelve paranoica y asustadiza.

Encuentro a Callum en la cocina; se marcha al trabajo y se sorprende al verme levantada tan pronto. Miento y digo que he quedado con Valerie para desayunar. Callum está tan contento de que haya hecho una amiga que parece a punto de orinarse en los pantalones.

Después de beber una taza de café, veo a Durand fuera de casa dos horas antes de que empiece el colegio.

—Gracias por aceptar llevarme.

Él se limita a bajar la cabeza.

Hago que me deje en una pastelería que está a unos minutos de distancia del colegio y en cuanto entro me da la bienvenida un olor celestial. Tras el mostrador hay una mujer de la edad de mi madre con el pelo rubio como el trigo recogido en un moño tirante, como los que llevan las bailarinas de *ballet*.

—Hola, cielo, ¿en qué puedo ayudarte? —pregunta con las manos sobre la caja registradora.

—Soy Ella Harper y me gustaría solicitar el puesto de asistente. En el anuncio ponía que las horas de trabajo eran compatibles con el horario escolar, ¿no? Voy al Astor Park.

—Mmm, ¿una estudiante becada? —No la corrijo porque casi es cierto. Soy la beneficiaria de la beca de Callum Royal. Aguanto la respiración mientras me interroga—. ¿Has trabajado en un horno antes?

—No —admito—. Pero aprendo rápido y trabajaré más duro que cualquiera que haya contratado. No me importa trabajar todo el día, por la mañana temprano o por la tarde.

Ella frunce los labios.

—No me gusta contratar a estudiantes. Pero... podríamos intentarlo. Durante una semana. Tendrás que atender a tus compañeros. ¿Será un problema?

—Por supuesto que no.

—Algunos de esos chicos del Astor Park pueden ser difíciles.

Lo que se traduce por «ese colegio está lleno de gilipollas».

—Se lo repito, la clientela no es un problema para mí.

La mujer suspira.

—Está bien. Necesito que me echen una mano. Si te presentas aquí los siguientes seis días a la hora y trabajas todas las horas que te tocan, el puesto es tuyo. —Sonrío y ella se lleva una mano al corazón—. Cariño, deberías haber sonreído antes. Te cambia la cara por completo. De hecho, cuanto más sonrías, más propina tendrás. Recuérdalo.

No sonrío de forma natural. De hecho, me duele sonreír en cierto modo. Mi cara no está acostumbrada a ello, pero continúo con la sonrisa porque quiero caer bien a esta agradable mujer.

—Empiezo a hornear a las cuatro, pero no hace falta que vengas hasta las cinco y media. Necesitaré que vengas todas las mañanas durante la semana hasta que empieces las clases. Y los jueves y viernes tendrás que volver después de clase y trabajar hasta que cerremos, a las ocho. ¿Interferirá con alguna actividad extraescolar?

—Para nada.

—¿Ni siquiera los viernes?

—Me interesa más este trabajo que lo que pase en el colegio los viernes por la noche.

Ella me sonríe de nuevo.

—De acuerdo. Coge un bollito y te haré un café. Me llamo Lucy, por cierto. Y la avalancha de clientes llegará dentro de una hora. Puede que cambies de opinión después de ver la locura que puede ser esto.

Lucy tiene razón; la pastelería está abarrotada, pero no me importa la presión. Trabajar sin parar tras el mostrador y servir pasteles durante dos horas me distrae de preocuparme sobre lo que sucederá cuando llegue al Astor Park.

Llevar uniforme es raro, pero estoy segura de que pronto me acostumbraré. Me doy cuenta de que otras chicas han encontrado formas de convertir las prendas del uniforme en ropa más *sexy*. Como dijo Savannah, muchas chicas dejan casi la mitad de su camisa sin abrochar para que se vea la parte de encaje de sus sujetadores. No me interesa llamar la atención, así que el dobladillo de mi falda me llega a las rodillas y tengo la camisa abotonada casi hasta el cuello.

Por la mañana tengo Introducción al cálculo, Empresariales e Inglés. Valerie no tiene esas clases, pero Savannah va a las tres. Easton tiene Inglés, pero se sienta al final de la clase con sus amigos y no me dirige la palabra. No me importa. Espero que me ignore durante todo el semestre.

El tema del día parece ser ignorarme. Nadie me habla, excepto los profesores, y tras intentar sonreír a gente por el pasillo en varias ocasiones sin respuesta, finalmente abandono y finjo que ellos tampoco existen.

No veo una cara familiar hasta la hora de comer.

—¡Harper! Ven aquí. —Valerie me saluda desde la barra de ensaladas de la cafetería.

De hecho, *cafetería* puede que no sea la palabra correcta para describir el espacio cavernoso. Las paredes son paneles de madera, las sillas están tapizadas de cuero y la zona de la comida parece el bufet de un hotel lujoso. El extremo más lejano del sitio cuenta con innumerables cristaleras, todas abiertas, que dan a un comedor al aire libre para los estudiantes que quieran sentarse fuera cuando hace buen tiempo. Ni siquiera estamos a finales de septiembre, así que el sol brilla. Supongo que podríamos sentarnos fuera, pero veo a Jordan Carrington y sus amigas ahí, además de a Easton y Reed, y decido quedarme dentro.

Valerie y yo llenamos las bandejas de comida y encontramos una mesa libre en una esquina. Yo miro alrededor y me doy cuenta de que todos los estudiantes parecen mayores.

—¿No hay alumnos de primer año?

Valerie niega con la cabeza.

—Comen una hora antes.

—Ya lo pillo. —Pincho la pasta con el tenedor y sigo con mi análisis. Nadie me mira a los ojos. Es como si Valerie y yo no existiésemos.

—Acostúmbrate a la capa de invisibilidad –comenta Valerie a sabiendas—. De hecho, deberías llevarla como una placa de honor. Significa que las zorras ricas no se preocupan por atormentarte.

—¿Qué entienden por tormento?

—Lo normal. Pintar cosas obscenas con *spray* en tu taquilla, hacer que te tropieces en el pasillo, ponerte verde en internet. Jordan y sus secuaces no son muy creativas.

—Así que es la equivalente femenina de Reed, ¿no?

—Sí. Y si fuera por ella, estaría colgada de su brazo y se lo tiraría cada noche, pero, pobre de ella, no parece poder conseguir a su hombre.

Sonrío, divertida.

—¿Cómo es que sabes todo de la gente?

Valerie se encoge de hombros.

—Observo. Escucho. Recuerdo.

—Vale. Entonces cuéntame más sobre los Royal. —Me avergüenza preguntar, pero después de los encontronazos con los hermanos Royal he llegado a la conclusión de que necesito munición contra ellos.

Mi nueva amiga gime.

—Oh, no, no me digas que ya te gusta uno de ellos.

—Uf. No. En absoluto. —Me obligo a no pensar en cómo me palpita el corazón cuando Reed Royal entra en una habitación. Joder, no me gusta el tío. Es un capullo y no quiero tener nada que ver con él—. Solo quiero saber a qué me enfrento.

Valerie se relaja.

—Vale. Bueno. Ya te he contado lo de Easton y Claire. Un gemelo tiene novia y el otro es un golfo como sus hermanos mayores. No estoy segura de Reed. La mitad de las tías del instituto afirman haberse acostado con él, pero a saber si es verdad. Solo sé de una que sí, la amiga de Jordan, Abby. Créeme, a mi prima no le sentó bien que se liaran.

—¿Y qué más? ¿Escándalos? ¿Rumores? —Me siento como una detective al interrogar a un sospechoso.

—Su padre tiene una novia de clase baja. Creo que llevan juntos un par de años.

Entonces me viene a la cabeza el recuerdo de las travesuras de Brooke y Callum durante la cena.

—Sí, sé lo de la novia —respondo con un suspiro.

—Vale... ¿Qué más?... Su madre falleció hace tiempo. —Valerie baja la voz—. De sobredosis.

Se me entrecorta la respiración.

—¿En serio?

—Sí. Salió en las noticias y en los periódicos. Supongo que le habían recetado somníferos o algo, pero interfirió con otra medicación que tomaba. No estoy segura de los detalles, pero creo que a su médico lo investigaron por haberse equivocado al recetarle esas pastillas.

A pesar de lo que pienso sobre ellos, mi corazón lamenta lo que les ha pasado a los Royal. Hay fotografías de su madre en la repisa de la chimenea del salón. Era una mujer preciosa de pelo castaño y ojos amables. Cada vez que Callum la menciona de pasada, la tristeza inunda sus ojos, lo que me dice que la quiso de verdad.

Me pregunto si se llevaba bien con sus hijos, y, al instante, me siento fatal por Reed y sus hermanos. Nadie debería perder a su madre.

Cuando termino de saber toda la información de Valerie acerca de los Royal cambiamos de tema y le cuento que tengo un trabajo nuevo. Ella promete ir un par de veces a la semana después de clase para molestarme y pasamos el resto de la hora de la comida riéndonos y conociéndonos más. Para cuando soltamos las bandejas he decidido que seguirá siendo mi amiga.

—No puedo creer que tengamos *cero* clases juntas —se lamenta cuando salimos de la cafetería—. ¿Qué coño, tía? ¿Quién te obligó a apuntarte a todas esas clases de Matemáticas, Ciencias y Empresariales? Deberías venir a Conocimientos Básicos conmigo. Estamos aprendiendo a solicitar tarjetas de crédito.

—Las elegí yo. Estoy aquí para aprender, no para perder el tiempo.

—Sabelotodo.

—Mimada.

Nos despedimos fuera de mi clase de Química. Ya hemos intercambiado nuestros números de teléfono durante la hora de comer y Valerie me promete mandarme un mensaje antes de marcharse.

Cuando entro en el laboratorio, el profesor se levanta como si me esperara. Tiene el tamaño de un hobbit, con una barba poblada que parece que intenta devorarle la cara. Se presenta como el señor Neville.

Intento no mirar al resto de estudiantes, pero entonces veo a Easton en una de las sillas. Es el único estudiante que no se sienta con nadie. Mierda. No augura nada bueno.

—Es un placer conocerte, Ella —dice el señor Neville—. He mirado tu expediente antes y estoy impresionado con las notas que has sacado hasta ahora en Ciencias.

Me encojo de hombros. Matemáticas y Ciencias se me dan bien. Sé que mi talento para bailar viene de mi madre, pero, ya que apenas podía calcular el porcentaje de propinas de cabeza cuando salíamos a comer, siempre me he preguntado si mi aptitud para los números proviene de mi padre. Steve, el militar de las fuerzas especiales de los Estados Unidos, piloto y multimillonario.

—Bueno, el señor Royal se puso en contacto conmigo este fin de semana y me pidió que Easton fuera tu pareja en clase este semestre. —El señor Neville baja la voz—. Easton necesita aprender algo de disciplina y tiene sentido que seáis compañeros de laboratorio. Podréis estudiar juntos en casa.

Qué alegría. Reprimo un suspiro y me dirijo a la mesa de Easton, donde dejo la mochila bajo el escritorio y me siento en la silla que hay a su lado. Él no parece contento de verme.

—Joder —murmura.

—Eh, no me mires —respondo—. Esto ha sido idea de tu padre.

Easton mira al frente. Un músculo le palpita en la mandíbula.

—Claro que sí.

Al contrario que mis clases de la mañana, Química parece alargarse, pero quizá es porque Easton me mira con desdén el noventa y nueve por ciento del tiempo. Durante el otro uno por ciento, me sonríe con suficiencia mientras se echa para atrás en su silla y me ordena que mezcle la solución que necesitamos para crear cristales.

En cuanto suena el timbre, me levanto; deseo escapar de mi hosco «hermano» cuanto antes.

Salgo corriendo de clase y me preparo para ir a la siguiente, pero después recuerdo que necesito ir a mi taquilla deprisa para coger el libro de texto. Todos los cursos a los que me he matriculado son avanzados y requerían libros de mil páginas. No he sido capaz de meterlos todos en la mochila.

Afortunadamente, mi taquilla está cerca, al igual que la clase de Historia Mundial.

Por desgracia, Jordan Carrington y sus amigas aparecen por la esquina antes de llegar a mi taquilla.

Las cuatro se detienen y sonríen con suficiencia cuando me ven. Ninguna me saluda. Da igual. Yo tampoco digo hola e intento no sentirme cohibida cuando paso junto a ellas. Puede que sean unas zorras, pero son unas zorras atractivas. Todos los tíos del pasillo las miran, incluido Easton, que sale sin prisa del aula de Química y se acerca a ellas.

El grupo se detiene en la zona de las taquillas y Jordan susurra algo a Easton al oído; la chica apoya las uñas pintadas en su brazo.

Él se encoge de hombros, lo que hace que su americana azul marino se estreche contra sus anchos hombros. Sin duda es el chico más atractivo en un radio de ocho kilómetros, aunque los dos chicos que lo acompañan no son para nada feos.

Ignoro a todos ellos cuando llego a mi taquilla y giro la rueda de la combinación. Dos clases más y el instituto y las miradas terminarán. Volveré a la mansión, haré mis deberes y me iré a dormir. Debo mantenerme ocupada y no hacer caso de las chorradas. Ese es mi nuevo lema y trataré de cumplirlo.

Me alegro cuando el cierre suena y se abre en el primer intento. No estaba segura de entender la combinación, pero la puerta de la taquilla se abre con facilidad y...

Un montón de basura cae al suelo.

Me sorprende tanto que suelto un chillido y después me regaño a mí misma. Oigo risas detrás de mí y cierro los ojos. Desearía que el calor que siento en las mejillas desapareciese.

No quiero que me vean ruborizada.

No quiero que sepan que la pila de restos malolientes a mis pies me ha afectado de alguna forma.

Pateo una piel de plátano y respiro por la boca para que el olor a comida podrida no haga que me lloren los ojos. Aparte de la comida, el suelo está lleno de más cosas asquerosas: servilletas usadas, pañuelos, un tampón con sangre...

No voy a llorar.

Las risas no cesan. Las ignoro. Cojo el libro de Historia Mundial del estante de abajo de mi taquilla de tamaño lujoso. Tiro el montón de papel de periódico arrugado que está pegado al cerrojo y cierro la puerta.

Cuando me giro, siento que todos me observan. Solo busco a Jordan con la mirada. Sus ojos de color almendrado tienen un brillo maligno. Me ofrece un pequeño saludo real.

Un chico alto con rizos marrones sonríe divertido cuando empiezo a andar. Dios mío. Tengo una compresa pegada a la zapatilla. Me trago la vergüenza, tiro la compresa a un lado y sigo caminando.

Easton parece aburrido cuando me acerco.

Me detengo frente a Jordan con una ceja alzada y una sonrisa de suficiencia en los labios.

—¿Eso es todo lo que tienes, Carrington? ¿Soy basura? Tu falta de creatividad me decepciona. —Chasqueo la lengua.

Sus ojos relampaguean, pero yo paso por su lado como si no me importase nada.

Otro punto para el equipo visitante. Algo así. Porque soy la única que sabe lo cerca que he estado de echarme a llorar.

Capítulo 12

Logro no llorar durante todo el día, pero una parte de mí quiere emular a Carrie y que estos chicos recuerden el día que me metieron basura en la taquilla como el más fácil de sus vidas.

Valerie me manda un mensaje en clase.

«¿Stás bn? He oído lo d la taquilla. Jordan s 1 idiota».

«Stoy bn. Ha sido 1 tontería y como dijiste. Nada creativo. ¿Basura? ¿Ha robado la idea d 1 serie d Disney?», respondo.

«¡Ja! Xro no se lo digas. Le obligará a pnsar n algo peor».

«Demasiado tarde».

«¡Llevaré flores a tu tumba!»

Vaya, gracias. Guardo el teléfono cuando el profesor mira en mi dirección. Cuando el elegante timbre nos hace saber que la clase ha terminado, meto todo en mi mochila y salgo; espero que Durand esté esperando y pueda escapar a la habitación para princesas. He empezado a coger cariño al rosa y al blanco.

El aparcamiento está lleno de ruido, gente y coches caros, pero no hay rastro de Durand.

—Harper. —Valerie aparece a mi derecha—. ¿Quién te recogía no ha llegado?

—No, no lo veo.

Ella chasquea la lengua en solidaridad.

—Te ofrecería llevarte pero no creo que quieras meterte en el mismo coche que Jordan.

—Estás en lo cierto.

—Aun así, deberías marcharte. Cuando acaba el instituto las cosas se ponen feas.

—¿Aquí, a plena luz del día? —Eso es alarmante.

Valerie frunce el ceño, preocupada.

—Jordan tiene momentos de ingenio. No la subestimes.

Agarro la mochila con más fuerza y en mi interior me doy un sopapo por llevar tanto dinero encima. Tiene que haber algún sitio en la pila de ladrillos de los Royal donde pueda esconder esto.

—¿Por qué se sale con la suya? Savannah Montgomery me contó que aquí todos son especiales. ¿Por qué es la líder si toda la gente tiene algo único que ofrecer?

—Conexiones —responde Valerie sin rodeos—. Los Carrington no son parte del club de los diez ceros como los Royal, pero conocen a todo el mundo. Han hecho negocios con famosos o la realeza. La tía de Jordan por parte de padre está casada con un conde italiano. De hecho debemos dirigirnos a ella como *lady* Perino si viene en Navidad.

—Es increíble.

—Así que, por extensión… —Se detiene—. Espera. Viene hacia aquí.

Me preparo mientras Jordan camina hacia nosotras. Como todas las alfa, tiene a una manada detrás de ella. Parece que están en un anuncio de pasta de dientes: ristras de dientes blancos y brillantes, cabello largo y liso, ondeando al viento.

—Si te hace sentir mejor, Jordan tiene el pelo muy ondulado y tiene que plancharselo durante una hora todas las mañanas —murmura Valerie por lo bajo.

¿No tiene Valerie nada decente de Jordan? Porque que le dedique mucho tiempo a su pelo no es que sea un buen ataque.

—Me siento muy superior ahora mismo —comento secamente.

Valerie me sonríe de forma peculiar y me pasa la mano por el brazo en señal de apoyo moral.

Jordan se detiene a unos sesenta centímetros de mí e inhala un par de veces de manera obvia.

—Apestas—me informa—. Y no es por la basura de tu taquilla. Eres tú.

—Gracias por el aviso. Supongo que empezaré a ducharme dos veces en lugar de una —respondo con dulzura a pesar de que por dentro estoy preocupada; ¿y si huelo mal de verdad? Sería tan malo como llevar una compresa usada pegada al zapato.

Jordan suspira y se echa el pelo hacia atrás.

—Es el tipo de olor que no se va por mucho que te duches. Eres de la calle.

Miro a Valerie, dubitativa, que pone los ojos en blanco a modo de respuesta.

—Vale —contesto alegremente—. Me alegra saberlo. —Jordan quiere que parezca estúpida, así que lo mejor que puedo hacer es no entrar en su juego. Pero mi falta de reacción no la aleja. Continúa hablando, quizá porque le gusta oírse a sí misma.

—Las chicas de la calle siempre apestan a desesperación.

Vaya, ahí me ha pillado. Ese es el perfume de los locales nocturnos.

Me obligo a mí misma a encogerme de hombros.

—No sé qué significa «de la calle» en idioma «zorra», pero supongo que es algo malo. Lo que no entiendo es por qué crees que tu opinión sobre mí me importa. El mundo es muy grande, Jordan. Que eches basura en mi taquilla o me insultes no importará en un par de años. Dios, si ni siquiera me importa hoy.

Jordan abre la boca y Valerie esconde la cara en mi brazo para ahogar su risa.

No sé cuál habría sido la respuesta de Jordan, porque detrás de mí se produce una conmoción. La gente se mueve, y sé quién está detrás de mí antes de que los labios rojos y perfectos de Jordan pronuncien su nombre.

—Reed —exhala—. No te había visto.

La inseguridad de su voz me sorprende. Me pregunto qué palabras ha utilizado Reed exactamente en el decreto Royal y hago una nota mental de preguntárselo a Valerie.

—¿Has terminado? —pregunta Reed, y no estoy segura de a quién se refiere. Por la forma en que me mira a mí y después unos treinta centímetros por encima de mi cabeza, Jordan tampoco.

—Me preguntaba si querías revisar nuestra tarea de Inglés avanzado —dice Jordan al final.

—Ya la he terminado —responde secamente él.

Jordan se frota los labios. Es como un sopapo para ella y todos lo sabemos. Casi siento pena por ella… casi.

—Hola, Reed. —Pronuncia una voz diferente y suave. Proviene de una chica de aspecto delicado cuyo pelo rubio está peinado en trenzas que forman una corona. Sus ojos azul aciano están rodeados por unas pestañas muy largas, que se elevan como plumas a la espera de la respuesta de Reed.

—Abby —saluda, y su cara se suaviza—. Me alegro de verte.

«La mitad de las tías del instituto afirman haberse acostado con él, pero a saber si es verdad. Solo sé de una que sí, la amiga de Jordan, Abby».

Así que esta es la tía que consiguió a Reed, por lo menos una vez. Ya veo por qué. Es preciosa. Jordan también, pero Abby es delicada de una forma que Jordan y yo no. ¿Es eso lo que le gusta a Reed? ¿Chicas delicadas que hablan a sus pies? No me extraña que yo no le interese... espera, ¿en qué estoy pensando? No me importa no interesarle a Reed. Que se junte con todas las chicas soñadoras como Abby que quiera.

—Te he echado de menos —comenta ella, y el anhelo en su voz hace que todos nos movamos incómodos.

—He estado ocupado este verano —replica Reed, que se mete las manos en los bolsillos. No mira a Abby a los ojos y su tono indica que, para él, lo que tenían se ha acabado.

Ella también lo aprecia y sus ojos brillan. Puede que se haya terminado para Reed, pero es terriblemente evidente que Abby no lo ha superado. Siento pena por ella.

Cuando Reed apoya su pesada mano en mi hombro casi pego un bote. Y observo las miradas odiosas de las chicas del anuncio de pasta de dientes y la expresión dolida en la cara de Abby. Si Reed Royal toca a alguien, se supone que no debe ser a mí.

—¿Lista, Ella? —murmura.

—Supongo...

Todo este encontronazo hace que me pique el hombro, así que no discuto cuando Reed me dirige a la camioneta de Easton. Cuando llegamos me libero de él.

—¿Dónde está Easton?

—Lleva a los gemelos.

—¿Me acabas de usar para esquivar a tu ex? —pregunto cuando abre la puerta y me empuja dentro.

—No es mi ex. —Da un portazo.

Mientras Reed da la vuelta por la parte delantera de la camioneta veo que Valerie me saluda con una gran sonrisa. Tras ella, Jordan echa chispas por los ojos. Abby parece un perrito golpeado.

—Ponte el cinturón —ordena Reed cuando enciende el motor.

Hago lo que me dice porque es seguro, no porque me lo haya mandado.

—¿Dónde está Durand? —Devuelvo el saludo a Valerie y esta me enseña el pulgar. Espero que Jordan no haya visto eso o puede que Valerie tenga que mudarse de su habitación a algún armario del sótano—. ¿Por qué me llevas?

—Quiero hablar contigo. —Se detiene durante unos segundos—. ¿Intentas avergonzar a mi familia?

Me giro en mi asiento para mirarlo, sorprendida, e intento no fijarme en lo *sexys* que parecen sus fuertes antebrazos cuando agarra el volante frustrado.

—¿Crees que he metido basura en mi propia taquilla? —pregunto, incrédula.

—No hablo de esas chorradas infantiles de Jordan. Me refiero a tu trabajo en la pastelería.

—En primer lugar, ¿cómo sabes eso, don Acosador? Y en segundo lugar, ¿por qué podría avergonzaros eso?

—Primero, tengo entrenamiento por la mañana. He visto que Durand te dejaba allí —suelta—. Y segundo, implica que no cuidamos de ti. Durante la comida, alguien preguntó si Callum había comprado la pastelería y si esa era la razón por la que la nueva Royal trabaja allí.

Me recuesto en el asiento y me cruzo de brazos.

—Joder, siento mucho que tuvieses que responder una pregunta incómoda durante la comida. Ha debido de ser *tan* inapropiado. *Mucho* más inapropiado que que te metan un tampón en la taquilla y que te salte en la cara.

Cuando sonríe, pierdo el control por completo. Todo el dolor y la frustración sale de mí. Estoy cansada de fingir ser una chica buena y tranquila. Me pongo de rodillas, me acerco a él y le pego en la coronilla.

—Joder —dice—. ¿A qué narices ha venido eso?

—¡Por ser un gilipollas! —Le vuelvo a pegar, esta vez un puñetazo, justo como el antiguo novio de mi madre me enseñó.

Reed me empuja hacia la puerta del copiloto con fuerza.

—¡Siéntate de una jodida vez! Vas a hacer que nos estrellemos.

—¡No pienso sentarme! —Vuelvo a pegarle—. Estoy cansada de ti, de tus insultos y de tus terribles amigos.

—Si fueses sincera conmigo, quizá les diría que parasen. ¿A qué juegas? —Me fulmina con la mirada mientras continúa distanciándome de él con un brazo.

Me esfuerzo para alcanzarle y agito los brazos, pero solo pego golpes al aire.

—¿Quieres saber a qué juego? Juego a conseguir mi título e ir a la universidad. ¡Ese es mi juego!

—¿A qué has venido? Sé que le has cogido dinero a mi padre.

—¡Nunca pedí a tu padre que me trajera aquí!

—No te negaste mucho —grita—. Si es que te negaste.

La acusación duele, en parte porque es cierto, pero a la vez porque no es justo.

—Sí, no me negué… porque no soy idiota. Tu padre me ofreció un futuro, y sería la persona más estúpida del planeta si no aceptase. Si eso me hace una avariciosa o una cazafortunas, pues vale, supongo que lo soy. Pero al menos no soy el tipo de persona que hace que otra camine durante más de tres kilómetros por un sitio oscuro y desconocido.

Observo con satisfacción como la culpa asoma en sus ojos.

—Así que admites no tener vergüenza —suelta Reed.

—Sí, no tengo ningún problema en admitir que no la tengo —me defiendo—. La vergüenza y los principios son para gente que no tiene que preocuparse por las pequeñas cosas como cuánto puedo comprar con un dólar para comer un día entero o si debo pagar las facturas médicas de mi madre o comprar algo de maría para que pueda pasar una hora sin dolor. La vergüenza es un lujo.

Vuelvo a recostarme en el asiento, exhausta. No sigo luchando contra él. De todas formas, es imposible. Es demasiado fuerte. Mierda.

—No eres ni el único ni el que más sufre. No eres el único que ha perdido a su madre. Oh, pobre Reed Royal —me burlo—, se ha convertido en un capullo porque ha perdido a su mami.

—Cállate.

—No, cállate tú.

Antes de que las palabras saliesen siquiera de mi boca me doy cuenta de lo ridículos que somos y empiezo a reír. Hace un minuto nos gritábamos como niños de cinco años. Me río con tanta fuerza que comienzo a llorar. O quizá estaba llorando y sonaba como una risa. Me inclino y meto la cabeza entre las piernas porque no quiero que Reed vea que me ha desestabilizado.

—Deja de llorar —murmura.

—Deja de decirme lo que tengo que hacer —sollozo.

Se calla y yo he logrado recuperar el control cuando pasamos por la verja y llegamos a la entrada lateral. ¿He dicho que no tenía vergüenza de verdad? No es del todo cierto. Estoy avergonzada de haber llorado durante cinco minutos delante de Reed Royal.

—¿Has terminado? —pregunta cuando frena y apaga el motor.

—Que te den —respondo, cansada.

—Quiero que dejes de trabajar en la pastelería.

—Quiero que Jordan tenga corazón. Pero no siempre obtenemos lo que queremos, ¿verdad?

Reed emite un sonido de frustración.

—A Callum no le gustará.

—¡Dios! Cambias las reglas constantemente. Aléjate de mí, Ella. Sube al coche, Ella. No arruines a mi padre, Ella. No trabajes, Ella. No sé qué quieres de mí.

—Ya somos dos —responde de forma enigmática.

Ni siquiera quiero hablar de eso. Así que abro la camioneta y salgo de ella.

El diablo en mí se despereza, así que supongo que puedo quedar con la cabeza bien alta, por lo que me doy la vuelta.

—Ah, y, Reed, no me uses como excusa porque no quieres enfrentarte a una ex.

—No es mi ex —ruge él.

Esas palabras no deberían satisfacerme, pero lo hacen.

Capítulo 13

En cuanto entro, subo deprisa las escaleras y me encierro en mi habitación. Echo mis libros de texto sobre la cama y cojo la primera tarea que veo, pero me cuesta concentrarme en los deberes al estar tan furiosa y avergonzada sobre lo que acaba de pasar entre Reed y yo.

La parte racional de mi cerebro entiende de dónde viene mi estallido. Hace menos de una semana toda mi vida estaba desarraigada. Callum me sacó de Kirkwood. Me trajo a esta extraña ciudad y a su lujosa casa para enfrentarme a los capullos de sus hijos. Desde que estoy aquí, los hermanos Royal solo se han convertido en mis antagonistas. Sus amigos me avergonzaron en esa estúpida fiesta y hoy me han humillado en el colegio. Y mientras tanto, Reed Royal decreta sus reglas de oro y las cambia al segundo.

¿Qué chica normal de diecisiete años *no* perdería los papeles?

Pero otra parte de mí, la que intenta protegerme a toda costa a través de escudar mis emociones… esa parte me grita por haber llorado frente a Reed. Por dejarle ver lo insegura y vulnerable que me siento en este nuevo mundo al que me han traído.

Me odio por ser débil.

Consigo terminar mis deberes de alguna forma, pero ahora son las seis y me ruge el estómago.

Dios, no quiero bajar. Desearía poder pedir servicio de habitaciones. ¿Por qué no tiene este sitio servicio de habitaciones? Si es casi un hotel.

Deja de esconderte de él. No le des la satisfacción.

Si me salto la cena, Reed sabrá que ha ganado, y no puedo dejarlo ganar. No dejaré que acabe conmigo.

Aun así, después de decidir enfrentarme al idiota, sigo retrasando el momento. Me ducho, me lavo el pelo y me pongo un par de bóxers negros pequeños y una camiseta de tirantes roja y ancha. Me cepillo el pelo y compruebo si Valerie me ha mandado algún mensaje. Después...

Vale, ya está bien de postergarlo. Mi estómago vacío está de acuerdo, porque suena durante todo momento mientras bajo por la escalera de espiral.

En la cocina, encuentro a uno de los gemelos en los fogones. Se dedica a remover con una espátula lo que parece un montón de fideos. El otro gemelo mete la cabeza en la nevera mientras parlotea con su hermano.

—¿Qué coño, tío? Pensaba que Sandra había vuelto de vacaciones.

—Vuelve mañana —responde el otro gemelo.

—Gracias a Dios. ¿Desde cuándo las amas de llaves se van de vacaciones? Estoy cansado de cocinar nuestra propia comida. Deberíamos haber ido con papá y Reed a cenar.

Frunzo el ceño cuando digiero la información. Primer punto: estos chicos están *tan* consentidos... ¿que ni siquiera pueden cocinarse la comida? Y segundo: ¿Reed se ha ido a cenar con Callum? ¿Callum le ha apuntado a la cabeza con una pistola?

El gemelo que está frente a los fogones se da cuenta de que estoy merodeando junto a la puerta y frunce el ceño.

—¿Qué miras?

Me encojo de hombros.

—Cómo quemas tu cena.

Gira la cabeza hacia la sartén y gime cuando ve el humo que sale de ella.

—¡Mierda! ¡Seb, coge una manopla!

Madre mía, estos chicos son unos inútiles. ¿Qué narices piensan hacer con una manopla?

La pregunta queda respondida cuando su hermano se la lanza y Sawyer se la pone para levantar la sartén por el asa, que, a menos que sea una sartén defectuosa, no debería quemar. Me lo paso pipa observando cómo los hermanos intentan salvar su cena y no puedo evitar esbozar una sonrisa cuando un poco de aceite caliente salpica a Sawyer en la muñeca de la mano descubierta.

Grita de dolor al tiempo que su hermano apaga el fuego. Ambos observan consternados los fideos y el pollo quemados.

—¿Unos cereales? —sugiere Sebastian.

Sawyer suspira.

Aunque el aire huela a quemado, me sigue sonando el estómago, así que me dirijo a los armarios y empiezo a coger ingredientes mientras los hermanos me observan con cautela.

—Voy a hacer espaguetis —les digo sin darme la vuelta—. ¿Queréis?

Hay un largo silencio hasta que uno de los dos murmura un «sí» y el otro lo sigue. Cocino en silencio mientras ellos se sientan como los soberbios y vagos Royal que son sin ofrecerse a ayudarme.

Veinte minutos más tarde, los tres cenamos. No decimos ni una palabra.

Easton entra al final de la cena y entrecierra los ojos cuando me ve meter el plato en el lavavajillas. Después mira hacia la mesa, donde sus hermanos comen una segunda ración de espaguetis.

—¿Ha vuelto Sandra de vacaciones?

Sebastian niega con la cabeza y se mete más comida en la boca.

Su gemelo me señala con la cabeza.

—Ha cocinado esta.

—*Esta* tiene nombre —digo con sequedad—. Puedes cenar espaguetis si quieres. Idiotas desagradecidos —murmuro eso último en voz baja mientras salgo de la cocina.

En lugar de volver a mi habitación, deambulo por la biblioteca. Callum me la enseñó el otro día, y todavía estoy asombrada por la cantidad de libros que hay. Las estanterías llegan hasta el techo y hay una escalera de las antiguas para llegar a los estantes superiores. En la otra parte de la habitación, hay una acogedora área de descanso con dos sillas muy mullidas colocadas frente a una chimenea moderna.

No me apetece leer, pero de todas formas me acomodo en un asiento e inhalo el aroma a cuero y a libros antiguos. Se me acelera el corazón cuando miro a la repisa de la chimenea. Sobre el estante de piedra, hay una hilera de fotografías, y una en particular capta mi atención. Es una de un Callum joven con el uniforme de la marina y un brazo alrededor del hombro de un hombre alto y rubio que también viste uniforme.

Creo que ese es Steve O'Halloran. Mi padre.

Observo la cara esculpida del hombre; tiene unos ojos azules y traviesos que parecen brillar al mirar hacia el objetivo de la cámara. Tengo sus ojos. Y mi pelo es del mismo tono rubio.

Cuando oigo el eco de unas pisadas detrás de mí, me doy la vuelta y veo a Easton entrar en la biblioteca.

—He oído que has intentado matar a mi hermano hoy —pronuncia despacio.

—Se lo merecía. —Le doy la espalda, pero él se pone a mi lado, y por el rabillo del ojo veo que su perfil está más rígido que la piedra.

—Seamos sinceros. ¿Pensabas de verdad que te presentarías aquí del brazo de mi padre y a todos nos parecería bien?

—No me he presentado del brazo de tu padre. Soy su pupila.

—¿Sí? Mírame a los ojos y dime que no te estás tirando a mi padre.

Por el amor de Dios. Los dientes me rechinan. Entonces, lo miro directamente a los ojos, que reflejan su malhumor, y contesto:

—No me estoy tirando a tu padre. Puaj, ¿cómo se te ocurre siquiera sugerirlo?

Se encoge de hombros.

—No sería exagerado. Le gustan jóvenes.

Es obvio que eso hace referencia a Brooke, pero no respondo. Vuelvo a posar la mirada en la foto que hay sobre la repisa.

Easton y yo nos quedamos en silencio durante tanto tiempo que me pregunto por qué sigue aquí.

—El tío Steve se acostaba con muchas —dice finalmente—. Las tías se bajaban las bragas cuando el hombre entraba en una habitación.

Qué asco. Eso *no* es algo que hubiese querido saber de mi padre.

—¿Cómo era? —pregunto a regañadientes.

—Era bueno, supongo. No pasamos mucho tiempo con él. Siempre estaba encerrado en el estudio de mi padre. Ambos permanecían hablando allí durante horas. —Easton parece resentido.

—Oh, ¿tu papi quería más a mi papi que a ti? ¿Por eso me odiáis tanto?

Pone los ojos en blanco.

—Hazte un favor a ti misma y deja de provocar a mi hermano. Si sigues encarándolo, te harás daño.

—¿A qué viene el aviso? ¿Es eso lo que quieres, que me hagan daño?

Easton no responde. Se aleja de la repisa y me deja en la biblioteca, donde vuelvo a clavar los ojos en la foto de mi padre.

Me despierto a medianoche al oír unos susurros en el pasillo, justo delante de mi habitación. Estoy muy atontada, pero lo bastante alerta para reconocer la voz de Reed, y aunque estoy tumbada, noto que me tiemblan las rodillas.

No lo he visto desde nuestra pelea en el coche. Cuando regresó de cenar con Callum, yo ya estaba encerrada en mi habitación de nuevo, pero, a juzgar por sus pisadas furiosas y el portazo, estoy bastante segura de que la cena no fue tan bien.

No sé por qué salgo de la cama o por qué me dirijo de puntillas hasta la puerta. No soy de esas que escuchan detrás de las puertas, pero quiero saber lo que dice y a quién se lo dice. Quiero saber si habla sobre mí. Puede que suene presuntuoso, pero aun así necesito saberlo.

—... entrenamiento por la mañana. —Ahora el que habla es Easton, y yo apoyo la oreja en la puerta para oír con más claridad—... accedido a bajar el ritmo durante la temporada.

Reed murmura algo que no puedo descifrar.

—Lo entiendo, ¿vale? Yo tampoco estoy contento de que esté aquí, pero no es razón para... —La frase de Easton queda interrumpida.

—No es por ella. —Escucho eso alto y claro, y no sé si sentirme aliviada o decepcionada de que, sea lo que sea lo que discutan, no me involucre en ello.

—Entonces iré contigo.

—No —responde Reed en un tono tajante—... iré solo esta noche.

¿Va a algún sitio? ¿Adónde demonios se marcha tan tarde si mañana hay clase? La preocupación se agolpa en mi vientre y casi me hace reír. ¿Por qué *me preocupo* de repente por Reed Royal, el chico al que he atacado antes en el coche?

—Ahora suenas como Gideon —lo acusa Reed.

—Sí, bueno, puede que tú...

Sus voces vuelven a silenciarse, lo cual es muy frustrante, porque sé que me pierdo algo importante.

Estoy tentada de abrir la puerta y detener a Reed de hacer lo que sea que esté a punto de hacer, pero es demasiado tarde. Unas pisadas resuenan en el pasillo y una puerta se cierra. Después, solo oigo como uno de ellos baja las escaleras.

Unos minutos más tarde, se enciende el motor de un coche en el jardín y sé que Reed se ha ido.

Capítulo 14

A la mañana siguiente, encuentro a Reed apoyado contra la camioneta de Easton. Lleva puestas unas zapatillas de deporte, unos pantalones de deporte cortos y una camiseta ancha, abierta a los lados. Es más guapo de lo que cualquier idiota debería ser. Tiene la frente cubierta por una gorra de béisbol.

Miro alrededor, pero no veo la limusina.

—¿Dónde está Durand?

—¿Intentas ir a la pastelería?

—¿Intentas quemarla para que no mancille el apellido Royal por trabajar allí?

Reed gruñe molesto.

Yo gruño a modo de respuesta.

—¿Y bien? —murmura.

Frunzo el ceño.

—Sí, voy a trabajar.

—Tengo entrenamiento, así que si quieres que te lleve te sugiero que te metas en el coche, porque de lo contrario te tocará andar. —Abre la puerta del copiloto y camina hacia el lado del conductor dando pisotones.

Busco a Durand de nuevo. Mierda, ¿dónde está?

Cuando Reed enciende el motor me subo. ¿Qué daño puede hacer en un viaje de veinte minutos?

—Ponte el cinturón —me espeta.

—Acabo de subirme. Dame un minuto. —Levanto la mirada y rezo para que Dios me dé un poco de paciencia. Reed no mueve el coche hasta que me he abrochado—. ¿Tienes la regla masculina o es que siempre estás de un humor de perros?

No responde.

Me odio a mí misma, pero no puedo dejar de mirarlo. No puedo dejar de pasear los ojos por su cara de actor de película, por sus perfectas orejas enmarcadas por el pelo oscuro. Todos los Royal tienen el pelo de diferentes tonalidades de marrón. El de Reed se acerca más al castaño.

De perfil, aprecio un pequeño bulto en su nariz y me pregunto cuál de sus hermanos se lo hizo.

No es justo que este tío sea tan atractivo. Y tiene ese rollo de chico malo que normalmente no me gusta, pero, por alguna razón, le hace más guapo. Supongo que me gustan los chicos malos.

Espera, ¿qué narices estoy pensando? No me gustan los chicos malos, ni me gusta *Reed*. Es el mayor capullo que...

—¿Por qué me miras? —pregunta molesto.

Alejo de mi mente todos mis pensamientos locos y respondo:

—¿Y por qué no?

—¿Te gusta lo que ves? —dice para molestarme.

—Para nada, solo memorizo el perfil de un idiota. Ya sabes, por si me piden dibujar uno en Plástica, para tener inspiración —respondo con frivolidad.

Reed gruñe, aunque suena sospechosamente como una risa. Por primera vez, me empiezo a relajar en su presencia.

El resto del viaje pasa con rapidez, casi demasiado rápido. Siento una cierta decepción cuando veo la pastelería, lo cual es de locos porque *no me gusta este tío*.

—¿Vas a traerme todos los días o solo hoy? —inquiero cuando se detiene frente a French Twist.

—Depende. ¿Hasta cuándo planeas seguir con el papel?

—No es un papel. Se llama ganarse la vida.

Salgo de la camioneta antes de que responda algo estúpido y mezquino.

—Oye —me llama.

—¿Qué? —Me doy la vuelta y entonces veo todo su rostro. Me cubro la boca con la mano. La parte izquierda de su cara, una parte que ahora me doy cuenta de que me ha ocultado, está llena de moretones. Tiene el labio hinchado, un corte encima del ojo y un hematoma en la parte superior de la mejilla.

—Dios mío. ¿Qué te ha pasado?

Levanto la mano en dirección a su cara, sin darme cuenta de que estoy de nuevo junto a la camioneta.

Reed aleja su rostro de mí.

—Nada.

Dejo caer la mano a un lado.

—No parece nada.

—Para ti sí.

Se aleja con cara seria y me pregunto qué hizo anoche y por qué me ha llamado si no quería decirme nada importante. Pero sí sé algo. Si me hubieran pegado tan fuerte en la cara, yo también estaría enfadada a la mañana siguiente.

En contra de mi buen juicio, no dejo de pensar en Reed durante el turno de mañana en la pastelería. Lucy me mira preocupada, pero como trabajo duro como le prometí no me dice nada.

Después del trabajo, voy al colegio, pero no veo a Reed. Ni en el camino que lleva al gimnasio ni en los pasillos, ni siquiera durante la comida. Es como si no hubiese venido al Astor Park.

Y cuando terminan las clases, lo que me espera es la limusina. Durand sujeta la puerta con impaciencia, así que no puedo deambular por el aparcamiento. *Es mejor así*, me digo a mí misma. *Pensar en Reed Royal no es nada bueno.*

Me echo la bronca durante el trayecto a casa, pero cuando atravesamos la verja de hierro forjado Durand me da algo más en lo que pensar.

—El señor Royal quiere verte —me informa con su voz de contrabajo cuando el coche se detiene delante de las escaleras principales.

Permanezco sentada como una tonta mientras digiero que el señor Royal significa Callum.

—Ah, vale.

—Está en la casa de la piscina.

—La casa de la piscina —repito—. ¿Me envían al despacho del director, Durand?

El hombre me mira a los ojos a través del espejo retrovisor.

—No creo, Ella.

—Eso no me anima mucho.

—¿Quieres que conduzca un poco más?

—¿Querrá verme aun así?

Durand asiente.

—Entonces será mejor que vaya. —Suspiro con dramatismo.

El extremo de su ojo se eleva ligeramente por lo que considero que es una sonrisa.

Dejo mi mochila en la parte baja de las imponentes escaleras y me dirijo a la parte trasera de la casa a través del largo patio, al final del terreno. La casa de la piscina está acristalada por tres lados. Las paredes deben de tener algún truco porque en algunas ocasiones el lado más cercano a la piscina es reflectante en lugar de transparente.

Al acercarme me percato de que las paredes son una serie de puertas deslizantes abiertas, lo que permite que la brisa marina de la costa llegue hasta la casa.

Callum está sentado en un sofá con vistas al mar. Se da la vuelta cuando mis zapatos arañan el suelo embaldosado.

Asiente en forma de saludo.

—Ella. ¿Has tenido un buen día en el colegio?

¿Nada de basura en la taquilla? ¿Ninguna broma en el servicio femenino?

—Podría haber sido peor —respondo.

Hace un gesto para que me siente junto a él.

—Este era el lugar favorito de Maria —me cuenta—. Cuando todas las puertas están abiertas, se oye el mar. Le gustaba madrugar para ver el amanecer. Una vez me dijo que cada mañana era como un espectáculo de magia. El sol hace retroceder una cortina de negro tinta y revelar una paleta de colores más hermosa de lo que incluso los mejores artistas podrían evocar.

—¿Estás seguro de que no era una poetisa?

Callum sonríe.

—Era bastante poética. También decía que el ir y venir rítmico del oleaje contra la orilla era una partitura tan pura como la instrumentación más increíble.

Escuchamos el tintineo y el arrastre del oleaje al acercarse a la arena para después alejarse como si una mano invisible tirase de él.

—Es precioso —admito.

Callum emite un gemido gutural en voz baja. Tiene en una mano su típico vaso de *whisky*, pero con la otra sujeta, con los nudillos blancos, una fotografía de una mujer de pelo oscuro y con unos ojos tan brillantes que parece que el sol brille a través del marco.

—¿Es Maria? —Señalo hacia el marco.

Él traga saliva y asiente.

—Preciosa, ¿verdad?

Asiento a modo de respuesta.

Callum inclina la cabeza y vacía el vaso de un trago. Unos instantes después de apoyar el vaso, lo rellena.

—Maria era el pegamento que unía a nuestra familia. Atlantic Aviation pasó por una mala racha hace unos diez años. Una serie de decisiones desacertadas, además de la recesión, pusieron el legado de mis hijos en peligro, y me dediqué en cuerpo y alma a arreglarlo, lo cual me alejó de mi familia. No veía a Maria. Ella siempre quiso tener una hija, ¿sabes?

Lo único que puedo hacer es asentir con la cabeza. Seguir su conversación rara e inconexa es algo complicado. No sé qué quiere decir con esto.

—Ella te hubiese adorado. Te hubiese alejado de Steve para criarte como suya. Ansiaba tanto tener una niña.

Yo permanezco sentada como una estatua. Esta historia triste no puede llevar a nada bueno.

—Mis hijos me culpan de su muerte —dice de repente. La inesperada confesión me sorprende—. Tienen razones para hacerlo. Por eso les dejo salirse con la suya en muchas ocasiones. Sí, sé lo rebeldes que son, pero soy incapaz de echarles la bronca. Intento acercar posturas ahora, pero soy el primero en admitir que soy un desastre. Y he hecho que la familia lo sea. —Se pasa una mano temblorosa por el pelo, con el vaso en la mano, casi como si el objeto de cristal fuese lo único que lo mantuviese anclado a la tierra.

—Lo siento. —Es todo lo que puedo decir.

—Seguramente te preguntes por qué te cuento esto.

—Un poco.

Esboza una sonrisa dura y torcida, y me recuerda tanto a Reed que mi interior se sacude.

—Dinah quiere conocerte.

—¿Quién es Dinah?

—La viuda de Steve.

Se me acelera el pulso.

—Ah.

—He estado posponiéndolo porque acabas de llegar, y, bueno, quería que me preguntases por Steve. Al final ella y Steve... —Su voz se apaga—. No fue bien.

Levanto la guardia.

—Tengo la sensación de que lo que estás a punto de decir no va a gustarme.

—Eres bastante perspicaz. —Apura su segundo vaso—. Ha pedido que vayas sola.

O sea, ¿se supone que tengo que conocer a la mujer de mi difunto padre, la cual le cae tan mal a Callum que casi se inyecta *whisky,* sin que nadie me acompañe?

Suspiro.

—Cuando dije que mi día podría haber sido peor no era un desafío.

Él suelta un bufido.

—Dinah me ha recordado que mi conexión contigo es más fina que la suya. Ella es la viuda de tu padre. Yo solo soy su amigo y socio.

Un escalofrío me recorre la piel.

—¿Te refieres a que no eres mi tutor legalmente?

—Es temporal hasta que el testamento de Steve se legitime —admite—. Dinah podría impugnarlo.

No puedo quedarme sentada. Me levanto de un salto y me acerco al extremo de la habitación para mirar el agua. Me siento tan estúpida de repente. Me he permitido creer que podría asentarme aquí a pesar de que Reed me odia, a pesar de que a los alumnos del Astor Park les encanta atormentarme. Se supone que esas cosas son molestias temporales. Callum me ha prometido un futuro, maldita sea. ¿Y ahora me dice que esta tía, Dinah, puede arrebatarme ese futuro?

—Si no voy —murmuro despacio—, empezará a causar problemas, ¿verdad?

—Es una valoración acertada.

Después de tomar una decisión, me doy la vuelta hacia Callum y digo:

—Entonces, ¿a qué esperamos?

Durand nos lleva a la ciudad y se detiene frente a un rascacielos. Callum me dice que me esperará en el coche, lo cual me pone más nerviosa todavía.

—Esto es una mierda —digo de manera inexpresiva.

Callum me toca el brazo.

—No tienes que ir.

—¿Tengo otra opción? ¿O subo y sigo viviendo con los Royal o me quedo en el coche y me llevan a otro sitio? Es un desastre.

—Ella —me llama cuando pongo un pie en el bordillo.

—¿Qué?

—Steve te quería. Descubrir que tenía una hija lo destrozó. Te juro que te habría adorado. Recuérdalo. No importa lo que Dinah diga.

Durand me acompaña dentro mientras esas palabras resuenan en mis oídos. El vestíbulo del edificio de Dinah es precioso, pero el efecto de las bonitas paredes de piedra, las luces de cristal y la tapicería de madera oscura no me aturden tanto como si me hubiese ocurrido antes de conocer a los Royal.

—Está aquí para ver a Dinah O'Halloran —dice Durand al conserje.

—Puedes subir.

Durand me da un pequeño empujón.

—Último botón. Pulsa la A de ático.

El ascensor tiene moqueta y paneles de madera; casi está en silencio. No hay música, solo se oye un zumbido mecánico que acompaña al movimiento hacia arriba. Se detiene demasiado pronto.

Las puertas del ascensor se abren y llego a un pasillo ancho y corto. Al final hay una puerta doble. Joder. ¿Vive en el piso entero?

Una mujer vestida con uniforme de servicio abre una de las puertas cuando me acerco.

—La señora O'Halloran la espera en la sala de estar. ¿Qué desea tomar?

—Agua —contesto con la voz ronca—. Quiero agua, por favor.

Mis zapatillas se hunden en la pesada alfombra cuando sigo a la empleada del servicio por el pasillo, hasta la sala de estar. Me siento como un corderito de camino a su matanza.

Dinah O'Halloran está sentada debajo de un enorme cuadro de una mujer desnuda. La modelo tiene el pelo dorado y suelto, y mira con la cabeza girada. Tiene unos ojos verdes entrecerrados de forma seductora. Es... madre mía. El rostro de la mujer es el de Dinah.

—¿Te gusta? —pregunta Dinah con una ceja alzada—. Tengo otros en casa, pero este es el más conservador.

¿Conservador? *Señora, le veo la raja del culo en el cuadro.*

—Es bonito —miento. ¿Quién tiene un montón de cuadros de sí mismo por su casa?

Empiezo a sentarme en la otra silla de la habitación, sin embargo la voz cortante de Dinah me detiene.

—¿Te he dicho que te sientes?

Me tenso y mis mejillas se sonrojan.

—No. Lo siento. —Permanezco de pie.

Me escudriña con la mirada.

—Así que tú eres la niña que Callum dice que es la hija de Steve. ¿Ya te has hecho la prueba de ADN?

¿Una prueba de ADN?

—Ah. No.

Dinah ríe. Su risa suena terrible y vacía.

—¿Entonces cómo sabemos que no eres la bastarda de Callum que intenta pasar por hija de Steve? Eso le resultaría conveniente. Siempre ha afirmado que ha sido fiel a su mujer, pero tú serías la prueba de que no ha sido así.

¿La hija de Callum? Brooke implicó lo mismo, pero Callum se ofendió cuando ella lo comentó. Y mi madre dijo que mi padre era un hombre que se llamaba Steve. Tengo su reloj.

Aun así, me siento fatal, incluso cuando me estiro con una confianza fingida.

—No soy la hija de Callum.

—Ah, ¿y cómo sabes eso?

—Porque Callum no es el tipo de hombre que ignora tener un hijo.

—¿Has estado una semana con los Royal y crees que los conoces? —se burla y luego se inclina hacia delante con las manos en los brazos de su asiento—. Steve y Callum eran viejos compañeros del ejército. Compartieron más mujeres que juguetes unos niños de guardería.

La observo con la boca abierta por la sorpresa.

—No me cabe duda de que la puta de tu madre se tiró a ambos —añade.

El insulto hacia mi madre me saca del estupor.

—No hables de mi madre. No sabes nada de ella.

—Sé lo suficiente. —Dinah se echa hacia atrás—. Era pobre e intentó sacarle dinero a Steve intentando chantajearlo. Cuando eso no funcionó, fingió que tuvo una hija suya. Aunque ella no sabía que Steve era estéril.

Las acusaciones de Dinah empiezan a sonar como si tirara un puñado de espaguetis contra la pared y esperase que alguno se pegara, como Jordan y sus tampones. Estoy empezando a cansarme de esto.

—Entonces pidamos la prueba de ADN. No tengo nada que perder. Si soy una Royal, seré capaz de pedir un sexto de la fortuna Royal. Parece un trato mejor que ser solo la pupila de Callum Royal.

A Dinah no le gusta mi valentía, porque contraataca.

—¿Crees que le importas a Callum Royal? El hombre no pudo mantener a su mujer viva. Ella se mató en lugar de estar con él. *Ese* es el tipo de persona a la que te estás acercando. ¿Y sus hijos? Se emborrachan de dinero y privilegios, y él no hace nada al respecto. Espero que cierres la puerta de tu habitación por la noche.

Sin querer, mi mente vaga al recuerdo de la primera mañana, cuando Easton se metió la mano en los pantalones y me amenazó con total naturalidad. Los dientes me rechinan.

—¿Por qué me has pedido que viniese?

Sigo sin ver la razón de la visita. Parece que solo le interese burlarse de mí y hacerme sentir incómoda.

Dinah sonríe con frialdad.

—Solo quería ver con qué tengo que lidiar. —Alza una ceja—. Y debo decir que no estoy muy impresionada.

Ya somos dos.

—Mi consejo es el siguiente —continúa—. Coge lo que Callum te ha dado y márchate. Esa casa es un cáncer para las mujeres, y pronto no será más que polvo. Te sugiero que te vayas mientras puedas.

Se inclina y coge una campanita. Después de hacerla sonar una vez, la señora del servicio aparece como un perro obediente. Lleva una bandeja con un solo vaso de agua.

—La señorita Harper está lista para irse —anuncia Dinah—. No necesita agua.

Me voy todo lo rápido que puedo.

Callum me espera en el vestíbulo cuando salgo del ascensor.

—¿Estás bien? —inquiere de inmediato.

Me froto los brazos con las manos. No recuerdo la última vez que tuve tanto frío.

—¿Steve es mi verdadero padre? —le pregunto—. Dímelo.

No parece sorprendido por la pregunta.

—Por supuesto que sí —responde con voz tranquila.

Callum se inclina hacia mí con los brazos abiertos como si me fuese a abrazar, pero yo me echo hacia atrás, todavía alterada por la revelación de Dinah. Ahora mismo no necesito su consuelo. Necesito *la verdad.*

—¿Por qué debería creerte? —Pienso en las cínicas palabras de Dinah—. Nunca me has dado pruebas de su paternidad.

—¿Quieres pruebas? Vale, te daré pruebas. —Parece cansado—. Tengo los resultados de la prueba de ADN en mi caja fuerte, en casa. Y Dinah, por cierto, ya los ha visto. Sus abogados tienen una copia.

Estoy sorprendida. ¿Me ha mentido? ¿O es él el mentiroso?

—¿Hiciste pruebas de ADN?

—No te hubiese traído aquí a menos que estuviese seguro. Cogí un pelo del baño de la oficina de Steve y mi detective consiguió una muestra tuya para compararlos.

¿Cómo...? Da igual, no quiero saber cómo consiguió mi ADN.

—Quiero ver los resultados —exijo.

—Como quieras, pero créeme cuando te digo que eres la hija de Steve. Supe que lo eras en cuanto te vi. Tienes su mandíbula. Sus ojos. Te hubiese elegido en cualquier rueda de reconocimiento como la hija de Steve O'Halloran. Dinah está enfadada y asustada. No dejes que sus palabras te afecte.

¿Qué no deje que me afecten? Esa mujer acaba de lanzar tantas bombas y hacer tantas insinuaciones que tengo la cabeza a punto de estallar.

No puedo lidiar con esto ahora. No puedo lidiar con nada. Solo...

—Estoy lista para irme —murmuro, aturdida.

Una vez en el coche, no puedo mirar a Callum a los ojos, que reflejan preocupación. Las palabras de Dinah se repiten en mi cabeza una y otra vez.

—Ella, cuando perdí a mi mujer pasé una mala temporada. —Al decir esas palabras, apenas reconoce lo que cree que me ha dicho Dinah.

Respondo sin mirarlo a la cara.

—¿Una mala temporada? Creo que todavía no se ha acabado.

Callum se sirve otro vaso de *whisky.*

—Puede que sí.

El resto del trayecto se pasa en silencio.

Capítulo 15

No dejo de pensar en mi reunión con Dinah durante tres días, la revivo una y otra vez. Lucy seguramente piensa que ha contratado a un robot por la poca emoción que pongo en mi trabajo. Tengo miedo de empezar a llorar si muevo alguna de mis facciones. Sin embargo, no me echa porque llego todas las mañanas y las tardes que me tocan a la hora y trabajo sin quejarme.

Trabajar es un alivio. Cuando estoy ocupada, logro olvidar que mi vida es un desastre. Y eso ya es decir, si tengo en cuenta que escapé de Seattle para evitar que los servicios sociales me enviaran a alguna casa de acogida y después estuve una semana viajando por carretera antes de quedarme en Kirkwood. Pensé que falsificar la firma de mi madre en los formularios escolares sería una locura, pero no es nada en comparación con lo que estoy viviendo gracias a los Royal y su séquito.

Esquivar el tema en el colegio es más difícil porque Val me pregunta una y otra vez qué me pasa. Por mucho que adore a Val, no creo que esté preparada para oír toda esta mierda, e incluso si lo está... yo no estoy lista para contarlo.

No me importa que Callum me enseñase los resultados de la prueba de ADN al llegar a casa aquella noche; la duda me ha carcomido durante los tres días siguientes; hasta esta mañana, cuando me he obligado a levantarme de la cama después de otra noche en vela y a recordar un dato innegable: mi madre no era una mentirosa.

Puedo contar con los dedos de una mano lo que mi madre me contó de mi padre. Se llamaba Steve. Era rubio. Era marinero. Le dio su reloj.

Todo ello coincide con lo que Callum me ha contado, y cuando le sumas el parecido tan obvio con el hombre de la foto de la biblioteca, tengo que creer que Dinah O'Halloran simplemente miente más que habla.

—¿Te estás tirando a alguien?

El gruñido de Reed me saca de mi ensimismamiento. Estoy sentada en el asiento del copiloto de su todoterreno e intento no bostezar.

—¿Qué? ¿Por qué preguntas eso?

—Tienes ojeras. Has andado como un zombi por casa desde el martes y parece que no has pegado ojo en días. Así que, te estás tirando a alguien, ¿verdad? ¿Te escapas por la noche para verlo? —Tiene la mandíbula tensa.

—No.

—No —repite.

—No, Reed. *No*. No salgo con nadie, ¿de acuerdo? Y aunque fuese así, no es asunto tuyo.

—Todo lo que haces es asunto mío. Cualquier movimiento que haces me afecta a mí y a mi familia.

—Vaya. Debe de ser bonito vivir en un mundo donde todo gira en torno a ti.

—¿Entonces qué te pasa? —inquiere—. No te comportas de forma normal.

—¿Que no me comporto de forma normal? Lo dices como si me conocieses lo suficiente como para hablar así. —Lo fulmino con la mirada—. Te propongo algo: te contaré todos mis secretos *después* de que tú me digas adónde vas por las noches y por qué regresas a casa con cortes y moratones.

Sus ojos destellan.

—Ya decía yo. —Cruzo los brazos e intento no bostezar de nuevo.

Reed fija su irritada mirada en el parabrisas y agarra el volante con fuerza. Ha estado llevándome al trabajo a las cinco y media todos los días, antes de ir a su sesión de entrenamiento de fútbol americano a las seis. Easton también está en el equipo, pero va a entrenar solo. Creo que la razón de ello es que Reed quiere pasar tiempo a solas conmigo. Para interrogarme y analizarme, como ha hecho todas las mañanas desde que empezó a llevarme al trabajo.

—¿No te marcharás, verdad? —Percibo un cierto tono de derrota en su voz junto con la dosis de enfado de siempre.

—No. No me marcharé.

Reed se detiene frente a la pastelería y pone el coche en punto muerto.

—¿Qué? —murmuro cuando sus penetrantes ojos azules se posan en mí.

Él frunce los labios durante un momento.

—El partido de esta noche.

—¿Qué pasa? —El reloj del salpicadero marca las cinco y veintiocho. Todavía no ha salido el sol, pero la ventana de la pastelería French Twist está iluminada. Lucy ya está dentro, esperándome.

—Mi padre quiere que vayas.

Siento un «dolor real» entre los omóplatos.

—Bien por él.

Reed parece intentar no estrangularme.

—Vas a ir al partido.

—Paso. No me gusta el fútbol americano. Además, tengo que trabajar.

Llevo la mano hacia la manilla, pero él se inclina sobre su asiento y la agarra. Un torrente de calor viaja desde sus dedos, pasa por mi brazo y se concentra entre mis piernas. Ordeno a mi cuerpo traicionero que pare e intento no oler el aroma picante y masculino que llega a mi nariz. ¿Por qué tiene que oler tan bien?

—No me importa lo que te guste o lo que no. Sé que sales a las siete. El saque oficial es a las siete y media. Vendrás. —Habla en un tono de voz bajo, cargado de... no es enfado, pero es algo que no identifico. Todo lo que sé es que está demasiado cerca como para que yo me sienta cómoda y mi corazón palpita muy deprisa.

—No voy a ir a un estúpido partido de fútbol americano escolar para animarte a ti y a los idiotas de tus amigos —grito y me libero de él. Cuando su calor corporal me abandona, siento un escalofrío—. Callum tendrá que aguantarse.

Salgo del todoterreno, cierro la puerta y me dirijo con rapidez por la oscura acera hacia la pastelería.

Llego al colegio justo antes de que suene la campana. Solo tengo tiempo de hacer una pequeña parada en el baño para ponerme el uniforme del Astor Park y después paso las clases de la mañana intentando permanecer despierta. Durante el almuerzo, bebo tanto café que Val tiene que pararme los pies, pero por lo menos ahora estoy alerta.

Me siento junto a Easton en la clase de Química y lo saludo con un hola reticente.

—Esta mañana has roncado en clase de inglés —dice con una sonrisa de oreja a oreja.

—No es verdad. He estado despierta todo el tiempo. —¿Lo he estado? Ahora ya no estoy tan segura.

Easton pone los ojos en blanco.

—Ay, hermanita. Trabajas demasiado. Me preocupas.

Yo también pongo los ojos en blanco como respuesta. Sé que a los hermanos Royal no les gusta mi trabajo. Tampoco a Callum, que no paraba de fruncir el ceño cuando se lo conté. Insistió en que debería centrarme en mis estudios en lugar de dividir mi atención entre las clases y el trabajo, pero yo no di mi brazo a torcer. Después de decirle que trabajar era importante para mí y que necesitaba ocupar mi tiempo con más cosas además del colegio, me dejó de molestar.

O eso pensaba. No me doy cuenta de que Callum ha realizado otro movimiento ofensivo hasta que suena la campana de la última clase.

Una mujer alta y esbelta se acerca a mí cuando salgo de clase de Matemáticas. Se mueve con la elegancia de una bailarina de *ballet,* así que no me sorprende cuando se presenta como la entrenadora del equipo de baile.

—Ella —dice la señorita Kelley mientras me estudia con sus ojos de lince—. Tu tutor me ha comentado que has bailado desde que eras pequeña. ¿Qué tipo de entrenamiento has seguido?

Yo me muevo, incómoda.

—No he entrenado mucho —miento—. No sé por qué le ha dicho eso el señor Royal.

Creo que lee mis pensamientos, porque levanta una ceja.

—Deja que sea yo quien juzgue eso. Harás las pruebas para el equipo hoy, después de las clases.

Suenan alarmas en mi cabeza. ¿Qué? Nada de eso. No quiero formar parte del equipo de baile. Bailar solo es un *hobby* tonto. Y... ay, mierda, ¿no había mencionado Savannah que Jordan es la capitana del equipo? Ahora sí que *no* quiero hacer las pruebas.

—Trabajo después de clase —respondo con sequedad.

La señorita Kelley parpadea.

—¿Trabajas? —Pronuncia la palabra como si fuese un concepto extraño. Pero supongo que, en lo que respecta a tener un trabajo a tiempo parcial, soy parte de una minoría en el Astor Park—. ¿A qué hora?

—A las tres y media.

Ella frunce el ceño.

—De acuerdo. Bueno, mi clase no termina hasta las cuatro. Mmm. —Piensa—. ¿Sabes qué? Mi capitana se encargará de ello, Carrington sabe lo que busco. Puedes hacer las pruebas con ella a las tres y así tendrás tiempo suficiente para ir al trabajo.

Mi pánico se triplica. ¿Voy a hacer las pruebas con Jordan? *No, no y mil veces no.*

La señorita Kelley se fija en mi expresión y vuelve a fruncir el ceño.

—El señor Royal y yo esperamos que te presentes, Ella. En Astor Park, animamos a todos los estudiantes a contribuir con algo. Las actividades extraescolares son una forma sana y productiva de ocupar tu tiempo.

Maldito Callum. El hecho de que haya utilizado la misma frase que usé, lo de ocupar mi tiempo, me dice que definitivamente él está detrás de todo esto.

—Ven al gimnasio de entrenamientos después de tu última clase. Puedes llevar tu uniforme de Educación Física. —Me da unas palmaditas en el brazo y se aleja antes de que pueda quejarme.

Un gemido asciende por mi garganta, pero no lo dejo escapar. ¿Hay algo que los Royal no sean capaces de hacer? No me interesa unirme al equipo de baile, pero sé que, si no me presento a las pruebas, la señorita Kelley se lo dirá a Callum, y si se enfada mucho, puede que me obligue a dejar el trabajo. O peor, la escuela podría decidir que no tengo nada «especial» que ofrecer y Beringer me echaría. A Callum no le gustaría *en absoluto*.

La verdad es que a mí tampoco me gustaría. Académicamente, Astor Park está a años luz de las escuelas públicas a las que he asistido antes.

Soy incapaz de concentrarme en mi última clase. Me siento intimidada por tener que hacer las pruebas, y cuando me dirijo al terreno sur después de que suene el timbre me da la sensación de que soy un preso caminando por el tramo del corredor de la muerte. Debería haber preguntado a Val cómo se ha librado de esto, porque ella sabe bailar y no veo que nadie la obligue a hacer las pruebas.

Cuando entro, los vestuarios femeninos están vacíos, pero hay una caja rectangular sobre el largo banco brillante que hay entre las taquillas.

Tiene escrito mi nombre en la parte superior, y hay un trozo de papel doblado pegado junto a él.

Se me revuelve el estómago. Cojo la nota con dedos temblorosos y la desdoblo.

Lo siento, cielo, no dejamos entrar en el equipo a sucias bailarinas de striptease. *Pero estoy segura de que en el club The XCalibur estarían ENCANTADOS de que hicieses las pruebas para trabajar ahí. De hecho, tengo tanta fe en ti que incluso te he comprado un modelito para las audiciones. El club está en la esquina de la calle Basura y la avenida Alcantarilla. ¡Mucha mierda!*

Jordan

Su nombre está firmado con un garabato femenino, y no hay duda de la alegría escondida en cada una de las letras.

Me tiemblan las manos todavía más cuando abro la caja y dejo a un lado el papel de seda. Al ver lo que hay dentro, la vergüenza invade mi estómago.

La caja contiene un minúsculo par de bragas rojas, zapatos de tacón de aguja de doce centímetros y un sujetador de encaje rojo con borlas negras. La lencería es feísima y de mala calidad, parecido a lo que llevaba en el Miss Candy's, en Kirkwood.

Me pregunto qué Royal le contó que hacía *striptease*. Callum debió de decírselo a sus hijos, ¿pero quién se lo chivó? ¿Reed? ¿Easton? Apuesto a que fue Reed.

Otra emoción se superpone a la vergüenza: rabia. Una rabia inmensa que me hierve la sangre y hace que me cosquilleen los dedos. Estoy hasta las narices de esto. Hasta las narices de que me juzguen, de los insultos y del desdén. Estoy hasta las narices de todo.

Arrugo la nota de Jordan en un puño y la tiro al otro lado del vestuario. Después, me doy la vuelta y me dirijo a la salida.

De camino a la puerta me detengo. Dirijo la mirada a la ropa interior cutre que hay sobre el banco.

¿Sabes qué?

¿Creen que soy basura? *Van a ver* lo que es basura.

Quizá es el enfado, la frustración o el nudo de impotencia que tengo en la garganta, pero siento que no controlo mi cuerpo. Me desvisto automáticamente y estoy tan furiosa que noto el sabor de la ira. Incluso salivo. Dios, estoy que echo espuma por la boca.

Me subo el trozo de encaje por las caderas, me coloco el sujetador y camino hacia la puerta. No la que da a la salida, sino la que me lleva al gimnasio.

Dejo los tacones en el banco. Voy a necesitar equilibrio.

Recorro el suelo con los pies descalzos; la ira y el sentimiento de la justicia alimentan cada paso que doy. Esta gente no me conoce. No tienen derecho a juzgarme. Abro la puerta y entro al gimnasio. Con la cabeza alta y las manos a los costados.

Alguien me ve y jadea.

—Joder —exclama una voz masculina desde la otra punta del gimnasio, donde el panel divisorio que separa las pesas y el resto de material deportivo de la pista está abierto.

Un estruendo resuena en el gimnasio, como si alguien hubiese dejado caer unas pesas.

Mis pasos dejan de tener el ritmo de antes. El equipo entero de fútbol está entrenando y levantando pesas. Echo una mirada rápida y siento que se me enrojecen las mejillas. Todos me miran con unos ojos vidriosos. Todos tienen la boca abierta. Todos excepto uno. Uno de ellos permanece con la boca tensa y cerrada; Reed me abrasa con su mirada azul.

Rompo el cruce de miradas y continúo el camino hacia el grupo de chicas que realizan estiramientos sobre un montón de esterillas azules. Contoneo un poco las caderas y todas se detienen en mitad del estiramiento con los ojos abiertos como platos.

La sorpresa de Jordan solo dura un momento. Después desaparece para dejar lugar a la cautela. Cuando ve mi expresión, tiembla. Un segundo más tarde, se pone de pie y cruza los brazos sobre el pecho.

Lleva unos pantalones muy cortos, una camiseta de tirantes estrecha y tiene el pelo recogido en una coleta. Es esbelta y está tonificada. Está fuerte. Pero yo también.

—No tienes dignidad, ¿verdad? —Sonríe con suficiencia para llamar mi atención.

Me detengo frente a ella. No digo ni una palabra. Todos nos miran. No, todos *me* miran. Estoy casi desnuda y sé que tengo buen aspecto incluso con este modelito cutre. Puede que no tenga unos padres millonarios como estos chicos, pero yo he heredado el atractivo de mi madre.

Estas chicas también lo saben. Algunas me observan consumidas por los celos antes de fulminarme con la mirada.

—¿Qué quieres? —inquiere Jordan al ver que no respondo—. No me importa lo que diga la entrenadora Kelley. No vas a hacer las pruebas.

—¿No? —Finjo una mirada inocente—. Pero tenía *muchas* ganas.

—Bueno, pues no va a pasar.

Yo sonrío.

—Qué pena. Estaba deseando mostrarte cómo bailamos en las alcantarillas. Pero supongo que todavía puedo hacerlo.

Antes de que responda, echo el brazo hacia atrás y le doy un puñetazo en la cara.

Se desata el caos al instante. Jordan sacude la cabeza tras recibir el puñetazo y su grito de rabia se pierde entre el mar de carcajadas masculinas. Uno de los chicos grita «¡Pelea de chicas!», pero no tengo tiempo de ver quién porque Jordan se lanza sobre mí.

La muy zorra *es* fuerte. Caemos a las esterillas y de repente se coloca encima de mí y empieza a darme puñetazos. Yo la esquivo y nos hago rodar, le doy un codazo y le tiro de la coleta con fuerza. Mi mirada se tiñe de furia. La golpeo en la mejilla de nuevo y ella contraataca arañándome el brazo.

—¡Quítate de encima, puta! —grita.

Yo ignoro el dolor del brazo y levanto el otro puño.

—Oblígame a hacerlo.

Me dispongo a golpearla de nuevo, pero antes de que mi puño entre en contacto con su engreída cara siento que vuelo hacia atrás. Unos brazos musculosos me cogen por el pecho y me alejan de Jordan.

Golpeo los antebrazos de mi captor.

—¡Suéltame!

Él me gruñe al oído. No necesito darme la vuelta para saber que es Reed.

—Tranquilízate de una puta vez —dice.

A un metro, las amigas de Jordan la ayudan a ponerse de pie. Ella se lleva la mano a la mejilla enrojecida y me fulmina con la mirada. Parece lista para abalanzarse contra mí otra vez, pero Shea y Rachel la sujetan.

La adrenalina que recorre mis venas me hace sentirme nerviosa. Sé que estoy a punto de desmayarme. Ya empiezo a sentirme débil y atontada, y mi tronco tiembla contra el fuerte torso de Reed.

—Deja que me enfrente a ella, Reed —chilla Jordan. Tiene la coleta despeinada y unos cuantos mechones caen sobre sus furiosos ojos. Se le ha empezado a formar un cardenal en el pómulo derecho. —Esta zorra se merece...

—Ya basta. —Su voz severa la interrumpe.

La expresión amenazadora de Jordan flaquea cuando Reed me libera. Él se quita la camiseta sudada que lleva y ahora la mitad de las chicas babean por sus abdominales marcados y la otra mitad me mira con desprecio.

Reed me da la camiseta.

—Póntela.

No me lo pienso dos veces. Me visto con ella. Cuando saco la cabeza por el agujero del cuello veo que Jordan me lanza una mirada asesina.

—Ahora márchate —espeta Reed—. Vístete y vete a casa.

Un hombre de unos treinta y pico años con entradas se acerca a nosotros. Lleva el uniforme de entrenador y un silbato alrededor del cuello, pero sé que no es el entrenador titular porque en una ocasión vi a Easton hablando con el entrenador Lewis. Este debe de ser el segundo entrenador o algo, y parece furioso.

—Estas chicas no se marchan a ninguna parte. Van derechas al despacho del director —anuncia.

Reed se gira hacia el hombre con una expresión aburrida.

—No, mi *hermana* se va a casa. Jordan puede ir donde le diga.

—Reed. Tú no estás al mando aquí —advierte el hombre.

Reed suena impaciente.

—Ya está. Se ha terminado. Ya están tranquilas. —Nos mira intencionadamente—. ¿Verdad?

Yo asiento con brusquedad.

Jordan también.

—No desperdiciemos el tiempo de Beringer. —Reed suena autoritario y contundente, aunque en su voz se aprecia cierta diversión, como si le encantase decirle qué hacer al hombre—. Porque ambos sabemos que no hará nada. Mi padre le pagará y Ella solo recibirá una advertencia. El padre de Jordan hará lo mismo.

La mandíbula del entrenador se tensa, pero sabe que Reed tiene razón, por lo que no discute. Después de una larga pausa, se da la vuelta y sopla el silbato, y el sonido penetrante hace que peguemos un bote.

—No os veo levantar nada, señoritas —brama.

Los jugadores que alentaban a las chicas a que pelearan se apresuran a regresar a su sitio como si tuviesen el trasero ardiendo.

Reed permanece a mi lado.

—Vete —ordena—. Tenemos un partido esta noche y ahora mis chicos están distraídos porque vas vestida como una cualquiera. Sal de aquí.

Se aleja sin camiseta. Su musculosa espalda brilla por el sol que se cuela a través del tragaluz. Alguien le tira otra camiseta y él se la pone al volver mientras camina hacia su hermano. Easton me mira a los ojos durante un momento; es imposible descifrar su expresión, y después se da la vuelta hacia Reed y los hermanos Royal empiezan a hablar en voz baja.

—Zorra —sisea una chica.

Yo ignoro a Jordan y me marcho.

Capítulo 16

No voy al partido. Nada me habría obligado a ir, y menos después de lo sucedido hoy. Al menos he estado animada en la pastelería. He salido escopetada hacia la tienda, todavía echando humo por la pelea. Cuando Lucy se iba, ha hecho un comentario sobre la juventud y la energía, y lo mucho que la echaba de menos.

He estado a punto de gritarle que, a menos que le gustasen los idiotas y las zorras, no se perdía nada, pero he supuesto que no debía gritarle a mi jefa.

Aún no me creo que haya pegado a Jordan Carrington.

Pero lo haría otra vez. En un santiamén. La muy zorra se lo ha buscado.

Todo lo que quiero hacer esta noche es esconderme en mi habitación y fingir que el resto del mundo no existe. Que los Royal y sus pretenciosos amigos no existen. Pero a pesar de cumplir mi sentencia de soledad autoimpuesta, no puedo resistirme a encender la radio y poner la emisora local que cubre el partido.

Hablan bastante de los hermanos Royal, por supuesto. Reed consigue placar al *quarterback* del equipo contrario y evitar un pase. Easton hace una jugada que hace que los comentaristas emitan un quejido.

—*Eso* sí que es un golpe.

—Ambos van a tener que ponerse hielo en las costillas esta noche —opina el otro comentarista, de acuerdo con el primero.

Astor Park gana y yo murmuro «¡Vamos, equipo!» con sarcasmo al tiempo que apago la radio.

Para distraerme, hago los deberes, pero un mensaje de Valerie me interrumpe. Me informa de que esta noche hay una fiesta y que esta vez es en casa de alguien que se llama Wade. Me pregunta si en lugar de eso quiero ir a su casa a bailar. Le digo que no. No tengo ganas de fingir que todo me va bien en la vida.

Odio este colegio. Odio a la gente que estudia en él. Excepto a Valerie, pero no estoy segura de que mi extravagante, energética y única amiga pueda hacer que esta tortura valga la pena.

Al final, bajo a la cocina, donde encuentro a Brooke bebiendo una copa de vino en la encimera. Lleva un vestido rojo de seda y unos zapatos de tacón con tiras. Parece impaciente.

—Hola —saludo de forma vacilante.

Ella asiente a modo de saludo.

—¿Va todo bien? —Cojo una bolsa de patatas fritas de la despensa y permanezco de pie algo incómoda; me pregunto por qué me siento obligada a charlar con ella.

—Callum llega tarde —me responde con voz seria—. Íbamos a volar a Manhattan para cenar, pero todavía no ha venido a casa.

—Oh. Vaya. Lo siento. —¿Van a viajar en avión hasta Manhattan solo para *cenar*? ¿Quién hace eso?—. Estoy segura de que volverá pronto. Seguramente se haya tenido que quedar en la oficina.

Ella resopla.

—Claro que se ha quedado en la oficina. Por si no te has dado cuenta, casi *vive* ahí, joder.

La palabrota hace que me encoja.

La expresión de Brooke se suaviza cuando se da cuenta de que me siento incómoda.

—Lo siento, cielo. No me hagas caso. Hoy estoy de un humor de perros. —Sonríe, pero su mirada continúa seria—. ¿Por qué no me distraes mientras espero? ¿Cómo te ha ido en el colegio?

—Siguiente pregunta —contesto de inmediato.

Mi respuesta le hace reír de verdad. Da palmaditas al taburete que hay a su lado con los ojos brillantes.

—Siéntate —me ordena—. Cuéntale todo a Brooke.

Tomo asiento, aunque no estoy del todo segura de por qué.

—¿Qué ha pasado en el colegio, Ella?

Trago saliva.

—Nada, de verdad. Puede que… mmm… esto… haya dado una paliza a alguien.

Una risa sorprendida se le escapa.

—Ay, madre.

Por alguna razón inexplicable, le acabo contando toda la historia. Que Jordan había decidido humillarme y avergonzarme.

Cómo le he dado la vuelta a la broma para tener ventaja. Cómo le he dado un puñetazo a la muy zorra. Al terminar, Brooke me sorprende dándome unas palmaditas en el brazo.

—Tenías todo el derecho de perder la compostura —opina con firmeza—. Y me alegro de que la hayas puesto en su lugar.

Me pregunto si Callum tendría la misma reacción extraña de orgullo si supiese lo que le he hecho a Jordan, pero, de alguna forma, lo dudo.

—Me siento mal —confieso—. Normalmente no soy una persona agresiva.

Brooke se encoge de hombros.

—A veces es necesario demostrar tu fuerza, sobre todo en este mundo. El mundo de los Royal. ¿Crees que la tal Carrington será la única que te lo haga pasar mal por venir de dónde vienes? No. Debes aceptar que ahora tienes enemigos, Ella. Muchos. Los Royal son una familia poderosa, y ahora tú eres una de ellos. Es probable que eso inspire odio y celos en la gente a tu alrededor.

Me muerdo el labio.

—No soy una Royal de verdad. No estoy emparentada con ellos.

—No, pero sí eres una O'Halloran de verdad. —Sonríe—. Confía en mí, eso es igual de tentador. Tu padre era un hombre muy rico. Callum es un hombre muy rico. Por lo tanto, tú eres una chica muy rica. —Brooke bebe con delicadeza un sorbo de vino—. Acostúmbrate a los cotilleos, querida. A entrar en un lugar y que la gente susurre que no deberías estar ahí. Acostúmbrate, pero no dejes que esos susurros puedan contigo. Ataca cuando te ataquen. No seas débil.

Es como una jefa de guerra emitiendo su discurso antes de la batalla, y no estoy segura de estar de acuerdo con su consejo. Pero es innegable que me ha hecho sentir un poco mejor por haberle reordenado las facciones a Jordan hoy.

Oímos como se abre la puerta principal. Al cabo de un momento, Callum entra en la cocina. Lleva un traje a medida y parece exhausto.

—No digas nada—ordena antes de que Brooke hable. Después su tono se suaviza—. Siento llegar tarde. La junta ha decidido reunirse justo cuando salía por la puerta. Pero deja que me vista y Durand nos llevará al aeródromo. Hola, Ella, ¿cómo han ido las clases hoy?

—Genial —miento y me levanto. Esquivo la mirada divertida de Brooke—. Pasadlo bien en la cena. Yo tengo que terminar los deberes.

Me escabullo de la cocina antes de que Callum se dé cuenta de que no he ido al partido como él quería.

Vuelvo a mi habitación de princesa y paso las siguientes dos horas con ecuaciones matemáticas. Un poco después de las once, Easton abre la puerta y entra sin llamar.

Yo pego un bote, sorprendida.

—¿Por qué narices no has tocado?

—Somos familia. La familia no llama a la puerta. —Su pelo oscuro está húmedo, como si acabara de ducharse, y viste pantalones de chándal y una camiseta ceñida. Con una expresión malhumorada, sostiene una botella de Jack Daniel's en la mano derecha.

—¿Qué quieres? —pregunto.

—No has venido al partido.

—¿Y qué?

—Reed te había dicho que vinieras.

—¿Y qué?

Easton frunce el ceño. Da un paso hacia mí.

—Y tienes que mantener las apariencias. Papá quiere que te involucres. Nos dejará tranquilos si nos sigues el juego.

—No me gustan los juegos. Tus hermanos y tú no queréis estar cerca de mí. Yo no quiero estar cerca de vosotros. ¿Para qué fingir lo contrario?

—No, tú sí quieres estar cerca de nosotros. —Se acerca todavía más y pega la boca a mi oreja. Su respiración me acaricia el cuello, sin embargo, no percibo un aroma a alcohol en ella. No creo que haya empezado a beber aún—. Y a lo mejor yo quiero estar cerca de ti.

Entrecierro los ojos.

—¿Por qué estás en mi habitación, Easton?

—Porque me aburro y eres la única que está en casa. —Se tira en mi cama y se apoya sobre los codos, con la botella de *whisky* en el costado.

—Valerie me ha dicho que hay una fiesta después del partido. Podías haber ido.

Easton hace una mueca y se levanta la camiseta para mostrar un cardenal de aspecto horrible en el costado.

—Me han dado una paliza en el campo. No me apetece salir.

La sospecha se apodera de mí.

—¿Dónde está Reed?

—En la fiesta. Los gemelos también. —Se encoge de hombros—. Como ya te he dicho, solo estamos tú y yo.

—Estoy a punto de irme a la cama.

Sus ojos se detienen en mis piernas desnudas y sé que él ya ha visto la forma en que mi camiseta raída se pega a mi pecho. En lugar de decir nada, se desliza hasta el cabecero de la cama y apoya la cabeza en mis cojines.

Los dientes me rechinan al tiempo que coge el mando de la mesita de noche, enciende la televisión y pone el canal de deportes.

—Márchate —ordeno—. Quiero dormir.

—Es demasiado temprano para dormir. Deja de hacerte la capulla y siéntate. —Sorprendentemente, no hay malicia en su voz. Solo humor.

Pero todavía sospecho. Me siento lo más lejos posible de él que puedo sin caerme del colchón.

Easton observa mi habitación rosa con una amplia sonrisa y dice:

—Joder, mi padre no tiene ni idea de nada, ¿verdad?

No puedo evitar devolverle la sonrisa.

—Supongo que no está acostumbrado a criar hijas.

—Tampoco a criar hijos —murmura Easton por lo bajo.

—Ah, ¿es ahora cuando me cuentas tus problemas paternales? Papi no estaba en casa, papi me ignoraba, papi no me quería.

Easton vuelve a poner los ojos en blanco e ignora mi pulla.

—Mi hermano está enfadado contigo —responde, ignorando mi comentario.

—Tu hermano siempre está enfadado por algo.

No responde. Se lleva la botella a los labios.

Me puede la curiosidad.

—Vale, voy a picar. ¿Por qué está enfadado?

—Porque hoy te has peleado con Jordan.

—Se lo merecía.

Él bebe otro trago.

—Pues sí.

Levanto las cejas.

—¿No hay sermones? ¿Nada de «mancillas el apellido Royal, Ella. Nos avergüenzas a todos»?

Percibo una ligera sonrisa en sus labios.

—No. —Otra amplia sonrisa sale a la luz; esta vez es una sonrisa traviesa—. Ha sido lo más excitante que he visto en mucho tiempo. Ambas rodando por el suelo de esa forma... *joder*. Me habéis dado suficiente material para el banco de esperma para años.

—Qué asco. No quiero que me hables de tu banco de esperma.

—Claro que sí. —Da otro trago y me ofrece la botella—. Bebe.

—No, gracias.

—Por el amor de Dios, deja de hacerte la dura todo el tiempo. Vive un poco. —Me pone la botella en la mano—. Bebe.

Bebo.

No estoy segura de por qué. Quizá porque quiero coger el punto. Puede que sea porque es la primera vez que un Royal, sin contar a Callum, ha sido un poco majo conmigo desde que me he mudado.

Los ojos de Easton brillan cuando doy un trago largo y me da el visto bueno. Se pasa una mano por el pelo y se encoge de dolor al moverse. Me da pena. Es un gran cardenal.

Permanecemos sentados en silencio durante un rato, pasándonos la botella. Dejo de beber cuando noto que voy achispada y él me toca en el costado con el dedo, con los ojos pegados a la televisión.

—No bebes lo suficiente.

—No quiero más. —Me apoyo en el cabecero y cierro los ojos—. No me gusta estar borracha. Dejo de beber cuando voy achispada.

—¿Has estado borracha alguna vez? —me desafía.

—Sí. ¿Tú?

—Nunca —responde con inocencia.

Resoplo.

—Seguro. Lo más probable es que fueras alcohólico a los diez años. —Suspiro en cuanto termino de hablar.

—¿Qué? —Me mira con curiosidad. Es más atractivo cuando no me fulmina con la mirada ni sonríe con superioridad.

—Nada. Es solo un recuerdo tonto. —Debería cambiar de tema; hablar de mi pasado es algo que normalmente trato de evitar, pero el recuerdo ha echado raíces y no puedo evitar reír—. De hecho es algo fuerte.

—Bueno, ahora me has dejado con la intriga.

—La primera vez que me emborraché tenía diez años —confieso.

Easton sonríe.

—¿De verdad?

—Sí. Mi madre estaba saliendo con un tipo. Leo. —Que tenía conexión con la mafia, pero no le cuento eso a Easton—. Por aquel entonces vivíamos en Chicago, y él nos llevó a un partido de los Cubs un fin de semana. Leo bebía cerveza y yo no dejaba de pedir que me dejasen dar un sorbo. Mamá decía que por nada del mundo, pero Leo la convenció de que un sorbo no me mataría.

Cierro los ojos y regreso a aquel caluroso día de junio.

»Así que la probé. Sabía horrible. Leo pensó que la cara que puse era divertidísima, así que, cada vez que mamá se daba la vuelta, me pasaba la botella y se meaba de la risa por mi expresión. No bebí más de un cuarto de la botella, pero me *emborraché*.

A mi lado Easton estalla en carcajadas. Noto que es la primera vez que oigo una risa genuina en el palacio Royal.

—¿Tu madre se enfadó?

—Dios, sí. Deberías haberlo visto. Tenía diez años y tropezaba por el pasillo y mascullaba como una alcohólica: «*¿Qué quieres decir con que no me compras un perrito calienteee?*».

Ambos nos echamos a reír y el colchón se sacude bajo nosotros. Estoy a gusto. Así que, por supuesto, no dura mucho tiempo.

Easton se queda callado al instante y después gira la cara y me mira.

—¿Has sido bailarina de *striptease* de verdad?

Me tenso y me muerdo la lengua para no responder *no*. ¿Pero qué importa llegados a este punto? La gente del colegio dirá que sí, sea cierto o no.

Así que asiento.

Easton parece impresionado.

—Es brutal.

—No lo es.

Él se mueve y me roza el hombro. No sé si lo hace de forma intencionada, pero cuando vuelve a girar la cara hacia la mía sé que es consciente del contacto de nuestros cuerpos.

—¿Sabes? Estás buena cuando no gruñes. —Sus ojos se clavan en mi boca.

Yo estoy congelada, pero no es miedo lo que hace latir a mi corazón tan rápido. Los ojos de Easton se oscurecen por el deseo. Tienen el mismo tono que los de Reed.

—Deberías irte. —Trago saliva—. Quiero irme a dormir.

—No, no quieres.

Tiene razón. No quiero. Mis pensamientos están desordenados. Pienso en Reed, en su fuerte mandíbula y su cara perfecta. Easton tiene la misma mandíbula. Antes de poder pararme los pies a mí misma elevo las manos para tocarla.

Un sonido ronco escapa de sus labios. Se inclina hacia mis dedos. Su barba incipiente me araña la piel, suave.

Me sorprende sentir un torrente de calor entre las piernas.

—Tenías que venir y joderlo todo, ¿eh?

Y entonces sus labios conectan con los míos.

El corazón me late con más rapidez, coordinado con el alcohol que fluye por mis venas. Tomo aire y separo al boca antes de que el beso vaya a más.

Exhalo una bocanada de aire y me preparo para fingir que no ha pasado, pero subestimo el atractivo sexual de Easton Royal. Es guapísimo. Tiene los ojos entrecerrados y su mandíbula es fuerte como la de su hermano. El idiota de su hermano. ¿Por qué no puedo sacarme a Reed de la cabeza?

Easton mete la mano entre mi pelo y me atrae hacia él. Me roza los labios con los suyos brevemente antes de separarse de mí. Su mirada incluye una invitación.

Le acaricio la mejilla y cierro los ojos. Una clara señal. No me he dado cuenta de cuánto necesitaba algo de contacto humano. Los labios cálidos de un chico sobre los míos, sus manos peinándome el pelo. Puede que sea virgen, pero he tonteado con chicos, y mi cuerpo recuerda lo bien que me siento cuando lo hago. Me relajo contra el torso de Easton al tiempo que nuestras bocas se encuentran de nuevo.

Enseguida, Easton se coloca encima de mí, me acorrala contra el colchón con su cuerpo pesado y mueve las caderas. El placer me recorre el cuerpo y hace que tiemble de deseo.

Easton me vuelve a besar. Es un beso apasionado y hambriento.

Su lengua entra en mi boca al mismo tiempo que una voz incrédula exclama:

—¿Es una puta broma?

Easton y yo nos separamos y giramos la cabeza hacia la puerta, donde Reed permanece de pie, mirándonos incrédulo.

—Reed... —murmura Easton, pero no sirve de nada. Su hermano se da la vuelta y se marcha.

Las pisadas de Reed resuenan tanto como el latido de mi corazón desbocado.

Easton se deja caer de espaldas en la cama junto a mí. Entonces, mira al techo y susurra:

—Mierda.

Capítulo 17

Pasa un segundo. Dos. Tres. Y entonces Easton se levanta de la cama y corre tras Reed.

—Estaba borracho —le oigo exclamar en el pasillo.

Y el ardor de la humillación, la vergüenza que juré no sentir nunca, me quema. Solo me ha besado porque estaba ebrio.

—Claro, East. Haz lo que quieras. Siempre lo haces. —Reed suena cansado, y mi estúpido corazón, el hambriento y solitario corazón que ha permitido que Easton me bese, anhela a Reed.

—Que te den, Reed. Querías que no me tomase los analgésicos y lo he hecho, pero un gorila de ciento cuarenta kilos me ha pisoteado y las costillas me duelen la hostia. O cerveza o los analgésicos. Elige.

La voz de Easton se apaga y no escucho la respuesta de Reed. En contra de mi buen juicio, me arrastro hacia la puerta y me asomo al pasillo. Llego a tiempo de ver que ambos entran en la habitación de Reed y desaparecen. Voy descalza, así que no hago ningún ruido cuando camino de puntillas por el pasillo hasta la puerta, que ahora está cerrada.

—¿Por qué no sigues en la fiesta? Abby estaba muy encima de ti después del partido —comenta Easton—. Un polvo fácil, tío.

Reed resopla.

—Por eso estoy aquí. No puedo volver a hacer eso.

—¿Entonces por qué saliste con ella?

Aguanto la respiración porque es una respuesta que a mí también me gustaría conocer. ¿Cuál es el tipo de chica que le gusta a Reed?

Oigo un golpe y luego otro, como si algo golpease la pared.

—Ella... ella me recordaba a mamá. Es dulce. Tranquila. No me presiona.

—Como Ella —contesta irónicamente Easton, entre risas. Otro golpe, esta vez ligeramente amortiguado —. Eh, casi me das con esa pelota, idiota.

Ambos se ríen. ¿De mí?

—Aléjate de ella, East. No sabes con quién ha estado —le aconseja Reed, y ahora parece que están jugando a pasarse la pelota mientras comentan mi historial sexual de manera informal.

—¿Es una bailarina de *striptease* de verdad? —pregunta Easton al cabo de unos instantes—. Ella me ha dicho que sí, pero podría haber mentido.

—Eso es lo que dijo Brooke. Además, lo ponía en el informe de papá.

¿*Brooke* les ha contado que me desnudaba? ¡Pues menos mal que confiaba en ella! ¿Y qué demonios es eso de que Callum tiene un *informe* sobre mí?

—No lo he leído. ¿Hay fotos?

Pongo los ojos en blanco al oír la voz entusiasmada de Easton.

—Sí.

—¿Haciendo *striptease*? —Suena más entusiasmado todavía.

—No. Son solo fotos de ella haciendo cosas normales. —Reed se detiene—. El verano pasado trabajó en tres sitios a la vez. Trabajaba en una estación de servicios por la mañana, como dependienta de una tienda de ropa por la tarde y se desnudaba en ese club nocturno por la noche.

—Joder. Qué duro. —Easton parece casi sorprendido. Reed, sin embargo, no. Reed suena asqueado—. ¿Cómo se ha enterado Jordan?

—Seguramente se le haya escapado a uno de los gemelos mientras se la chupaba.

—Entonces ha sido Sawyer. No cierra la boca cuando una tía se la chupa.

—Cierto. —Se cierra un cajón—. ¿Sabes? Podrías usarlo. Quiero decir que, joder, si se siente atraída por ti, pues úsala. Pégate a ella. Descubre lo que quiere de verdad. Todavía no estoy convencido de que papá y ella no tengan algo.

—Me ha dicho que no se lo está tirando.

—¿Y tú la crees?

—Quizá —La desconfianza de Reed infecta a Easton—. ¿Con cuántos tíos crees que ha estado?

—Quién sabe. Las cazafortunas como ella se abren de piernas ante cualquiera que les enseñe unos cuantos dólares.

¡No soy una cazafortunas! Quiero gritar. Estos estúpidos no tienen razón acerca de mi activa «vida sexual». Nunca he practicado sexo oral. En la escala de sexo estoy más cerca de *puritana* que de *profesional.*

—¿Crees que me podría enseñar algo? —inquiere Easton.

—Lo que se siente al tener una ETS. Pero si te la quieres tirar, hazlo. No me importa.

—¿De verdad? Porque estás lanzando la pelota con tanta fuerza que parece que sí.

El golpeteo cesa.

—Tienes razón. Me importa.

Me llevo la mano a la garganta. Pum. Pum. Pum. Se tiran la pelota el uno al otro. O quizá es el sonido de la esperanza que alberga mi corazón.

—Me preocupo por ti. Por si te hacen daño, enfermas o cualquier cosa. Ella, sin embargo, no me importa una mierda.

Me miro la mano y espero ver sangre por la herida que acaba de hacerme. Pero no hay nada.

Mi alarma suena a las cinco. Tengo los ojos legañosos y el cuerpo entumecido. Puede que llorase un poco antes de dormirme, pero esta mañana me siento decidida. No sirve de nada querer caer bien a los Royal, y menos a Reed. La viuda de Steve es una zorra, pero al menos es obvio que sé a lo que atenerme. Easton es más de lo mismo. Si intenta utilizarme, yo lo utilizaré a él.

A fin de cuentas, no tengo secretos. Todos aparecen en un *informe* de Callum.

Me ato las zapatillas de deporte y me cuelgo la mochila que pesa diez mil dólares menos al hombro. He decidido que llevar tanto dinero encima me estresa demasiado, así que lo he pegado con cinta adhesiva bajo el lavabo del baño. Espero que ahí esté a salvo.

Levantarme tan temprano un sábado por la mañana me desorienta, pero Lucy me ha pedido que vaya hoy y la ayude con un pedido de una tarta. No me habría sentido bien si me hubiese negado. Además, me viene bien todo el dinero adicional que pueda ganar.

Cuando camino por el pasillo, intento ser todo lo silenciosa posible para no despertar a los Royal. Estoy tan concentrada en bajar de puntillas que casi me caigo cuando escucho a Reed a mis espaldas.

—¿Adónde vas?

Vaya, pues no es asunto tuyo. Imagino que si no contesto volverá a su habitación.

—Vale —murmura cuando mi silencio se prolonga—. No me importa una mierda.

Cuando la puerta de su habitación hace clic al cerrarse me doy a mí misma una palmadita en la espalda por alejar a otra persona de mi vida y salgo por la puerta principal. Todavía está oscuro cuando me dirijo a la parada del autobús. Al llegar, me cobijo en la marquesina e intento desconectar de todas las cosas malas en mi vida.

Mi talento, si es que tengo uno, no es bailar. Mi habilidad es creer que mañana será un día mejor. La verdad es que no sé de dónde proviene este optimismo. Quizá de mi madre. Un día empecé a pensar que si dejaba atrás una mala experiencia y un mal día, el día siguiente conseguiría algo mejor, algo brillante, más nuevo.

Todavía lo pienso. Sigo creyendo que algo bueno me espera. Solo tengo que seguir hasta que llegue mi hora, porque seguro, *seguro,* que nada de esto sucedería si no hubiese una recompensa al final del camino.

Tomo una gran bocanada de aire. La sal del mar hace que sepa fresco y fuerte. Por muy terribles que sean los Royal y por muy mala que sea Dinah O'Halloran hoy *estoy* mejor que hace una semana. Tengo una cama caliente, ropa buena y bastante comida. Voy a un colegio increíble. Tengo una amiga.

Todo irá bien.

De verdad.

Llego a la pastelería sintiéndome mucho mejor que hace unos días. Por lo visto se nota, porque Lucy me hace un cumplido enseguida.

—Estás muy guapa esta mañana. Ay, lo que daría por volver a ser joven. —Chasquea la lengua con una consternación fingida.

—Tú también estás increíble, Luce —respondo al tiempo que me ato el delantal—. Y algo huele fantástico. ¿Qué es? —Señalo unas pequeñas cúpulas glaseadas con una pinta exquisita.

—Es pan de mono. Son pequeños trozos de masa de pan con sabor a canela mezclados con caramelo y mantequilla. ¿Quieres uno?

Asiento con tanta energía que casi se me cae la cabeza.

—Creo que he tenido un orgasmo con tan solo olerlos.

Lucy ríe divertida y los rizos cortos de su cabeza rebotan.

—Entonces coge uno y te enseñaré cómo hacer cuatro docenas más.

—Lo estoy deseando.

Los pequeños panes de mono son un éxito. Los vendemos antes de las ocho y Lucy me manda a la parte de atrás para hacer más antes de que se acabe mi turno. A las doce menos cuarto, entra Valerie y estoy de tan buen humor que casi nos caemos al suelo cuando me abalanzo sobre ella para abrazarla.

—¿Qué haces aquí? —pregunto feliz. La estrecho entre mis brazos antes de soltarla.

—Estaba por el barrio. ¿Qué te ha pasado? —Valerie se echa a reír—. ¿Te acostaste con alguien anoche?

—No, pero he tenido orgasmos a base de pasteles toda la mañana. —Saco uno del expositor y se lo doy.

Valerie coge un trozo y empieza a gemir cuando el azúcar entra en contacto con su lengua.

—Dios mío.

—¿A que sí? —digo entre risas—.

—¿Te viene a recoger Durand o necesitas que te lleven? ¡Hoy tengo coche! —exclama Valerie entre bocados llenos de carbohidratos.

—Me encantaría que me llevases. —Me quito el delantal y me doy prisa para coger mis cosas—. ¿Te importa que me vaya, Luce?

Lucy se despide con la mano mientras atiende a otro cliente.

El coche de Valerie es un modelo antiguo de Honda y parece fuera de lugar entre los Mercedes, Land Rover y Audi que llenan los aparcamientos del exterior.

—Es el coche de la madre de Tam —explica—. Me he ofrecido a hacer algunos de sus recados.

—Eso está genial. —Entonces, le cuento, avergonzada—: Callum dice que tendré coche, así que en cuanto llegue, podrás cogerlo siempre que quieras.

—Ay, gracias. Eres la mejor amiga del mundo. —Valerie ríe y me mira—. Bueno, de hecho he venido para ver si quieres ir a un sitio esta noche.

Mi buen humor se esfuma ligeramente. Espero que no me pida ir con ella a alguna fiesta, porque la idea de pasar tiempo con la gente del Astor Park fuera de horas de clase no me llama en absoluto.

—Bueno, tengo deberes...

Valerie se inclina y me pellizca.

—¡Ay! ¿A qué ha venido eso? —Me froto el brazo y la fulmino con la mirada.

—Dame un voto de confianza. No te voy a llevar a una fiesta del Astor Park. Es decir, puede que haya gente del colegio allí. Hay una discoteca en el centro que algunas veces permite la entrada a menores de veintiuno, y hoy es una de esas noches. Habrá gente de todos lados, no solo del Astor Park.

—Pero yo no tengo dieciocho años. —Me recuesto en el asiento—. Y en el único carné que tengo pone que tengo treinta y cuatro.

—No importa. Estás buena. Te dejarán entrar —responde Valerie segura de sí misma.

Tiene razón. Cuando llegamos a la discoteca por la noche no nos piden el carné a ninguna en la puerta. El guardia de seguridad nos enfoca con la linterna y cuando ve nuestros peinados, los vestidos atrevidos y los tacones nos deja entrar con un guiño de ojos.

El lugar parece un almacén renovado. La vibración de la música hace que las paredes tiemblen. Unas luces estroboscópicas iluminan la pista de baile. En la parte de delante hay un escenario y chicas bailando en él.

—Esta noche bailaremos ahí —me grita Valerie al oído.

Sigo la línea de su brazo. Sobre la pista de baile hay cuatro jaulas de tamaño humano suspendidas en diferentes niveles. Hay bailarines en todas ellas. En una de las jaulas, una chica y un chico se mueven el uno contra el otro, y en el resto solo hay chicas.

—¿Por qué? —pregunto con recelo.

—Para sentirnos bien. Echo de menos a Tam y quiero bailar y pasármelo bien.

—¿Y no podemos bailar en el escenario?

Val niega con la cabeza.

—No. La mitad de bailar es que el público se fije en ti —contesta con una sonrisa.

La miro sorprendida.

—Eso no es nada propio de ti.

Valerie ríe y su melena se mueve.

—No soy un ratoncito. Me encanta bailar y fardar, y este es el sitio para hacerlo. Tam me trajo en una ocasión y destrozamos la pista. Después destrozamos la cama. —Se muerde el labio y sus ojos se vuelven vidriosos al recordar un encuentro con su novio.

Así que Val es un poco exhibicionista. ¿Quién lo diría? Supongo que los más callados siempre lo son. Nunca me ha importado bailar delante de la gente, pero no me apasiona tanto como a Val. Cuando empiezo a bailar, me pierdo en la música y olvido que hay gente mirando.

Quizá es un reflejo de protección, algo que aprendí hace mucho, cuando empecé a hacer *striptease* a los quince. Pero sea cual sea la razón, cuando el ritmo se me mete en la sangre, puede haber una o cien personas a mi alrededor; me da igual. Yo me muevo al compás de la música, no del público.

—Vale. Me parece bien.

Val parece entusiasmada.

—Genial. ¿Una jaula o dos?

—¿Qué tal si bailamos juntas? Les daremos un verdadero espectáculo a todos.

A los hombres de Miss Candy's les encantaba que dos mujeres bailasen juntas. Al igual que a los jugadores les gustó vernos pelear a Jordan y a mí el otro día.

Valerie aplaude.

—Espera aquí. Vuelvo enseguida.

Observo como se dirige hacia un chico en una cabina. Había supuesto que era un DJ, pero creo que es el que controla las jaulas. Intercambian varias palabras y después el tipo levanta un dedo. Valerie se inclina sobre la barrera y le da un abrazo.

Una vez termina de convencerlo de que podemos dar un espectáculo mejor vuelve conmigo.

—Una canción —dice—, y luego nos toca. —Coge dos refrescos de una camarera con la bandeja llena de bebidas y me ofrece uno.

Val es impaciente. Cambia el peso de un pie a otro. Después se golpea la pierna con la palma de la mano. Al final, se gira hacia mí.

—¿Por qué te llama Jordan *stripper*?

—Porque lo fui —admito—. Bailaba y me desnudaba para pagar las facturas médicas de mi madre, y, cuando falleció, seguí haciéndolo para tener un techo bajo el que vivir.

Abre la boca, sorprendida.

—Joder. ¿Por qué no fuiste a casa de algún pariente?

—No sabía que tenía familia. —Me encojo de hombros—. Siempre hemos sido mi madre y yo, desde que tengo uso de razón. Y cuando se fue, no quería ir a casas de acogida. Había oído cosas horribles del sistema de acogida y supuse que había pasado tanto tiempo cuidando de las dos que cuidar de mí sola durante dos años sería pan comido.

—Vaya. Eres demasiado increíble —declara Val.

Resoplo.

—¿En qué sentido? Quitarme la ropa por dinero no es una habilidad que la mayoría de la gente admire. —Mi mente regresa a Reed de forma involuntaria. Él no cree que sea un talento del que deba presumir.

—Tienes mucho arrojo —opina Val—. Y es admirable.

—¿Arrojo? ¿Quién dice arrojo?

—¡Yo! —Ella sonríe y me tira de la mano—. Arrojo. Arrojo. Arrojo. —Empiezo a reír porque Val es adorable y su sonrisa, infecciosa. Me coge de la mano—. Vamos. Nos toca.

Dejo que me lleve hasta las escaleras. La pareja ya se ha marchado y la puerta de la jaula permanece abierta. Subimos y entramos. Val cierra la puerta.

—¡Vamos a pasarlo bien! —grita por encima de la música.

Y es verdad. Empezamos a bailar por separado, cada una se mueve a su ritmo. Es como el videojuego, pero en la vida real. Los chicos que están debajo de nosotras dejan de bailar y empiezan a observarnos, y sus miradas de admiración me afectan de una forma que creía imposible. Docenas de hombres me han mirado, pero esta es la primera vez que he disfrutado de la atención. Me paso las manos por los costados y me agacho, hacia el suelo de la jaula. Val está pegada a los barrotes y se agarra a ellos mientras se desmelena bailando al ritmo de la música.

Al levantarme lo veo: Reed. Está encorvado contra la barra y tiene una botella de cerveza entre los dedos. Tiene la boca abierta. No estoy segura de si está sorprendido o me desea, pero desde la distancia siento el calor de su mirada mientras me escudriña.

Sin lugar a dudas es el chico más guapo de la discoteca. Es más alto que la mayoría, más musculoso, más de todo. No puedo evitar admirar cómo su camiseta negra se ciñe alrededor de su perfecto torso y siento un cosquilleo en la columna. Me relamo los labios y me levanto. Val posa las manos en mi cintura. Con tacones, medimos lo mismo. Siento que su pecho se pega a mi espalda cuando utiliza mi cuerpo como barra para mostrar cómo se mueve.

Los vítores de la gente bajo la jaula son cada vez más fuertes, pero para mí solo existe Reed Royal. Lo observo.

Él me devuelve la mirada.

Me meto un dedo en la boca y lo saco despacio. Reed no aparta los ojos de mí.

Deslizo el dedo por el cuello y por el valle que desciende desde mi pecho hasta el estómago. El ruido cada vez es mayor. Deslizo las manos más abajo.

Reed tiene la mirada clavada en mi cuerpo. Mueve la boca. *Ella... Ella...*

—Ella.

Valerie me coge de la cintura y apoya la cabeza en mi hombro.

—La canción ha terminado. ¿Estás lista?

Vuelvo a mirar a la barra, pero Reed ya no está. Sacudo la cabeza. ¿Me he imaginado todo? ¿Estaba ahí?

—Sí —murmuro—. Lo estoy.

Mi cuerpo entero palpita. A pesar de mi escasa experiencia, sé qué significa el calor que siento entre las piernas. Pero... no sé si tocarme me aliviará tanto como necesito.

—Muy bien, chicas. Ha estado muy bien —grita el guardia de seguridad cuando salimos—. Esta noche la jaula es vuestra siempre que queráis.

—¡Gracias, Jorge! —responde Val.

Él le da dos botellas de agua.

—De nada, nena. De nada.

—Le gustas —digo cuando lo dejamos atrás.

—Sí, pero a mí no me gusta nadie que no sea Tam. —Valerie bebe agua y se coloca la fría botella contra la frente—. Pero soy consciente de ello. ¿Entiendes a lo que me refiero?

Para mi consternación, sí.

—Bueno, tengo que ir al baño. ¿Vienes?

Niego con la cabeza.

—Te espero aquí.

Cuando desaparece entre la multitud, me termino la botella de agua y después echo un vistazo alrededor. Ahora está mucho más llena y percibo varias miradas interesadas en mí.

Mantengo el contacto visual con un chico mono con un corte de pelo punk. Lleva vaqueros, una camiseta ceñida y zapatillas Converse. Las luces de la discoteca enfatizan los *piercings* que tiene en la ceja y en el labio superior.

Parece... cómodo. Como si le conociese. Como si fuésemos de la misma calaña. Sonrío con vacilación y él me devuelve la sonrisa. Veo como susurra algo a uno de sus amigos y empieza a recorrer la pista, en mi dirección. Yo me enderezo...

—Ey, hermanita. Bailemos. —Easton aparece de la nada; su cuerpo se cierne sobre el mío.

El chico que se acercaba a mí se detiene. Mierda.

—Voy a descansar.

¿Debería hacerle alguna señal para indicar que no hay problema en que se acerque? ¿Que Easton no muerde?

Easton sigue mi mirada y fulmina con la suya al chico con *piercings* hasta que este alza las manos en señal de derrota y vuelve a su mesa.

—¿Por dónde íbamos? —pregunta Easton inocentemente—. Ah, sí, íbamos a bailar.

Suspiro y me rindo. Easton acaba de dejar claro que espantará a todos los chicos que quieran acercarse a mí esta noche. Me coge de la cintura y casi me arrastra hasta la pista de baile.

—Esta noche estás muy guapa. Si no fueses mi hermana, me fijaría en ti.

—Ya te has fijado en mí. —Levanto una ceja al ver su mirada confusa—. Anoche.

Sonríe.

—Ah, sí. Eso. Venga, bailemos.

Algunos tíos le dan palmadas en la espalda cuando nos movemos y le gritan algo así como «¡Así se hace!». Yo los ignoro porque si Easton está aquí significa que era Reed a quien he visto antes. Y he bailado para él. Y él me ha devorado con los ojos y me ha hecho sentir tan acalorada que mi cuerpo todavía arde.

—Estoy bastante segura de que te fijarías en cualquiera en el estado en el que estás —puntualizo.

Easton desliza las manos por mis costados, por encima de mi vestido, y detiene su viaje en la piel desnuda que descubren las zonas sin tela.

—Hay que cumplir unos requisitos mínimos. No muchos, pero hay que cumplirlos.

—Me alegro de haberlo hecho —respondo con frialdad.

Él me acerca a su cuerpo, pero lo sorprendente es que no mueve las manos. Yo cruzo los brazos en torno a su cuello y me pregunto a qué jugamos.

—Has dado un buen espectáculo. Me hubiese gustado verte hacer un *striptease*.

—Si tú lo haces primero y te sale bien, quizá yo haga lo mismo.

Se le ilumina la mirada. Le encanta la idea de ver un espectáculo.

—Hermanita, no puedo enseñarte la mercancía. Estoy tan bueno que solo con mirarme, el resto de los hombres te parecerían ridículos.

En contra de mi voluntad, dejo escapar una carcajada.

—Eres la leche, Easton.

—Lo soy. —Asiente con solemnidad—. Por eso me acuesto con tantas chicas. Porque soy demasiado para una sola.

Al escuchar su comentario, pongo los ojos en blanco.

—Si pensar eso te hace sentir mejor, adelante.

—Sí, no te preocupes. —Inclina su cabeza hacia la mía y el olor a alcohol casi hace que me caiga al suelo.

—Madre mía, hueles a destilería. —Lo empujo un poco hacia atrás para poner un poco de distancia entre los dos.

Esboza una sonrisa malvada.

—Soy alcohólico, ¿no lo sabías? Tengo problemas de adicción. Los he heredado de mi madre, al igual que la tuya te pasó su promiscuidad. Es una herencia increíble, ¿no crees?

Si no fuese por el dolor en sus ojos, le hubiese contestado que prefiero vestirme como una prostituta que ahogar las penas en una botella, pero reconozco su dolor, así que, en lugar de replicar con mordacidad, coloco su cabeza sobre mi hombro.

—Easton, yo también echo de menos a mi madre —susurro contra su pelo, húmedo por el sudor.

Él tiembla y me agarra con más fuerza. Entierra la cara en mi cuello y pega los labios contra una vena. No es erótico. Es otra cosa… busca consuelo en alguien que no lo juzgue.

Por encima de su figura encorvada, veo un par de ojos abrasadores.

Reed.

Estoy tan harta de él. Puede que Easton quiera utilizarme, pero yo también lo puedo usar.

Ambos queremos algo… consuelo, afecto, una forma de mandar a la mierda al mundo. Levanto la cabeza de Easton.

—¿Qué pasa? —murmura.

—Bésame como si quisieras hacerlo de verdad —suplico.

Se le oscurece la mirada y se pasa la lengua por el labio inferior. Es muy muy *sexy*.

Entonces, miro a Reed, que no ha dejado de fulminarme con la mirada.

—Bésame —repito.

Easton inclina la cabeza y susurra:

—No importa que finjas que soy Reed. Yo también fingiré que eres otra persona.

Sus palabras se pierden cuando su boca entra en contacto con la mía. Sus labios son tan cálidos. Y su cuerpo, fuerte y firme, tan parecido al de su hermano, se pega al mío. Me entrego al beso. Nos besamos una y otra vez y nos movemos al son de la música hasta que alguien nos separa y nos sacan de la pista de baile.

Un guardia de seguridad se cruza de brazos.

—Nada de sexo en la pista. Hora de iros.

Easton echa la cabeza hacia atrás y rompe en carcajadas. El guardia de seguridad no se mueve y señala la salida. Yo miro alrededor, pero Reed ha vuelto a desaparecer.

—¿Dónde está Reed? —pregunto, y me siento estúpida.

—Lo más seguro es que esté en el aparcamiento, tirándose a Abby.

Easton se distrae buscando algo en sus bolsillos. Gracias a Dios no ve lo mucho que me duelen sus palabras. Encuentra lo que buscaba y me pasa un llavero.

—Estoy demasiado borracho como para conducir, hermanita.

Localizo a Valerie y me dice que volverá a casa por su cuenta. Sube por las escaleras para bailar en la jaula otra vez. Yo me resigno y llevo a Easton fuera. El alcohol ha debido hacerle efecto ya porque se apoya contra mí.

—¿Dónde has aparcado?

Señala a la izquierda.

—Ahí. No, espera. —Señala a la derecha—. Ahí.

Veo su camioneta y nos movemos a trompicones hasta allí. A tres espacios de distancia está la de Reed. Se... mueve.

Easton también ve el todoterreno y golpea el capó. Se le escapa una risa.

—Si un coche se mueve, lo mejor es no llamar a la puerta.

Saber lo que puede estar pasando dentro me quema por dentro durante todo el trayecto a casa. Al menos no tengo que lanzar pullas a Easton, que se ha quedado dormido cinco minutos después de ponernos en marcha.

Cuando llegamos a la mansión, le ayudo a salir de la camioneta y a subir por las escaleras. Se dirige a mi habitación, se tropieza con mi cama y cae boca abajo. Después de intentar moverlo fallidamente un par de veces, me rindo y me dirijo al baño. Cuando regreso, está roncando y babea sobre mi edredón.

Me pregunto si debería ir a su habitación y dormir en su cama, pero decido taparlo y dormir bajo las sábanas. Encuentro una manta de ganchillo y lo cubro con ella. Bostezo cuando me quito el trozo de tela que Val llama vestido y dejo que caiga al suelo. Me quedo en ropa interior, me meto bajo las sábanas y dejo que el sueño gane la partida.

Lo primero que veo al despertar es la cara enfadada de Reed. Miro al otro lado de la cama, donde estaba Easton, y veo que se ha ido.

—Te dije que te alejaras de mis hermanos —gruñe Reed.

—No se me da bien escuchar. —Me incorporo y después agarro las sabanas para taparme el pecho. Había olvidado que me quité el vestido y todo lo que llevo son bragas.

—El sexo es sexo —contesta de manera enigmática—. Si tengo que acostarme contigo para que no arruines a mi familia, lo haré.

A continuación se marcha y cierra la puerta con un sonoro clic. Me deja sentada y aturdida.

¿Qué ha querido decir con eso?

Capítulo 18

Tras *ese* despertar tan grosero, no soy capaz de volverme a dormir. No me molesto en ir corriendo tras Reed para pedir que se explique, porque sé que no lo hará, pero ahora son —miro el despertador— las siete de la mañana y estoy completamente despierta. Genial.

No trabajo los fines de semana, así que ya me temo lo peor. Conociendo a Callum, sugerirá que hagamos un montón de actividades juntos y obligará a sus hijos a venir también. Que alguien me mate ahora mismo.

Salgo de la cama a rastras y me ducho en un santiamén antes de enfundarme un vestido amarillo que me compré el día que Brooke y yo nos fuimos de compras. Por los rayos de sol que se cuelan por las cortinas, sé que hoy va a ser un día precioso, y cuando abro la ventana una brisa cálida penetra en la estancia y me sorprende. Ya estamos a finales de septiembre. No debería de hacer tan buen tiempo.

¿Volverá hoy Gideon a casa? La semana pasada volvió el viernes, así que es poco probable que se presente a finales del fin de semana, pero, en parte, quiero que lo haga. Así distraerá a sus hermanos y a su padre y no se acordarán de que estoy aquí.

Salgo del dormitorio al mismo tiempo que se abre la puerta del cuarto de Sawyer. La pelirroja bajita con la que se había estado enrollando en la fiesta de Jordan emerge de la habitación. Él la sigue con las manos en su cintura y se inclina para besarla.

La chica suelta una risita silenciosa.

—Tengo que irme. Tengo que llegar a casa antes de que mis padres se den cuenta de que no volví anoche.

Sawyer le susurra algo al oído y ella vuelve a reír.

—Te quiero.

—Yo también te quiero, nena —responde. El chico solo tiene dieciséis años, pero su voz es tan grave y áspera como la de sus hermanos mayores.

—¿Me llamas luego?

—Por supuesto. —Con una sonrisa en los labios, Sawyer alarga el brazo, le coloca un mechón de pelo rojo tras la oreja y...

Ay, Dios. Ese no es Sawyer.

Me quedo boquiabierta. La fea quemadura que se hizo en la mano esta semana, mientras intentaba preparar la cena, ya no está. Pero ayer sí la tenía; recuerdo haberla visto.

Lo cual significa que el que está con la novia de Sawyer no es Sawyer. Es Sebastian. Me pregunto si la chica lo sabe.

Ella se ríe con deleite cuando el gemelo vuelve a besarla en el cuello.

—Para. ¡Tengo que irme!

A lo mejor sí lo sabe.

Cuando se separan, ambos se percatan de mi presencia y la chica parece mostrarse insegura por un instante. Murmura un apresurado «hola» y se precipita a bajar las escaleras.

Sawyer —no, *Sebastian*— frunce el ceño en mi dirección y luego desaparece en su habitación —no, la de su *hermano*.

Pues vale. Me meteré en mis propios asuntos.

Encuentro al otro gemelo sentado en la mesa de la cocina comiendo cereales. De inmediato, me fijo en su mano izquierda. *Sip,* la quemadura sigue ahí.

—Buenos días, Sebastian —digo, solo para comprobar mi teoría.

—Sawyer —pronuncia de forma automática antes de meterse más cereales en la boca.

Ahogo un grito. Ay, madre. ¿Están los dos jugando con la novia de Sawyer? Eso es tener agallas. Y ser retorcido.

Me sirvo mi propio cuenco de cereales y me apoyo contra la encimera para tomármelo. Unos minutos después, Sebastian entra en la cocina. Cuando pasa junto a la mesa, Sawyer murmura un «gracias, hermano» a su gemelo.

No lo puedo evitar. Suelto una risotada.

Ambos se giran y me atraviesan con la mirada.

—¿Qué? —murmura Sawyer.

—¿Sabe tu novia que anoche se acostó con tu hermano? —pregunto.

Sus rasgos se endurecen, pero no lo niega. En cambio, me lanza una advertencia:

—Como se te ocurra decir algo de esto…

Lo interrumpo con otra risotada.

—Relajaos, pequeños Royal. Jugad a todos los asquerosos juegos sexuales que queráis. No diré ni una palabra.

Callum entra en la cocina, ataviado con un polo blanco y unas bermudas. Lleva el cabello peinado hacia atrás con gomina y, por una vez, no parece que haya atracado todavía el mueble bar.

—Bien, ya estáis despiertos —dice a los gemelos—. ¿Dónde están los otros? Les dije que estuvieran abajo a las siete y cuarto. —Se gira hacia mí—. Estás preciosa, pero es mejor que te pongas otro atuendo más apropiado para navegar.

Lo miro fijamente, perpleja.

—¿Navegar?

—¿No te lo dije anoche? Nos vamos todos a navegar esta mañana.

¿Qué? No, no me lo había dicho. De haberlo sabido, me habría marchado de casa con la novia de Sawyer y me habría escondido en el maletero de su coche.

—Te va a encantar el *Maria* —dice Callum, emocionado—. No hay demasiada brisa, así que no creo que usemos las velas, pero aun así nos lo pasaremos bien.

¿Los Royal y yo en un barco? ¿En mar abierto? No creo que Callum entienda realmente el significado de la expresión «pasárselo bien».

Justo entonces, Easton entra en la cocina, vestido con unos pantalones cortos con un estampado de camuflaje arrugados, una camiseta de tirantes y una gorra de béisbol que le tapa la mayor parte de la frente. No hay duda de que tiene resaca de anoche. De repente me imagino el barco balanceándose entre las olas y a Easton vomitando por la borda durante toda la mañana.

—¡Reed! —grita Callum en dirección a la puerta—. ¡Vamos! Ella, cámbiate. Y ponte los náuticos que te compró Brooke… ¿Te los compró, verdad?

No tengo ni idea, porque el término «náuticos» no forma parte de mi vocabulario. Hago un intento por librarme de este suplicio de escapada que me acaba de endosar.

—Callum, tengo muchos deberes…

—Puedes hacerlos en el barco. —Hace un gesto con la mano y grita otra vez—: ¡Reed!

Mierda. Supongo que me voy a navegar.

El *Maria* es todo lo que se esperaría del barco de un multimillonario. Barco. Ja. Es un yate, por supuesto. Estoy de pie junto a la barandilla, bebiéndome una copa de champán que Brooke me ha tendido cuando Callum no miraba; me siento como si estuviera protagonizando el videoclip de una canción de rap. Al hacerlo, me ha guiñado el ojo y me ha susurrado que dijera que es un *ginger ale* si Callum pregunta, cosa que no hace.

Callum tenía razón; se está de fábula en el mar, y el Atlántico hoy está en calma y precioso.

He ido en coche con Callum y Brooke hasta el puerto, mientras que los chicos han ido en el todoterreno de Reed. La verdad es que ha sido un alivio, porque solo pensar que tendría que sentarme en la parte trasera del coche de Reed tras haberlo visto anoche bambolearse en el aparcamiento me ha puesto enferma.

Me pregunto con quién estuvo. Apuesto a que con la dulce e inocente Abby. Aunque no estoy segura de si aquello lo satisfizo del todo. He oído que el sexo te deja completamente relajado, pero Reed está en tensión desde que nos subimos al yate.

Se encuentra al otro lado de la barandilla, tan lejos de mí y de Callum como es humanamente posible sin caerse por la borda. En la cubierta superior, que alberga una zona comedor y un *jacuzzi,* Brooke toma el sol desnuda; sus cabellos rubios brillan con la luz del sol. No hace tanto calor como para ponerse bañador, y mucho menos para ir en pelotas, pero a ella parece no importarle.

—¿Qué te parece? —Callum señala el agua—. ¿Tranquilo, eh?

En realidad, no. No hay tranquilidad alguna cuando Reed Royal te mira fijamente. Mejor dicho, cuando te atraviesa con la mirada, y lleva haciéndolo durante la última hora.

Easton sigue abajo haciendo Dios sabe qué y los gemelos se han quedado dormidos enseguida en un par de tumbonas cercanas, así que Callum es la única compañía que tengo, y a Reed eso no le termina de hacer mucha gracia.

—¡Cariño! —grita Brooke desde la cubierta superior—. ¡Échame crema en la espalda!

Callum evita mi mirada, probablemente porque no quiere que vea sus ojos lascivos.

—¿Te importa si te dejo sola aquí durante un rato? —pregunta.

—No pasa nada. Vete.

Me alivia haberme quedado sola, pero la sensación no dura mucho. La tensión aumenta de nuevo cuando Reed se mueve hacia mí cual depredador hacia su presa. Apoya los antebrazos en la barandilla y mira al frente.

—Ella.

No sabría decir si es un saludo o una pregunta. Pongo los ojos en blanco.

—Reed.

No contesta. Se limita a mirar el agua.

Lo miro de reojo y el corazón me da un vuelco molesto como siempre hace cuando Reed está cerca. Es la masculinidad personificada. Es alto y ancho de hombros, y sus facciones están perfectamente esculpidas. Se me seca la boca cuando admiro sus brazos musculosos y poderosos.

Es unos treinta centímetros más alto que yo, así que cuando por fin se gira para mirarme, tengo que echar la cabeza hacia atrás para mirarlo a los ojos.

Posa sus ojos azules sobre mí y se fija brevemente en los diminutos pantalones cortos y en el top atado al cuello que llevo puesto. Cuando ve los zapatos náuticos blancos y azul marino, esboza una sonrisa torcida.

Me pregunto si va a burlarse de los zapatos, pero su media sonrisa desaparece cuando un gemido ronco se hace eco sobre nosotros.

—*Sí*. —La voz ronca de Brooke hace que Reed y yo nos encojamos.

Un gruñido masculino sigue a la petición. Por lo que parece, Callum no tiene reparos en darle al lío con sus hijos cerca. Me parece asqueroso, pero tampoco puedo odiarlo, no tras confesar que todavía llora la muerte de su esposa. Perder a alguien nos hace cometer locuras.

Reed masculla una palabrota y añade:

—Vamos.

Me agarra del brazo muy fuerte y no me queda más remedio que seguirlo hasta las escaleras que llevan a la cubierta inferior.

—¿Adónde?

No responde. Abre la puerta e irrumpe en la lujosa estancia principal, amueblada con sofás de piel y mesas de cristal. Reed se abre paso a empujones por la cocina y el comedor hasta llegar a los compartimentos del fondo.

Golpea una puerta de madera de roble.

—East. Despierta, joder.

Se oye un quejido fuerte.

—Déjame en paz. Me duele la cabeza.

Reed entra en la habitación sin volver a llamar. Echo un vistazo por encima de sus hombros anchos y veo a Easton completamente estirado sobre una cama enorme y con una almohada sobre la cabeza.

—Arriba —ordena Reed.

—¿Por qué?

—Necesito que distraigas a papá. —Reed ríe con sarcasmo—. Bueno. Ahora mismo está bastante ocupado, pero quiero que subas por si eso cambia.

Easton se aparta la almohada de la cara y se incorpora con otro gemido.

—Ya sabes que siempre te cubro las espaldas, pero oír a esa mujer es una pesadilla. Esos ruiditos que hace cuando papá... —Se detiene a mitad de frase al percatarse de que estoy detrás de Reed.

No veo el rostro de Reed, pero sea lo que sea que reflejan sus ojos hace que Easton salga pitando de la cama.

—Lo pillo.

—Distrae a los gemelos también —añade Reed.

Su hermano desaparece sin decir nada más. En vez de quedarse en el camarote de Easton, Reed se dirige al que está al lado y me hace un gesto con la mano para que lo siga hasta su interior.

Me quedo quieta y cruzo los brazos.

—¿Qué quieres?

—Hablar.

—Entonces habla aquí.

—Entra, Ella.

—No.

—Sí.

Bajo los brazos y entro en la habitación. Este tío tiene algo... Me da una orden y yo obedezco. Al principio me resisto, por supuesto. Siempre lucho, pero Reed siempre gana.

Reed cierra la puerta a mi espalda y se pasa una mano por su pelo despeinado.

—He estado pensando en lo que hemos hablado antes.

—No hemos hablado. Tú has hablado. —Y el pulso se me acelera porque ahora recuerdo lo que ha dicho.

«Si tengo que acostarme contigo para que no arruines a mi familia, lo haré».

—Quiero que te alejes de mi hermano.

—Vaya, ¿estás celoso? —Como Callum diría, estoy metiéndome en la boca del lobo, pero no me importa. Estoy cansada de que este tío me diga lo que tengo que hacer.

—Lo entiendo, estás acostumbrada a un cierto tipo de vida —responde Reed, que ignora mi burla—. Apuesto a que los chicos hacían cola para acostarse contigo en tu antiguo instituto.

El corazón se me detiene cuando agarra el borde inferior de la camisa.

—Tienes necesidades. —Se encoge de hombros—. No te culpo por ello, y sí, no te he puesto fácil hacer amigos en el Astor Park. No hay muchos chicos que tengan los huevos de llevarme la contraria y pedirte salir. Aunque sí que piensan que estás buena. Todos lo piensan.

¿Adónde narices quiere llegar con esto? Y, joder, ¿por qué se quita la camisa?

Observo su torso desnudo. Tiene unos abdominales que me hacen babear y sus oblicuos están duros y deliciosamente torneados. El calor se extiende por todo mi cuerpo. Junto los muslos para intentar detener los latidos que siento entre ellos, pero eso solo lo empeora.

Sonríe. Oh, sí, es plenamente consciente del efecto que tiene sobre mí.

—Mi hermano sabe lo que se hace. —Sus ojos resplandecen—. Pero no es tan bueno como yo.

Reed se desabotona los pantalones cortos y se baja la cremallera. No puedo respirar. Estoy petrificada mientras él se quita los pantalones y los aparta de una patada.

Las piernas me empiezan a temblar. Mire donde mire, solo veo su piel dorada y suave y sus músculos tensos.

—Este es el trato —dice—. Mi hermano y mi padre están prohibidos para ti. Si necesitas desahogarte, vienes a mí. Yo me ocuparé de ti.

Apoya una mano entre sus pectorales y luego la mueve hacia abajo.

Todo el oxígeno está atrapado en mis pulmones. No puedo hacer más que seguir la trayectoria de su mano. Se desliza por encima de sus abdominales y su estómago, se detiene justo encima de su ingle y luego continúa el movimiento por debajo de la goma elástica de sus bóxers.

Rodea con la mano su muy evidente erección y alguien gime. Creo que soy yo. Debo de ser yo, porque Reed sonríe.

—¿La quieres? —Se masturba despacio—. Es tuya. Puedes lamerla. Chuparla, lo que quieras, nena. Siempre que solo lo hagas conmigo.

El corazón me late incluso más rápido.

Reed ladea la cabeza.

—¿Trato hecho?

El tono calculador de su voz me saca del trance. El horror y la indignación se precipitan hasta la superficie y doy dos pasos dubitativos hacia atrás. Me doy en las espinillas con la cama.

—Que te jodan —respondo con voz ahogada.

Reed no parece impresionado con mi arrebato.

Me relamo los labios. Tengo la boca más seca que el Sáhara, pero, aun así, nunca me he sentido más viva. Todos los bailes de *striptease,* todas las veces que evité a los novios sobones de mi madre... nada me preparó para esto. A lo mejor los chicos sí que hacían cola para acostarse conmigo, pero yo solo estaba centrada en trabajar, en cuidar de mi madre y, luego, simplemente en sobrevivir. Ni siquiera recuerdo la cara de un solo chico de mi clase del año pasado.

La imagen de Reed de pie —musculado, bronceado y desnudo, con la polla en la mano— se me quedará grabada en la memoria para siempre.

Tiene todo lo que cualquier chica desearía: un cuerpo duro, un rostro bonito cuya belleza perdurará pasen los años que pasen, dinero y ese algo extra. Carisma, supongo. La habilidad de asesinarte con tan solo una mirada.

La jugosa y deliciosa manzana roja cuelga frente a mí, pero como en el cuento de hadas, Reed Royal es el villano disfrazado de príncipe azul. Tomar un bocado de él sería cometer un grave error.

Puede que me sienta atraída por él, pero me niego a que mi primera vez sea con alguien que me desprecia. Alguien que intenta evitar que destruya a su hermano, perfectísimamente capaz de hacerlo por sí mismo.

Pero no quiero irme sin pegarle un bocadito tampoco, porque no soy tan fuerte… ni estúpida.

Puede que me odie, pero me *desea*. Continúa sujetando su pene con fuerza. De hecho, sus músculos se tensan más, como si anticipase mi contacto.

Esto es a lo que Valerie se refería la otra noche cuando bailábamos. No respondí a la multitud, pero los ojos sensuales de Reed, que controlaban todos y cada uno de mis movimientos, me hicieron sentir real. Sé que si ahora mismo estuviera en la cabeza de Reed, solo me vería a mí misma.

Me acerco despacio hacia una silla que hay en una esquina, donde hay un albornoz doblado y envuelto con una cinta. Le quito la cinta y luego acaricio el tejido de rizo con los dedos.

—¿Lo que quiera? —pregunto.

Cierra los ojos momentáneamente y cuando los vuelve a abrir hay tanto deseo en ellos que casi se me doblan las rodillas.

—Sí. Cualquier cosa —responde como si lo hubieran forzado—. Pero solo conmigo.

—¿Por qué estás tan desesperado? —pregunto en un tono burlón—. Si justo ayer por la noche te acostaste con alguien.

Emite un sonido gutural que refleja repugnancia.

—Yo no me tiré a nadie anoche. Tú te liaste con East.

—¿Y no estabas bamboleando el Range Rover con tanta fuerza que hasta las ruedas crujían? —pregunto con cierto sarcasmo.

—Ese era Wade. —Debe de notar que estoy confusa, porque se explica—: El *quarterback* de Astor Park, un amigo mío. El baño estaba ocupado. No podía esperar.

Algo parecido al alivio me embarga. A lo mejor esta es la única manera de que su orgullo nos deje estar juntos. A lo mejor podría tenerlo. A lo mejor esto está bien. Mi recompensa. Decido probarla.

—Quiero atarte.

Su mandíbula se tensa. Probablemente crea que ese es mi fetiche; algo que he llevado a cabo una docena de veces antes.

—Claro, nena, lo que tú quieras.

No cede; me provoca. Me abofeteo mentalmente por haberme creído por un momento que para Reed soy algo más que un simple cuerpo caliente para cuando le viene bien.

Me acerco a él con mayor resolución.

—¿Se está bien, verdad?

Me observa con cautela cuando le pido que acerque las muñecas. Debido a mi indiferencia fingida, apenas soy capaz de ahogar un grito cuando me roza el vientre desnudo con la mano. Nota mental: llevar más ropa encima cuando esté con Reed, por mi propio bien.

No soy ni una *scout* ni una marinera. Solo sé hacer un nudo: el de los zapatos. Doy dos vueltas a sus muñecas y ambos respiramos con fuerza cuando la cinta golpea la parte frontal de sus bóxers en dos ocasiones.

—Me estás matando —dice, con los dientes apretados.

—Bien —murmuro, pero me tiemblan tanto las manos que apenas puedo hacer anudar la cinta.

—¿Te gusta esto? Que esté a tu merced.

—Ambos sabemos que tú nunca estás a mi merced.

Reed farfulla algo entre dientes sobre que no sé una mierda de nada, pero lo ignoro. Miro a mi alrededor en busca de un lugar donde atarlo. Lo bueno de los barcos es que todo está atornillado. Veo un aro brillante de latón junto a la silla y dirijo a Reed hacia allí.

Lo siento en la silla y me arrodillo entre sus piernas con la cinta en las manos. Se queda allí sentado cual Dios, un Tutankamón moderno vigilando a la chica esclava a sus pies.

El latido que siento en la entrepierna casi resulta doloroso. Lo único que oigo es una voz diminuta y maligna que me pregunta qué hay de malo en esto.

Este tío me desea tanto que no ha perdido ni un centímetro de erección. Está esperando bajo el algodón a que la toque tal y como me ha ordenado… o suplicado. Nunca me he metido una polla en la boca. Me pregunto qué se siente.

Antes de poder detenerme, alargo el brazo y tiro de sus calzoncillos hacia abajo lo bastante como para liberarlo de ellos. Reed sisea cuando lo toco. Guau. Me sorprende lo suave que es. Su piel es como el terciopelo.

—Eres… —Perfecto, quiero decir, pero me da miedo que se ría de mí si lo hago. Lo acaricio con los dedos y respiro hondo. La necesidad me corre por las venas.

—¿Esto es lo que quieres? —pregunta Reed. Se supone que es una burla, pero lo pronuncia como una súplica.

Observo su erección, intimidada. Hay una perla de líquido en la punta y… la lamo. Pero un lametón no es suficiente. Retrocedo un segundo y chupo la punta como si hoy fuera el día más caluroso de julio y él, un helado a punto de derretirse.

—Joder. —Apoya los puños sobre mi cabeza—. Chúpamela. Joder. Chúpamela como sabes.

Sus crueles palabras atraviesan la niebla de deseo. Retrocedo.

—¿Como sé? —He bajado tanto las defensas que la vulnerabilidad que he intentado esconder de él sale a la superficie.

—Como… —Titubea durante un momento, descolocado por el dolor patente en mi voz, pero algo lo hace seguir adelante—. Como has hecho miles de veces.

—Claro. —Suelto una risotada nerviosa—. Entonces has de prepararte para lo que viene, porque me sé trucos con los que tú ni siquiera has soñado.

Tiro fuerte de la cinta y la ato al aro que hay en el suelo. La ato a conciencia. Reed me observa con unos ojos brillantes. Quiero propinarle un puñetazo, hacerle daño de verdad. Pero aguanta el dolor físico, así que lo único que puedo hacer es hacerle creer que voy a destruir su preciada familia de tal forma que no podrá volver a reconstruirla nunca, tal y como él me está haciendo añicos a mí.

Me subo a la silla y me siento a horcajadas sobre él.

—Sé que me deseas. Sé que te mueres de ganas de que me vuelva a poner de rodillas. —Clavo las uñas en su cuero cabelludo y tiro de él hacia atrás para que me mire a los ojos—. Pero para que eso ocurra, antes tiene que congelarse el infierno. No te tocaría ni aunque me pagaras. No te volvería a tocar ni aunque lo suplicaras. Aunque juraras que me amas más que el sol al día y la luna a la noche. Me tiraría a tu padre antes que a ti.

Lo empujo y me bajo.

—¿Sabes qué? Voy a hacerlo ahora mismo. Recuerdo a Easton decir que a tu padre le gustan jovencitas.

Camino hacia la puerta con una confianza que realmente no siento. Reed se sacude y tira de sus ataduras, pero mis sencillos nudos lo mantienen quieto en su sitio.

—Vuelve aquí y desátame —gruñe.

—No. Vas a tener que apañártelas solo. —Doy un paso hacia la puerta y coloco la mano en el pomo. Me giro y me llevo una mano a la cadera—. Si tú eres mejor que Easton, entonces por toda su experiencia, tu padre ha de ser espectacular —me burlo.

—Ella, vuelve aquí.

—No. —Sonrío y me voy. Lo oigo gritar mi nombre a mis espaldas. El sonido se extingue poco a poco, hasta que su voz no es más que un mal recuerdo.

En cubierta, Callum está tomándose una copa mientras Easton duerme junto a él en una tumbona.

—Ella, ¿estás bien? —Callum se precipita a ponerse de pie y se acerca a mí.

Me atuso el pelo y finjo estar impávida.

—Estoy bien. De hecho… justo estaba pensando en Steve y, bueno, me gustaría saber más de él si no te importa.

El semblante entero de Callum se ilumina.

—Claro, por supuesto. Ven y siéntate.

Me muerdo el labio y bajo la mirada hasta los pies.

—¿Podemos ir a algún sitio más privado?

—Por supuesto. ¿Qué tal mi camarote?

—Perfecto. —Sonrío ampliamente.

Abre la boca ligeramente.

—Dios, esa sonrisa es como la de Steve. Vamos. —Me echa un brazo sobre los hombros—. Steve y yo crecimos juntos. Su abuelo, que fundó la Atlantic Aviation junto a mi abuelo, fue marinero. Steve y yo solíamos sentarnos a escuchar sus historietas durante horas. Supongo que por eso teníamos tantas ganas de alistarnos.

Easton levanta la cabeza justo cuando Callum me guía hasta su camarote. Me mira y luego se fija en el brazo de Callum. Me preparo para algún comentario arrogante, uno que por una vez sí me merezca. En cambio, parece como si le hubiese propinado una patada en el estómago, o mentido, que es casi peor.

Dejo que Callum hable sin parar sobre el bueno de Steve durante unos diez minutos antes de interrumpirlo.

—Callum, todo eso es interesante y te agradezco que lo compartas conmigo, pero... —vacilo—. Necesito hacerte una pregunta que lleva rondándome la cabeza desde que puse un pie en tu casa.

—Claro, Ella. Puedes preguntarme lo que quieras.

—¿Por qué tus hijos son tan infelices? —Pienso en la perpetua expresión taciturna de Reed y trago saliva con fuerza—. ¿Por qué están tan enfadados? Ambos sabemos que no les gusto y quiero saber por qué.

Callum se pasa una mano por el rostro.

—Solo tienes que darles un poco de tiempo. Se acostumbrarán.

Doblo las piernas, las cruzo y me siento encima. Solo hay una silla en el camarote, así que Callum se ha sentado en ella mientras yo me he acomodado en la cama. Es raro estar aquí, sentada sobre un colchón y hablando con mi nueva figura paterna sobre mi difunto padre, del que no sabía nada hasta hace poco.

—Ya me has dicho eso antes, pero no creo que lo hagan —respondo en voz baja—. Y no lo entiendo. Es decir, ¿es por el dinero? ¿De verdad no te perdonan que me des dinero?

—No es por el dinero. Es... joder. Digo, jopé. —Callum tartamudea—. Dios, necesito un trago. —Se ríe un poco—. Pero imagino que no vas a dejarme beber una copa ahora.

—Ahora no. —Me cruzo de brazos. ¿Callum quiere que sea dura con él? Puedo serlo.

—Quieres que sea directo, que no te mienta, ¿verdad?

Tengo que sonreír.

—Verdad.

Echa la cabeza hacia atrás para mirar al techo.

—A estas alturas, mi relación con los chicos está tan rota que podría traer a la Madre Teresa a casa y todos la acusarían de querer meterse en mi cama. Piensan que engañé a su madre y que eso provocó su muerte.

Hago un esfuerzo por mantener la boca cerrada. Vale. Vaya. Bueno, eso explica en parte por qué tienen esa actitud. Respiro.

—¿Y lo hiciste?

—No. Nunca la engañé. No estuve tentado ni una vez durante nuestro matrimonio. Cuando era joven, Steve y yo éramos unos picaflores, pero en cuanto me casé con Maria, no volví a mirar a otra mujer.

Suena sincero, pero tengo la sensación de que no me está contando toda la historia.

—¿Entonces por qué tus hijos están siempre de un humor de perros?

—Steve era... —Callum aparta la mirada—. Maldita sea, Ella, quería que tuvieras tiempo para aprender a querer a tu padre, no contarte todas las cosas malas que hizo porque se sentía solo.

Me agarro a cualquier clavo ardiendo que puedo para obligar a Callum a soltar lo que sea que intente ocultar con tanto ahínco.

—Mira, no quiero ser borde, pero no conozco a Steve, y ahora que ya no está, ni siquiera tengo la posibilidad de conocerlo. No es una persona real, no como Reed, Easton o tu. Quieres que sea una Royal, pero nunca voy a poder serlo si todos los integrantes de esta familia no me aceptan. ¿Por qué volvería a un lugar donde no me siento querida después de graduarme?

Mi intento de chantaje emocional es un éxito. Callum empieza a hablar al instante. Lo mucho que quiere que forme parte de su familia me conmueve de verdad.

—Steve fue un hombre soltero durante mucho tiempo. Le gustaba presumir mucho, y creo que cuando los chicos eran más jóvenes pensaban que su tío Steve era el epítome de la hombría. Les contaba historias de nuestros días de locuras y nunca lo detuve. Pasábamos mucho tiempo juntos en viajes de negocios y Steve se benefició de ello. Te prometo que yo no lo hice, pero... no todo el mundo se lo cree.

Como sus hijos. Como su mujer.

Se mueve en la silla, claramente incómodo con la historia.

—Maria cayó en depresión y no supe reconocer las señales. Ahora, me doy cuenta de que su distanciamiento y mal humor eran síntomas de un problema grave, pero estaba muy ocupado intentando que el negocio siguiera a flote durante la recesión. Se tomaba más y más pastillas, y los niños eran su única compañía. Cuando sufrió la sobredosis y yo estaba en la otra punta del mundo, en Tokio, sacando a Steve de un puticlub, me culparon a mí.

A lo mejor tenían razón al culparte, pienso.

—Steve no era un mal tipo, pero tú... tú eres la prueba, supongo. La prueba de que él me llevó a hacer cosas que al final terminaron matando a su madre. —Sus ojos me suplican que lo entienda, que incluso lo perdone, pero yo no soy la que tiene que hacerlo—. Cuando recibió la carta de tu madre, Steve cambió. De la noche a la mañana se convirtió en un hombre nuevo. Te lo juro, habría sido el padre más atento y encantador. Quería tener hijos, así que, cuando supo de ti, se puso contentísimo. Habría empezado a buscarte de inmediato, pero tenía planeado un viaje con Dinah desde hacía mucho tiempo. Iban a volar en ala delta en un lugar que al parecer no lo permite, pero Steve se las arregló para sobornar a los guardias locales y que les dejaran darse una vuelta. Iba a buscarte en cuanto volviera. No lo odies.

—No lo odio. Ni siquiera lo conozco. Yo...

Dejo de hablar porque tengo la cabeza hecha un lío. De alguna forma, para los chicos Royal la muerte de su madre y su tío Steve están unidos, y yo soy un objetivo conveniente, y encima estoy viva. No hay nada que pueda hacer para hacerles cambiar de opinión. Ahora me doy cuenta. Aun así, le he pedido la verdad y no voy a culpar a Callum por esto.

—Gracias —digo con voz temblorosa—. Te agradezco que hayas sido directo conmigo. —Podría ser una monja y ellos seguirían odiándome. Podría ser como Abby y... de repente, me viene un pensamiento a la cabeza, que sale por mi boca antes de que pueda detenerme—. ¿Cómo era Maria?

—Dulce. Era dulce y amable. Apenas llegaba al metro y medio y tenía el alma de un ángel. —Sonríe, y en ese instante sé que amaba a Maria. Solo he visto ese brillo en los ojos de una persona: mi propia madre. No tenía las cosas muy claras, pero me quería.

Maria inspiró el mismo amor en sus hijos. Que Abby sea su réplica y yo esté hecha de todo lo contrario no debería molestarme, pero lo hace, porque por mucho que odie admitirlo, la verdad es que quiero que Reed sienta eso hacia mí.

Lo cual es lo más estúpido que haya podido desear en toda mi vida.

Capítulo 19

Reed no me mira durante todo el viaje de vuelta a la orilla ni cuando llegamos a casa. Su malhumorado silencio ya dice bastante. Está furioso y seguirá estándolo una buena temporada.

Me libro de la cena con la excusa de que me ha dado una insolación, porque ni en sueños voy a poder soportar una comida entera con Reed ignorando que existo o lanzándome pullitas a la mínima oportunidad que se le presente.

Sé que me lo he buscado, pero cuando hasta Easton frunce el ceño al irme a mi habitación, me pregunto si habré cometido un error.

—Creía que no te ibas a zumbar a mi padre —susurra cuando paso junto a él por el pasillo.

—Y no lo he hecho. Solo quería que Reed pensara que sí. —Al ver que Easton sigue indeciso, suspiro—. Lo único que Callum y yo hemos hecho ha sido hablar de Steve. —*Y de tu madre,* pero me imagino que a Easton no le haría mucha gracia saberlo teniendo en cuenta el mal humor que tiene.

No se queda ni un poquito tranquilo con mi confesión.

—No juegues con mi hermano. Lo has puesto tenso y ahora va a tener que sacar toda esa tensión de su cuerpo.

Yo palidezco.

—¿A qué te refieres? —pregunto, pero me temo la respuesta. ¿Va a recurrir a Abby? De repente, tengo ganas de vomitar sobre los zapatos náuticos de Easton.

—Da igual. —Le resta importancia con un gesto de la mano—. Vosotros dos deberíais acostaros juntos o dejaros en paz de una vez. Yo voto porque os mantengáis separados.

—Me lo apunto. —Empiezo a abrir la puerta de mi dormitorio, pero Easton me agarra del brazo.

—Lo digo en serio. Si necesitas a alguien, ven a mí. A mí no me molestas tanto.

Uf. Estoy harta de estos chicos Royal.

—Madre mía, Easton. Qué generoso eres. ¿Tu oferta de sexo por pena tiene fecha de caducidad? ¿O es como un cupón que puedo utilizar cuando me dé la gana?

Entro en mi habitación atropelladamente y cierro la puerta de un portazo en sus narices. Es temprano, pero decido irme a la cama porque tengo que estar en la pastelería antes de que salga el sol y luego ir a clase, y no hay persona en esta casa con la que quiera hablar en este momento.

Me meto bajo las sábanas y me obligo a dormir, pero no salgo de un estado de duermevela y me despierto con cada portazo o pisada que oiga fuera de mi habitación.

Ya bien entrada la noche, oigo unos susurros frenéticos en el pasillo. Los mismos que oí la otra noche. Easton y Reed están discutiendo por algo. Miro la hora. Es casi la misma hora también: justo después de medianoche.

—Me voy —dice Reed de forma inexpresiva—. La última vez te enfadaste porque no te dejé venir, ¿y ahora te quejas cuando te invito?

Oh, eso es saber meter bien el dedo en la llaga.

—Ah, perdona por preocuparme porque no veas venir ni un solo puñetazo al tener la cabeza tan jodida como la tienes —le espeta Easton. Sí. Él también ha metido el dedo en la llaga.

—Al menos no bebo los vientos por la hija de Steve.

—Sí, claro —contesta Easton en tono burlón—. Por eso te encontré casi desnudo y atado a una silla. Porque tú no deseas a Ella para nada.

Ambos se alejan por el pasillo lo bastante como para no oír la respuesta completa de Reed, pero suena a algo como «Preferiría tirarme a Jordan antes que meter la polla en esa trampa».

Estoy tan enfadada que aparto la manta y salgo de la cama. ¿Esos dos tienen secretitos de los que no quieren que me entere? Bueno, si la mansión de los Royal es un campo de batalla, necesito toda la munición que pueda conseguir.

Me precipito al armario y me pongo lo primero que pillo, que resulta ser una minifalda. No es la mejor opción para espiar, pero no tengo tiempo que perder. Me abrocho la falda, me enfundo una camiseta y luego me calzo las zapatillas. Entonces, salgo de la habitación tan sigilosamente como puedo.

Bajo de puntillas las escaleras traseras. No hay nadie en la cocina, pero oigo unos ruidos suaves fuera. Alguien ha cerrado la puerta de un coche. Mierda. Tengo que darme prisa. Por suerte, los gemelos se dejan continuamente ropa, llaves, carteras y todo tipo de cosas en el vestíbulo.

Acelero el paso al atravesar la cocina y llego al vestíbulo. Cojo la primera sudadera que encuentro. Hay unas llaves y un fajo de billetes en el bolsillo delantero. Perfecto. Me agacho bajo la ventana de la puerta, miro disimuladamente y veo las luces del Range Rover de Reed parpadear en el camino.

Abro la puerta de golpe y corro hacia el garaje. Cuando pulso el botón del mando de las llaves y se encienden las luces del todoterreno de los gemelos, suspiro aliviada y me subo a él.

Es difícil seguir a alguien en secreto de noche y en coche por una calle tranquila, pero me las arreglo para hacerlo, porque Reed no se detiene ni gira su vehículo con violencia para encararme. Me guía hasta el corazón de la ciudad y luego atraviesa algunas bocacalles, hasta llegar a un portón.

Reed aparca su todoterreno. Apago las luces y el motor. Bajo la luz de la luna apenas diviso a los dos hermanos cuando se bajan del Rover y saltan la verja.

¿En qué narices me estoy metiendo? ¿Trafican con drogas? Sería una locura. Su familia está forrada. En el bolsillo de la sudadera que llevo puesta hay quinientos dólares en billetes de veinte y cincuenta hechos una bola, y me apostaría todo el fajo a que si registrara todos los bolsillos de las chaquetas que hay colgadas en el vestíbulo, encontraría un montón de dinero en cada uno de ellos.

Entonces ¿qué hacen?

Me acerco a la verja para ver si atisbo algo, pero lo único que distingo es una hilera de estructuras largas y rectangulares, más o menos del mismo tamaño. Sin embargo, no hay signos de Reed ni de Easton.

Ignoro la voz interior que me dice que escalar la verja y adentrarme en la oscuridad es una soberana estupidez y lo hago.

Cuando me acerco a los edificios, me percato de que no son edificios en sí, sino contenedores, lo cual significa que estoy en un puerto. Los zapatos náuticos que llevo tienen una suela suave y no hacen nada de ruido, así que cuando me acerco a Easton, que le tiende un fajo de dinero a un desconocido vestido con una sudadera, no me oyen.

Me agacho hacia atrás y uso el contenedor como escudo mientras miro a mi alrededor como una espía inepta de una película de acción mala. Más allá de Easton y el desconocido, hay una especie de círculo en mitad de un espacio vacío junto a cuatro contenedores.

Y dentro del círculo está Reed, vestido únicamente con unos vaqueros.

Estira un brazo por delante de su cuerpo y luego hace lo mismo con el otro. Entonces da unos cuantos saltos, como si intentara relajarse. Cuando diviso al otro tipo descamisado, todas las piezas del puzle encajan. Las salidas secretas por la noche. Los cardenales inexplicables en la cara. Easton debe de apostar por su hermano. Joder, puede que Easton también pelee, ahora que recuerdo la discusión que tuvieron ambos la semana pasada.

—Sabía que alguien nos seguía, pero Reed no me ha hecho ni caso.

Me giro y veo a Easton justo detrás de mí. Me pongo a la defensiva antes de que empiece a pelear por haberlos seguido.

—¿Y qué vas a hacer? ¿Chivarte? —pregunto, a modo de burla.

Pone los ojos en blanco y luego tira de mí hacia delante.

—Vamos, chivata. Tú eres la causante de esto. Ya que estás aquí, vas a verlo hasta el final.

Dejo que me arrastre hasta el borde del círculo, pero protesto.

—¿Que yo soy la causante de esto? ¿Por qué?

Easton aparta a algunas personas y nos colocamos justo delante.

—Por atar a Reed a una silla desnudo.

—Llevaba calzoncillos —murmuro.

Easton me ignora y continúa hablando:

—Por ponerlo más cachondo que un marinero después de pasar nueve meses en el mar. Por favor, hermanita, tiene tanta adrenalina acumulada en el cuerpo ahora mismo que o pelea o... —Me lanza una mirada especulativa—... folla, y como tú no quieres tirártelo, esta es la otra opción. Eh, hermano —grita—. Nuestra hermanita ha venido a verte.

Reed se gira.

—¿Qué cojones haces aquí?

Resisto el impulso de esconderme tras el enorme cuerpo de Easton.

—He venido para animar a la familia. Vamos... —Estoy a punto de decir Royal, pero luego me pregunto si estos tipos usan alias o algo así. Levanto el puño en el aire y exclamo—: ¡Vamos, familia!

—East, como esto haya sido idea tuya, te juro que no dejaré de darte por culo hasta el domingo que viene.

Easton levanta las manos.

—Tío, te he dicho que alguien nos seguía, pero tú no dejabas de darme el coñazo con cómo le ibas a dar una lección a cierta persona. —Ladea la cabeza en mi dirección.

Reed frunce el ceño. Está claro que quiere cogerme y lanzarme a la oscuridad. Antes de que pueda hacer nada, el otro tío sin camiseta con los muslos como dos troncos de árbol le da una palmadita en el hombro.

—¿Habéis terminado con la reunión familiar? Quiero acabar con esta pelea antes de que salga el sol.

El enfado en los ojos azules de Reed se transforma en diversión.

—Cunningham, no vas a durar ni cinco segundos. ¿Dónde está tu hermano?

Cunningham encoge sus hombros enormes.

—Alguna zorra le está chupando la polla. No te asustes, Royal. No te haré mucho daño. Sé que mañana tienes que enseñar tu preciosa carita en Astor Park.

—Quédate aquí. —Reed me señala a mí y luego al suelo—. Muévete y será peor para ti.

—Claro, porque hasta ahora me ha ido muy bien... —respondo.

—Dejad de hablar y empezad a pelear —grita alguien de la multitud—. Si quisiera ver una telenovela, me habría quedado en casa.

Easton le da un buen puñetazo a Reed en el hombro y Reed se lo devuelve. Ambos golpes me habrían derribado, pero los dos se ríen como locos.

Cunningham vuelve al centro y le hace un gesto a Reed para que vaya con él. Reed no vacila. No hay un baile previo durante el que ambos contrincantes se midan. Reed se lanza contra Cunningham y durante unos buenos cinco minutos, los dos intercambian golpes. Me encojo cada vez que Cunningham golpea a Reed, pero Easton ríe y lo anima.

—Apostar por Reed es la forma más fácil de ganar dinero —se jacta.

Me abrazo la cintura. Callum dijo que había oscuridad en su vida, ¿pero no se da cuenta de que en la de sus hijos también? ¿Que vienen aquí y reciben golpe tras golpe para librarse de todas las emociones que los atormentan?

¿Y qué significa que tenga las manos y otras partes del cuerpo húmedas? ¿Que se me haya acelerado la respiración y el corazón?

No puedo apartar la mirada de Reed. Sus músculos brillan bajo la luz de la luna. Está tan increíblemente guapo en esta forma animal que está despertando algo salvaje en mi interior que no soy capaz de controlar.

—¿Te estás poniendo cachonda, eh? —me susurra Easton al oído intencionadamente.

Niego con la cabeza, pero todo mi cuerpo grita sí, y cuando Reed efectúa su último golpe, uno que lanza a Cunningham por los aires y lo hace caer de cara al suelo de cemento, sé que si me llama, no seré capaz de negarme. Esta vez, no.

Capítulo 20

Conduzco de vuelta a la mansión con Easton en el asiento del copiloto porque Reed murmura que no confía en que sepa volver sola. Quiero decirles que llegué al puerto perfectamente sola, pero permanezco con la boca bien cerrada. Está claro que hoy no es el mejor día para meterse con Reed.

Peleó contra dos tíos más después de Cunningham, a los que también machacó. Easton contó sus ganancias en el camino de vuelta. Ascendían a los ocho mil. Parece una minucia en comparación con todo el dinero que tienen, pero Easton me informa que el dinero siempre es más dulce cuando se ha sangrado por él.

Pero Reed no ha sangrado. No creo que mañana esté dolorido o tenga cardenales. Así de poderoso y salvaje ha estado esta noche, cuando golpeaba una y otra vez a esos tíos.

Al llegar al aparcamiento, apago el motor, pero permanezco en el coche porque Reed no ha salido todavía del suyo. Easton no me acompaña. Se limita a meterse el dinero en el bolsillo y baja del todoterreno en dirección a la puerta lateral sin mirar atrás.

Hasta que no veo a Reed salir de su vehículo, no hago lo mismo. Estamos a tres metros de distancia. Nos miramos fijamente. La dureza de sus ojos y su mandíbula me hace sentir una oleada de cansancio. Estoy muy cansada, y no es precisamente porque sean casi las dos de la madrugada y lleve levantada desde las siete.

Estoy cansada del odio que rezuma su cuerpo cada vez que me ve. Estoy cansada de pelear con él. Estoy cansada de los juegos, de la tensión y de la continua hostilidad.

Doy un paso hacia él.

Él me da la espalda y desaparece por el lateral de la casa.

No. Esta vez, no. No puede huir de mí. No le voy a dejar.

Lo sigo y doy gracias por el sensor de movimiento que activa las luces de la casa automáticamente. Me guían hasta el jardín de atrás y luego más allá, por el caminito que lleva hasta la orilla de la playa.

Reed está a unos seis metros por delante de mí y cuenta con la ventaja de haber vivido aquí toda su vida. Se abre camino entre las rocas que bordean la playa hasta llegar a la orilla con facilidad.

Yo todavía estoy cruzando la arena abarrotada de piedras cuando lo veo quitarse los zapatos y los calcetines, y meterse en el agua. No parece importarle que los bajos de sus vaqueros se empapen.

Es tarde, pero no es noche cerrada. La luna ilumina su precioso rostro. Tiene los hombros hundidos y se sacude el pelo con las manos cuando por fin llego a su lado.

—¿No nos hemos torturado bastante hoy? —pregunta, agotado.

Suelto un profundo suspiro.

—Ha sido un día movidito, ¿eh?

—Me has atado a una silla —murmura.

—Te lo merecías.

Nos quedamos en silencio durante un momento. Me descalzo y doy un paso adelante. Suelto un gritito cuando el agua helada me moja los pies. Reed enmascara una risotada con un resoplido.

—¿Siempre está tan frío el Atlántico? —espeto.

—Sí.

Observo el agua y escucho las olas romper en la orilla. Luego vuelvo a suspirar.

—No podemos seguir así, Reed.

No responde.

—Lo digo en serio. —Apoyo una mano en su brazo y lo giro para colocarme frente a él. Tiene una mirada inexpresiva, aunque supongo que es mejor que el desprecio habitual al que estoy acostumbrada—. No quiero pelear más contigo. Estoy cansada.

—Entonces vete.

—Ya te lo he dicho, no puedo. Estoy aquí para ir al instituto, graduarme y luego ir a la universidad.

—Eso es lo que tú dices.

Gruño, exasperada.

—¿Quieres que diga más? Vale, tengo mucho que decir. No me acuesto con tu padre, Reed. Y no lo haré nunca, porque uno, eso sería asqueroso, y dos, sería *asqueroso*. Es mi tutor legal, y le estoy agradecida por todo lo que ha hecho por mí. Eso es todo. Y eso es todo lo que será.

Reed se mete las manos en los bolsillos y no dice nada.

—Lo único que hicimos Callum y yo hoy en el barco fue hablar. Me ha contado cosas de mi padre, y sinceramente, todavía no sé lo que siento al respecto. Ni siquiera llegué a conocer a Steve, y por lo que he oído de él, no sé si me habría gustado. Pero no puedo cambiar el hecho de que es mi padre, ¿vale? Y no puedes seguir echándomelo en cara. No le pedí a Steve que dejara preñada a mi madre y no le pedí a tu padre que irrumpiera en mi vida y me trajera aquí.

Se mofa.

—¿Estás diciendo que preferirías seguir desnudándote por dinero?

—¿Ahora mismo? Sí —respondo con franqueza—. Al menos sabía lo que esperar de esa vida. Sabía en quién confiar y de quién mantenerme alejada. Y dirás lo que quieras sobre ser *stripper*, pero ni una sola persona me llamó puta o zorra en todo el tiempo que trabajé de ello.

Reed pone los ojos en blanco.

—Claro, porque es una profesión muy respetable.

—Es un trabajo —contesto—. Y cuando tienes quince años e intentas pagar las medicinas de tu madre moribunda, se llama supervivencia. No me conoces. No sabes nada de mí y ni siquiera has intentado conocerme, así que no eres quién para juzgarme. No eres quién para despotricar de algo de lo que no tienes ni idea.

Sus hombros se vuelven a tensar. Da otro paso hacia delante y el agua me salpica los tobillos, desnudos.

—No me conoces —repito.

Me lanza una mirada sombría.

—Sé lo suficiente.

—Soy virgen, ¿eso lo sabías? —Las palabras salen de mi boca antes de que pueda detenerlas, y él se sacude, sorprendido.

Se recupera enseguida y el cinismo se apodera de sus ojos.

—Claro que sí, Ella. Eres virgen.

—Es la verdad. —La vergüenza se me acumula en las mejillas, aunque no estoy segura de saber de qué me avergüenzo exactamente—. Puedes seguir pensando que soy una puta, pero te equivocas. Mi madre enfermó cuando tenía quince años, ¿cuándo narices tuve tiempo de acostarme con chicos?

Se ríe con dureza.

—Y ahora me dirás que nunca has besado a nadie, ¿verdad?

—No, eso sí. He hecho... algunas cosas. —Las mejillas me arden—. Pero nada grande. Nada de lo que me acusas.

—¿Ahora es cuando me pides que te haga una mujer?

Se me eriza el vello al oír el insulto.

—A veces eres un verdadero cabrón, ¿lo sabías?

Frunce el ceño.

—Solo te lo he contado porque quiero que te des cuenta de lo injusto que eres—susurro—. Lo pillo, tienes tus problemas. Odias a tu padre y echas de menos a tu madre, y además te gusta dar palizas a la gente porque sí. Estás mal de la cabeza, eso es más que obvio. No espero que seamos amigos, ¿vale? No espero nada de ti, en realidad. Pero quiero que sepas que me he cansado de esto... de esta lucha continua que tenemos. Siento el modo en que he actuado esta mañana. Siento haberte atado a una silla y haberte hecho creer que había algo entre Callum y yo. Pero en este mismo instante, se acabaron las peleas. Dime lo que quieras, piensa lo que quieras de mí, sigue comportándote como un gilipollas, no me importa. Ya no voy a seguirte el juego. Se acabó.

Al ver que permanece en silencio, salgo del agua y me dirijo de vuelta a la casa. Ya he dicho lo que tenía que decir, y he sentido todas las palabras que he pronunciado. Ver a Reed darle una paliza a alguien esta noche me ha hecho ver las cosas desde otra perspectiva.

Los hermanos Royal están incluso más jodidos que yo. Sufren y se ceban con el objetivo que mejor les viene, que soy yo; pero enfrentarme a ellos solo empeora las cosas. Solo logra avivar la furia que sienten hacia mí. Me niego a continuar así.

—Ella. —La voz de Reed me detiene cuando llego al camino de madera.

Me detengo en seco cerca de la piscina y trago saliva cuando veo el arrepentimiento reflejado en sus ojos.

Me alcanza y entonces dice, con voz ronca:

—Yo...

—¿Qué hacéis aquí tan tarde, niños? —masculla a gritos alguien a nuestra espalda.

Contengo mi irritación cuando Brooke aparece en la puerta que da al patio. Está vestida con una bata de seda blanca y todo el pelo rubio le cae sobre un solo hombro. En la mano derecha tiene una botella de vino tinto.

Me percato de que Reed se encoge al oír el sonido de su voz, pero cuando habla, suena frío e indiferente.

—Estamos haciendo una cosa. Vuelve a la cama.

—Ya sabes que no soy capaz de dormir sin tu padre acurrucado a mi lado.

Brooke se las arregla para bajar los escalones sin tropezar. Llega hasta nosotros y suspiro al atisbar sus ojos afectados por el alcohol. Callum es todo un profesional en lo que a beber respecta, pero esta es la primera vez que veo a Brooke borracha.

—¿Dónde está Callum? —Alargo un brazo para sujetarla.

—Se ha ido a la oficina —gimotea—. Un domingo por la noche. Dijo que había una emergencia de la que tenía que ocuparse.

No puedo evitar sentir una punzada de compasión. Está muy claro que Callum no se involucra en absoluto en su relación con Brooke, y también que ella se muere por que él la quiera. Me siento mal por ella.

—No tenía ni idea de que follarte a tu secretaria se considerara una emergencia —contesta Reed a modo de burla.

Brooke lo atraviesa con la mirada. Y yo doy un paso para protegerlo.

—Te ayudo a volver a casa —le digo a Brooke—. Al salón. Te traeré una manta y...

Ella se libera de mi mano.

—¿Ahora eres la mujer de la casa? —Su tono de voz se vuelve estridente—. Porque eres una tonta si crees que significas algo para estos Royal. Y a ti... —Se gira hacia Reed con un brillo salvaje en los ojos—. Más te vale dejar de hablarme así.

El comentario que estaba segura de que Reed iba a soltarle nunca llega. Le lanzo una mirada inquisitiva, pero está ido. Su expresión es indescifrable, casi vacía.

—Algún día seré tu madre. Deberías aprender a ser más amable conmigo. —Brooke da un paso tembloroso hacia delante y le acaricia la mejilla con sus cuidadas uñas.

Reed se encoge y luego aparta la mano de Brooke.

—Antes muerto.

Pasa junto a ella y se dirige hacia las puertas francesas. Me precipito a seguirlo y dejo a la novia de Callum sola en el patio.

Esta vez soy yo la que lo llama.

—Reed.

Se detiene frente a las escaleras de la cocina.

—¿Qué?

—¿Qué... qué ibas a decir antes de que Brooke nos interrumpiera?

Gira la cabeza. Me devuelve la mirada con sus ojos azules llenos de malicia.

—Nada —murmura—. Nada en absoluto.

Oigo un golpe a mis espaldas. Nada me apetece más que ir detrás de Reed, pero no puedo dejar a Brooke sola, borracha y junto a la piscina.

Corro hacia ella y me la encuentro tambaleándose peligrosamente cerca del borde.

—Vamos, Brooke. —Tiro de su brazo. Esta vez me sigue con docilidad y se apoya ligeramente en mí.

—Todos son horribles —lloriquea—. Tienes que mantenerte alejada de ellos, para protegerte.

—Todo irá bien. ¿Quieres ir arriba o el salón te parece bien?

—¿Con el fantasma de Maria mirándome fijamente? —Brooke se estremece—. Está aquí. Siempre está aquí. Cuando yo esté al mando, nos mudaremos. Echaremos esta casa abajo y me desharé de Maria.

Eso suena poco probable. La guío hasta el salón cargando con ella y medio arrastrándola y, sí, hay un retrato de Maria sobre la chimenea. Brooke se santigua cuando pasamos frente a él.

Tengo que tragarme una risa ante lo ridículo de la situación. El salón es en realidad una habitación larga que recorre toda la parte frontal de la casa. Hay dos áreas para sentarse, así que llevo a Brooke a la que está más cerca de la ventana y más alejada del retrato de Maria.

Se hunde en el sofá, dobla las rodillas y apoya la mejilla sobre ambas manos. El maquillaje se le ha corrido por culpa de las lágrimas y ahora parece una muñeca diabólica, como una de esas *strippers* que están tan seguras de que el hombre rico que le da cien dólares de propina va a volver y va a llevársela de allí. No lo hace, por supuesto. Él solo la utiliza.

—Brooke, si estar con Callum te hace tanto daño, ¿por qué te quedas?

—¿De verdad crees que hay algún hombre que no te hará daño? Eso es lo que hacen los hombres, Ella. Te hacen daño. —Levanta la mano y me agarra una muñeca—. Deberías marcharte de aquí. Los Royal acabarán contigo.

—A lo mejor quiero que lo hagan —respondo en voz baja.

Me suelta y retira la mano. Se encierra en sí misma.

—Nadie quiere que lo destrocen. Todos queremos que nos salven.

—Debe de haber al menos un tío decente en el mundo.

Eso la hace reír. A carcajadas. Y la risa continúa y continúa.

La dejo así y me dirijo al piso de arriba mientras el sonido de sus risitas me hace cosquillas en la espalda. Esta mujer cree de verdad que no puede encontrar un hombre que no le haga daño.

Siento que su convicción es como un cuchillo que me abre en canal y no tengo ni idea de por qué.

Capítulo 21

Reed no me lleva al trabajo a la mañana siguiente. Ya se ha ido al entrenamiento de fútbol americano cuando pongo un pie fuera de la casa, y no me sorprende. Estoy segura de que lo último que se esperaba de mí anoche era una oferta de tregua. Lo que significa que probablemente esté de camino al colegio ahora mismo, cuestionando si mi disculpa era otro truco o no.

No lo era. Mantengo la decisión que tomé ayer. Me he cansado de ser la antagonista de los Royal.

Cojo el autobús para ir a la pastelería y trabajo con Lucy durante las siguientes tres horas. Luego, camino al colegio y me meto en el baño para ponerme el uniforme.

Cuando salgo del cuarto de baño, me tropiezo con la chica con la que en teoría Easton salía antes. Claire, creo.

En cuanto me ve, frunce los labios. Luego pasa junto a mí y susurra una palabra:

—Puta.

Las dos sílabas son como un puñetazo en el estómago. Me tambaleo y me pregunto si la he entendido mal, pero cuando continúo por el pasillo y todas las chicas de penúltimo año fruncen el ceño al verme, me percato de que algo pasa. Los chicos solo me ofrecen sonrisas sarcásticas y de suficiencia. Es más que obvio, desafortunadamente, que por alguna razón hoy soy el tema de conversación de todo el mundo.

Hasta que Valerie no me encuentra junto a mi taquilla, no me pongo al día.

—¿Por qué no me dijiste que te liaste con Easton Royal? —exige en un susurro.

El libro de Cálculo casi se me cae al suelo. Espera, ¿todo esto es por *Easton*? Pero estábamos en mi dormitorio cuando nos besamos, y ni de coña ha podido ser Reed el que lo haya contado. ¿Entonces cómo narices lo sabe todo el mundo?

La discoteca. Mierda. El recuerdo se reproduce en mi cabeza al mismo tiempo que Valerie empieza a reír.

—Sabía que no tendría que haberte quitado ojo esa noche —bromea—. ¡Pero si ni siquiera bebimos! ¡Eso quiere decir que te liaste con él sobria! ¿Necesitas que llame a un médico?

Suspiro.

—¿Puede?

Las chicas que Val me presentó en la fiesta de Jordan —las chicas pastel, como las llamo yo— pasan junto a nosotras. Las tres se giran para mirarme y susurran entre ellas.

—Fue una estupidez —admito—. No lo pensé con claridad. —No, lo único en lo que pensaba esa noche era Reed y en cómo me había estado mirando cuando estaba en la jaula—. ¿Entonces lo sabe todo el mundo?

Sonríe de oreja a oreja.

—Ay, sí, lo saben. Es de lo único que han estado hablando todos esta mañana, y ni siquiera ha sonado la primera campana. Claire está cabreada.

Apuesto a que sí. Y si Claire está enfadada, no me imagino lo que Jordan tendrá que decir. ¿Una «lagarta» como yo poniéndole las manos encima a uno de sus preciados Royal? Probablemente ahora mismo le esté dando un síncope.

—¿Y tú qué? —pregunto a la única persona que me importa—. ¿Estás enfadada?

Valerie ríe con disimulo.

—¿Porque le metiste la lengua hasta la campanilla a Easton? ¿Por qué habría de importarme?

Es la respuesta que esperaba que me diera, y me aferro a ella cuando nos separamos en el pasillo y nos dirigimos cada una a nuestra clase. No importa que todo el mundo cuchichee o que las chicas me maten con la mirada cada vez que entro en un aula. La opinión de Valerie es la única que me importa.

Aun así, cuando llega la hora del almuerzo, ya me estoy tirando de los pelos. Todas las chicas que pasan junto a mí en el pasillo parecen más que decididas a matarme. Easton lo empeora al desviarse de su camino y hacerme una visita en mi taquilla, con abrazo de oso incluido. Finge no darse cuenta de todas las miradas que atraemos, pero yo sí soy terriblemente consciente de ellas.

—Tú eres Ella, ¿verdad?

Acabo de meter los libros de texto en la taquilla cuando un chico con el pelo rubio de punta y ataviado con un polo de *rugby* a rayas se acerca.

Su pregunta es ridícula, porque sabe perfectamente bien quién soy. Estos chicos seguramente hayan ido al colegio todos juntos desde la guardería, y no hay ni un alma en Astor Park que no sepa de la nueva «Royal».

—Sí. —Lo miro con indiferencia—. Y tú eres...

—Daniel Delacorte. —Extiende una mano y luego, incómodo, la vuelve a bajar hasta un lado cuando yo no se la estrecho—. He querido presentarme desde hace tiempo, pero... —Se encoge de hombros.

Pongo los ojos en blanco.

—¿Pero iba en contra de las reglas de Reed?

Asiente, avergonzado.

Dios, esta gente es lo peor.

—¿Entonces por qué te presentas ahora?

Vuelve a encogerse de hombros.

—Un par de amigos míos estaban en la discoteca el sábado por la noche. Me dijeron que te vieron con Easton.

—¿Y qué? —Anticipo alguna especie de insulto, pero al final no lo oigo.

—Pues que las reglas han cambiado. Nadie podía pedirte salir. Pero estabas con Easton la otra noche, así que ahora las cosas son distintas.

Espera, ¿me está pidiendo salir?

Lo observo con los ojos entrecerrados y pregunto:

—¿Qué? ¿No vas a llamarme puta por liarme con Easton en la discoteca?

Tuerce los labios, divertido por mi comentario.

—Si llamara puta a todas las chicas que se han liado con Easton, no quedaría nadie en el instituto.

No puedo evitar reír.

—Lo digo en serio —insiste Daniel—. Liarse pedo con Easton Royal es como un rito de iniciación en Astor Park.

—¿Lo dices por experiencia propia? —pregunto con educación.

Él esboza una sonrisa. El chico es mono, eso se lo concedo.

—Por suerte, no. En fin, solo he venido a preguntarte si te gustaría salir a cenar conmigo alguna vez.

Un latigazo de sospecha me recorre el cuerpo y Daniel debe de percibirlo, porque enseguida añade:

—No tiene por qué ser una cita. Podríamos salir como amigos, si eso te resulta más cómodo. Solo quiero conocer a la chica que tiene a todos los Royal comiendo de su mano.

Todavía sigo indecisa, así que suelta un suspiro apresurado.

—¿Me enseñas tu teléfono?

Sin estar segura de por qué, meto la mano en el bolsillo trasero y saco el móvil antes de tendérselo.

Mueve los dedos con velocidad sobre el teclado.

—Toma. Ya tienes mi número. Vamos a hacer una cosa. Piénsatelo y, si decides que quieres salir a cenar, mándame un mensaje.

—Eh. Vale. Claro.

Daniel vuelve a sonreír y me ofrece un pequeño saludo antes de alejarse. Lo observo marcharse con la vista fija en su culito. Tiene el cuerpo tonificado de un atleta, y de inmediato me pregunto si está en el equipo de fútbol americano. Espero que no, porque eso significa que lo más seguro es que Reed se entere de que Daniel me ha pedido salir esta tarde en el entrenamiento.

Pero infravaloro lo rápido que viajan las noticias en este colegio. Todo el mundo sabe que Daniel me ha pedido salir literalmente cinco minutos después de que me lo haya dicho. Estoy a dos pasos de la cafetería cuando recibo un mensaje de Valerie.

«Daniel Delacorte t ha pedido salir????»

Respondo con un «sí».

«Has dicho q sí?»

«Le dije q lo pensaría».

«No t lo pienses mucho. Es uno de los buenos».

Aparece enseguida otro mensaje. «Es el capitán del equipo de *lacrosse*». Lo añade como si eso marcara la diferencia para mí.

Pongo los ojos en blanco, entro en la cafetería y localizo a Val en nuestra mesa habitual de la esquina. Sonríe en cuanto me ve. Aparta su teléfono y dice:

—Vale. Cuéntamelo todo. ¿Se ha arrodillado? ¿Te ha llevado flores?

Durante la siguiente hora, me acribilla a preguntas sobre un chico con el que solo he hablado dos minutos. En realidad, me sirve para distraerme del festín de cotilleos de esta mañana y consigue que deje de pensar en lo que dirá Reed cuando se entere.

Capítulo 22

No veo a Reed hasta después de clase, y cuando lo hago, no viene hacia mí para exigirme que me mantenga alejada de Daniel. En cambio, está apoyado contra la puerta del lado del conductor hablando con Abby. Y la rubia está apoyada contra el Land Rover de Reed con una mano en la cadera. La escena me da ganas de vomitar.

—Parecen estar a gusto.

Me giro y veo a Savannah a mi lado. No hemos hablado desde el día que me dio el *tour* por el campus, así que me sorprende verla aquí.

—Supongo.

—He oído que Daniel Delacorte te ha pedido salir hoy. —Se pasa una mano por su pelo lacio.

—Al parecer las noticias vuelan en el instituto —bromeo—. Pero sí.

—No lo hagas —responde abruptamente—. Te arrepentirás si lo haces.

Tras soltar la bomba, se baja de la acera y se precipita hacia su coche. Me ha dejado boquiabierta y confusa.

Antes de poder darle sentido a su advertencia, un coche deportivo y descapotable de perfil bajo aparece delante de mí. Daniel me sonríe desde el asiento del conductor.

—Bonito coche. —Echo un vistazo al interior. Es negro y está lleno de botones luminosos—. Suena como una bestia.

—Gracias. Fue un regalo de mis padres cuando cumplí dieciséis. Me preocupé un poco cuando me enteré de que tenía cuatrocientos caballos. No sé si mi padre se pensaba que tenía que compensar otras cosas...

Sonrío. Que tenga la habilidad de bromear sobre sí mismo hace que me sienta más cómoda con él.

—¿Y es así?

—Ella —me regaña de broma—. Se supone que debes tranquilizarme y decirme que no tengo nada de qué preocuparme en ese aspecto.

—¿Y por qué debería saberlo? —lo provoco.

—Te voy a contar un secreto. —Se inclina hacia la guantera y me indica con la mano que me acerque—. Todos los hombres tenemos un ego muy frágil. Siempre es preferible regalarnos los oídos para que no nos volvamos unos psicópatas.

—No tienes nada de qué preocuparte en ese aspecto —respondo obedientemente.

—Esa es mi chica. —Asiente con aprobación—. ¿Quieres que te lleve a casa?

Me enderezo y echo un vistazo alrededor del aparcamiento en busca de Easton, los gemelos o incluso Durand, pero solo está Reed, que no me ve. Presta toda su atención a la angelical chica que le recuerda a su madre.

Daniel sigue mi mirada hasta la pareja.

—Abby y Reed —dice pensativo—. Esa sí que es una pareja destinada a terminar junta.

—¿Por qué lo dices? —Sueno molesta, y lo estoy, pero ojalá lo escondiera mejor.

—Reed es muy selecto, no como Easton. Solo lo he visto con una chica en los últimos dos años. Creo que ella es su media naranja.

—¿Entonces por qué no están juntos?

Ambos observamos como la cabeza de Reed se acerca a la de Abby, como si estuviesen a punto de besarse.

—¿Quién dice que no lo estén? —Las observaciones de Daniel son despreocupadas. No tiene intención de hacerme daño, pero el dolor me invade de todas formas—. ¿Has podido pensar en mi oferta?

Desvío la mirada de Reed hacia Daniel. Daniel es el chico rico por antonomasia. Como pensé que los Royal serían: rubios, ojos azules y un rostro que probablemente adornaría pinturas de antiguos museos británicos. Los Royal son casi brutos en comparación con lo elegante que es Daniel. Cualquier chica estaría encantada de que le pidiera salir, y yo no soy capaz de alegrarme ni una pizca por salir con él. Creo que no es bueno.

—Ahora mismo estoy echa un lío —lo informo—. Hay más peces, y más juntos, en el mar.

Me escudriña durante un momento.

—No sé si intentas darme largas de forma suave o si no te das el crédito suficiente. Sea como sea, no voy a rendirme.

Me salvo de tener que dar una respuesta cuando el ruido de una bocina suena a nuestras espaldas. Nos giramos y vemos que Reed ha acercado su Rover tanto al deportivo de Daniel que los guardabarros casi se tocan. La yuxtaposición entre los dos vehículos es casi irrisoria, ya que el Rover parece una torre en comparación con el pequeño descapotable de dos plazas. Es como si el Rover estuviera esperando para pasar por encima del coche de Daniel.

Daniel se vuelve a acomodar en el asiento del conductor y pone el coche en marcha. Ladea la cabeza hacia Reed con un brillo travieso en los ojos.

—Por lo visto, hay otras personas que sí necesitan compensar ciertos atributos.

Tras decir eso, se aleja y deja un espacio que Reed ocupa enseguida. Daniel se equivoca. Reed no tiene nada que compensar. Su enorme todoterreno le va al dedillo.

—¿Vas a salir con él? —pregunta Reed en cuanto cierro la puerta del copiloto.

—¿Daniel?

—¿Te ha pedido salir otro tío también?

Ojalá no llevara las gafas de sol puestas. No le veo los ojos. ¿Está enfadado? ¿Frustrado? ¿Complacido?

—No, solo me lo ha pedido Daniel. Estoy pensándomelo. —Examino su perfil—. ¿Alguna razón por la que no debería salir con él?

Un músculo en su mandíbula se tensa. Si me lanzara la mínima indirecta, la seguiría. *Vamos, Reed. Vamos.*

Me ofrece una mirada breve antes de devolver su atención a la carretera.

—Creo que anoche firmamos una tregua, ¿no?

Quiero que sea algo más que una tregua, y ese pensamiento me sorprende. Un alto el fuego es una cosa, ¿pero admitirme a mí misma —y a él— que quiero dejarme llevar por la atracción que hay entre ambos? Eso sí que parece ser un grave error.

—Sí, algo así —murmuro.

—Entonces sería un cabrón si te dijera que no salieras con él.

No, pienso, *me estarías diciendo que te preocupas por mí.*

—No creo que mirar por el bienestar de la otra persona viole el espíritu de nuestra tregua —respondo con jovialidad.

—Si lo que me preguntas es si te hará daño, diría que no. No he oído que fanfarronee en los vestuarios sobre chicas con las que se ha liado. Creo que todo el mundo lo considera un tipo decente. —Reed se encoge de hombros—. Está en el equipo de *lacrosse.* Esos tíos tienden a encerrarse mucho en ellos mismos, así que no lo conozco muy bien, solo lo suficiente, supongo. Si tuviera una hermana, no pondría ninguna objeción a que saliera con él.

¡Eso no es lo que he preguntado!, le grito en mi cabeza. En voz alta, lo ataco desde otro ángulo.

—¿Abby y tú vais a volver?

—Nunca estuvimos juntos —responde con brusquedad.

—Antes parecíais muy acaramelados. Daniel ha dicho que los dos estáis predestinados a ser pareja.

—¿Ah, sí? —Reed suena divertido—. Desconocía que Daniel tuviera esa clase de interés en mi vida amorosa.

—¿Así que Abby forma parte de tu vida amorosa? —Parezco querer ganarme un castigo con todas estas preguntas.

—¿Qué me quieres preguntar exactamente? —Gira a la izquierda, por lo que no le veo la cara.

Me hundo en el asiento; estoy demasiado avergonzada como para seguir con el tema.

—Nada.

Al cabo de un minuto, Reed suspira y dice:

—Mira, me iré a la universidad el año que viene. Y a diferencia de Gideon, yo no volveré algún que otro fin de semana. Necesito pasar tiempo lejos de este lugar. De mi familia. Abby y yo nos lo pasamos bien, claro, pero no es mi futuro y no voy a jugar con ella, ni con nadie más, ya puestos, solo por mojar.

Y ahí tengo mi respuesta. Aunque se sienta atraído hacia mí —y me he dado cuenta de que ha tenido cuidado de no admitirlo— no va a hacer nada. Se va a ir en cuanto pueda. Debería admirar esa clase de sinceridad, pero no lo hago. Alguna tonta parte de mí quiere que diga que, si me deseara lo suficiente, ninguna moral lo frenaría a la hora de poseerme. Dios, soy como un cachorrito abandonado.

Le doy la espalda y observo la ciudad pasar a nuestro alrededor mientras Reed conduce de vuelta a casa.

Al final, cansada del silencio, pregunto:

—¿Por qué peleas? ¿Es por el dinero?

Reed suelta una carcajada que bien se parece a un ladrido.

—Joder, no. Peleo porque me hace sentir bien.

—¿Porque no te permites acostarte con Abby? ¿Por eso necesitas salir y darle una paliza a unos cuantos tíos? ¿Para poder deshacerte de lo que sea que se te acumule dentro? —Las palabras salen de mi boca antes de que mi cerebro tenga oportunidad de intervenir.

Reed detiene el Rover y yo miro a mi alrededor; me sorprende ver que ya hemos llegado a casa. Se quita por fin las gafas de sol y me mira fijamente.

Se me seca la garganta.

—¿Qué pasa?

Estira un brazo y me coge un mechón de pelo. Sus nudillos están a escasos centímetros de mi pecho. Me cuesta un esfuerzo sobrehumano no acercarme hasta su mano, no obligarlo a tocarme.

—¿De verdad piensas que es Abby la que me quita el sueño?

—No lo sé —vacilo—. No quiero que lo sea.

Contengo la respiración y espero a que responda, sin embargo se limita a soltar el mechón de pelo y apoyar la mano en el tirador de la puerta.

—Daniel es un buen tío. A lo mejor deberías darle una oportunidad —dice sin ni siquiera girarse para mirarme.

Me quedo sentada en el coche una vez se va para recuperar la compostura. Ninguno de los dos lo ha dicho explícitamente, pero sé que ahora sí me lo ha dejado caer. Le he confesado mis sentimientos y él me ha dicho que me los guarde para mí misma. Lo ha hecho bien, pero, aun así, una cuchillada limpia puede provocar una herida bastante dolorosa.

Brooke está sentada junto a la piscina cuando entro en la casa. Parece haberse recuperado de la borrachera de anoche. Parlotea con Reed, que está de pie junto a su tumbona, tieso como un palo de escoba mientras le acaricia una y otra vez una de sus pantorrillas desnudas. La he visto tocar así a Gideon también, y me pregunto por qué los chicos aguantan ese trato. Sé que no la soportan. Si hubiese algo que Callum pudiera hacer para reparar la relación que mantiene con sus hijos, sería darle puerta a Brooke.

Sola e irritada, busco a Easton, tirado sobre su cama viendo un programa de coches donde los desmontan y los vuelven a montar para que parezcan coches de dibujos.

—¿Entonces vamos a treguar, no? —pregunta con una sonrisa en cuanto me ve.

—¿Esa palabra existe? —inquiero mientras me adentro en su habitación.

—Suena a palabra, así que me imagino que sí.

—Soplaculos también suena a palabra y estoy más que segura de que no la encontrarías en el diccionario.

—¿Me estás llamando soplaculos?

—No. Solo eres un soplapollas.

—Oh, vaya, gracias hermanita.

—¿Sabes que tenemos la misma edad, no? —Pongo los ojos en blanco y me subo a la cama junto a él. Easton se echa a un lado para hacerme hueco.

—Yo siempre he parecido mayor y he sido muy maduro para mi edad.

—Ajá. Claro.

—En serio. Reed dice que ahora todo está bien entre nosotros. ¿Es de verdad o nos la estás jugando otra vez?

—Yo nunca os la he jugado, para empezar —me quejo—. Y sí, creo que es de verdad. —Parece más aliviado de lo que esperaba—. En fin, quería preguntarte algo. ¿Qué piensas de Daniel Delacorte?

—¿Por qué quieres saberlo?

—Me pidió salir en cuanto se enteró de que me besaste. Al parecer fue como un beso de aprobación.

Easton mueve las cejas.

—Soy mágico, ¿verdad?

—Eres una buena pieza. —Le lanzo una almohada a la cabeza y él la coge y la abraza contra su pecho—. ¿Por qué me besaste?

—Estaba cachondo. Estabas ahí. Me apeteció besarte. —Se encoge de hombros y se gira hacia la tele. Me sentí bien. Tenía ganas. Para Easton todo es tan simple. Se mueve según sus necesidades básicas. Comer, beber, besar, repetir.

—¿Por qué me besaste tú a mí? —pregunta él.

Mis razones parecen más complicadas. Quería poner celoso a Reed. Quería demostrarme a mí misma y al resto de la gente que estaba en la discoteca que era deseable. Quería que alguien me tocara con cariño; quien fuera. Supongo que mis razones no son tan distintas de las de Easton al fin y al cabo.

—Me apetecía.

—¿Quieres otra ronda? —Se da un golpecito en la mejilla a modo de invitación.

Río y sacudo la cabeza.

—¿Y eso? —Se muestra impávido ante mi rechazo.

—Porque... porque no. —Desvío la mirada.

—No, no. No te librarás tan fácilmente. Quiero que lo digas. Dile a tu hermano mayor que estás pillada por tu otro hermano mayor.

—Estás imaginándote cosas. No estoy pillada por Reed —miento.

—Y una...

—Que no —insisto, pero Easton me lee la mente.

—Mierda, Ella. Necesito fumarme un pitillo cada vez que estáis a medio metro el uno del otro. —Sonríe ampliamente, pero enseguida se pone serio—. Mira, me gustas. No pensé que me fueras a gustar, pero sí, y por eso mismo, tengo que advertirte de que los Royal estamos bastante mal. Somos buenos en la cama, ¿pero fuera? Somos como un huracán de grado cuatro.

—¿Y Daniel?

—Es un buen chaval. No es un cerdo como yo. A los chicos del equipo de *lacrosse* les gusta. Su padre es juez.

—¿Algún rumor?

—No que yo sepa. ¿Estás pensando en liarte con él?

—Savannah me dijo...

—No hagas caso a nada de lo que te diga —me interrumpe Easton.

Lo miro con recelo.

—¿Por qué no?

—Gid y ella tuvieron algo el año pasado.

Abro la boca, sorprendida. ¿En serio? ¿Savannah y Gideon? Vuelvo a hacer memoria del día en que me dio el *tour* por el colegio, de la brusca explicación sobre cómo los Royal movían los hilos del colegio, pero no recuerdo haber notado ninguna emoción cuando lo dijo. Aunque... se quedó mirándolo fijamente en la fiesta de Jordan. Lo atravesó con la mirada, como si intentara aniquilarlo mentalmente.

—Savannah era una chica un poco rara —continúa Easton—. Llevaba ortodoncia. Tenía el pelo raro. No sé qué hizo con él. A lo mejor lleva un corte distinto o algo. La cosa es que, a los quince o dieciséis años, cambió por completo. Gid la miró y estampó su nombre en el culo de la muchacha. Pero más o menos cuando el tío Steve murió, las cosas cambiaron. Las cosas acabaron mal entre ellos y desde entonces ha estado resentida.

—Joder —digo, y silbo. Savannah y Gideon. Ni siquiera los concibo como pareja.

—Te lo he dicho. Somos un huracán de grado cuatro. —Hace un movimiento destructor con la mano, luego suspira y devuelve su atención a la televisión.

Capítulo 23

Daniel está esperándome en mi taquilla a la mañana siguiente. Aunque tanto Reed como Easton me dieron su aprobación, todavía tengo dudas con respecto a Daniel. Pero necesito pasar página con Reed. Eso está claro.

Ni siquiera tiene oportunidad de decir hola, cuando lo pongo sobre aviso.

—He de decirte antes que nada que soy todo lo contrario a una apuesta segura —explico incómoda—. Ahora mismo estoy lidiando con grandes cambios en mi vida y no soy capaz de manejar nada demasiado fuerte.

—Te entiendo —promete. Se inclina y me da un suave beso en la mejilla—. Eres dulce. Puedo esperar.

¿Que soy dulce? Aparte de mi madre, nadie me había dicho eso. Creo que me gusta.

Daniel viene a verme todos los días a mi taquilla después de eso, me cuenta algo gracioso y luego se va tras darme un beso en la mejilla. Easton me toma el pelo por ello por la noche, pero cada vez que miro a Reed en busca de alguna respuesta, su rostro es impenetrable. No tengo ni idea de cómo se siente con respecto a toda la atención que recibo de Daniel, pero al menos nuestra tregua sigue intacta. Hasta Callum ha notado algo diferente en la mansión de los Royal. Juro que cuando pasó por mi dormitorio la otra noche y nos vio a Easton y a mí viendo la tele juntos, casi se le cayeron las cejas de la cara por la sorpresa.

El viernes le llevo a Daniel un pastel de manzana, porque me dijo que es su dulce favorito del French Twist. Y esa vez, el beso que me da va directo a mis labios. Es suave y seco, aunque, para mi sorpresa, nada desagradable.

Un fuerte ruido al fondo del pasillo me asusta. Pego un bote y casi tiro su regalo al suelo.

—Cuidado. —Daniel me coge el dulce de la mano—. No se debe dañar la comida. Es una grave violación de la Convención de Ginebra. Tendré que entregarte para que te castiguen. —Sus ojos centellean.

—¿Estás intentando salir conmigo para tener acceso a mis dulces? —pregunto con falsa desconfianza.

—Jopé. —Se lleva una mano al corazón—. Me has pillado. ¿Me he metido en problemas? —Sus payasadas me sacan una sonrisa—. Oh, he conseguido que sonrías, y eso es malo porque, cielo, esa sonrisa es matadora. Creo que se me acaba de parar el corazón. —Se da un golpecito en el pecho—. Escucha.

Daniel es tan cursi y alegre que decido seguirle el juego. Apoyo la cabeza sobre su pecho y escucho los leves y regulares latidos de su corazón.

A mi lado oigo una arcada. Cuando me enderezo, veo a Easton metiéndose un dedo en la garganta. Pone los ojos en blanco y continúa caminando. Reed está junto a él. Ni siquiera levanta la vista. Está tan guapo vestido con la camisa del uniforme por fuera que tengo que obligarme a apartar la mirada.

Daniel ríe.

—¿Vas a venir al partido de esta noche?

—Eso creo. —Controlo las rodillas para no girar hacia Reed y ver qué hace—. Pero seguramente no pueda llegar hasta la segunda mitad. Trabajo hasta las siete los viernes.

—¿Y a la fiesta de después?

—Voy a ir con Easton —admito. Anoche acordamos que me llevaría a la fiesta de después del partido de fútbol americano. Val se quedará en casa porque tiene una cita por Skype con Tam. Lo cual es un rollo, porque siempre me lo paso mejor cuando está conmigo.

Reed se quedó quieto como una estatua mientras Easton y yo discutíamos sobre el partido y en qué coche iríamos. No dijo ni mu, y me entraron ganas de reventar su botón de silencio y de obligarlo a hablar conmigo. Pero puede que eso pusiera fin a nuestra tregua.

No soy capaz de decidir qué me gusta más. Si estar en una casa tranquila en la que no escucho a Reed o en una en la que me grita para que me aleje de ellos y me amenaza con su pene.

—Vale. Pero podemos vernos allí, ¿verdad? —pregunta Daniel.

—Verdad.

Cuando me dedica una de sus preciosas sonrisas y se marcha, me pregunto por qué no le he dicho simplemente que sí.

La fiesta es en la mansión de uno de los jugadores de *lacrosse*. Farris algo. No lo conozco. Es de último año, como Reed, y por lo visto es un friki de la ciencia. Él y un chaval con complejo de científico mezclan las bebidas que sirven en vasos de cristal. Están completamente comprometidos con la causa, ya que llevan batas blancas abiertas para dejar a plena vista sus perfectos abdominales, destrozando así cualquier estereotipo friki.

Elijo el daiquiri de fresa, aunque el barman/químico intenta endosarme algo extraño y verde.

Easton las rechaza todas.

—Yo bebo cerveza —declara—. Todo el lúpulo dentro de mí protestaría si le diese algo afrutado a mi aparato digestivo.

Cuando cojo mi vaso, Easton me aleja de allí.

—Las bebidas pueden estar más fuertes de lo normal, así que ten cuidado esta noche —me advierte.

Le doy un sorbo a la mía.

—Sabe a batido.

—Exacto. Estos tíos son profesionales a la hora de hacer que todo el mundo se ponga pedo sin darse cuenta.

—Vale. Solo me beberé una. —Me conmueve que Easton se preocupe por mí. Nadie se había preocupado nunca por mí. Barro la estancia con la mirada en busca de Reed, pero no lo veo por ninguna parte. Es patético, pero le pregunto a Easton—: ¿Vendrá Reed?

—No lo sé. Probablemente, pero… Lo he vuelto a ver con Abby después del partido.

Me bebo la mitad del vaso en respuesta.

Easton escudriña mi rostro.

—¿Estarás bien?

—Estupendamente —miento.

—Si necesitas algo, llámame. —Levanta su móvil—. Pero ahora necesito mojar, hermanita. —Me da un beso en la mejilla y se dirige hacia la piscina.

Daniel aparece en cuanto Easton se marcha. Sus ojos centellean juguetones.

—Joder, pensé que tu carabina no se iba a ir nunca. Vamos, te presentaré a la gente.

Coloca un brazo sobre mis hombros y me lleva de grupo en grupo. Chicos del colegio que hasta ahora habían pasado de mí de repente me saludan, sonríen y hablan conmigo del partido que hemos ganado esta noche. Del oponente de la semana que viene, a quien reventaremos. Del profesor de Química que parece un hobbit y que no gusta a nadie, y del profesor de Arte al que todo el mundo adora.

La experiencia es casi de ensueño. No estoy segura de si es porque Daniel está a mi lado o porque la noticia sobre la tregua con los Royal ha llegado a oídos de la gente, pero todo el mundo es simpático conmigo. Sus sonrisas son brillantes y su risa —el estado de ebriedad compartido— es contagiosa. Me duelen las mejillas de tanto sonreír.

—¿Te lo estás pasando bien? —murmura contra mi pelo.

Me inclino hacia él.

—Sí, la verdad es que sí —contesto, sorprendida. Reed está en alguna parte y esta vez seguramente sea él quien dé bandazos en el Range Rover con Abby, y no Wade, al que he visto aquí con una chica sentada sobre la rodilla. Pero ¿y qué? El bueno de Daniel está aquí. Tiene un brazo sobre mis hombros y su cuerpo está pegado al mío. Un extraño estado de aletargamiento me posee. El alcohol está empezando a reducir mis defensas, tal y como Easton me ha advertido, y una sensación de peligro me recorre el cuello hasta llegar a la coronilla.

—Te traigo otra copa —dice Daniel.

—Creo… —Lo miro fijamente, insegura de lo que creo.

—Necesita ir al baño.

Frunzo el ceño en dirección a la intrusa. Savannah Montgomery. ¿Qué hace aquí? Antes de protestar, me arrastra hasta el baño más cercano y cierra la puerta.

La observo mientras abre el grifo y mete el pico de una toalla de mano bajo el chorro de agua.

—¿Qué narices te pasa? —exijo.

Se gira y me mira, confusa.

—Mira —responde con brusquedad—. No me gustas mucho…

—Vaya, gracias.

—…pero no dejaría ni a mi peor enemigo caer en las redes de Daniel.

Mi confusión se triplica.

—¿Qué le pasa a Daniel? Reed y Easton le dieron el visto bueno. Dijeron que era un buen...

—¿Quieres un consejo? —me corta—. No te creas nada de lo que te diga un Royal.

El resentimiento del que Easton habló el otro día se hace evidente en este momento. Se aprecia en la tensión de su mandíbula, en la dureza de sus palabras.

—Entiendo que no te gusten —respondo con suavidad—. He oído que tú y Gideon...

Me interrumpe otra vez. Ahora sus ojos verdes arden con repulsión.

—¿Sabes qué? He cambiado de idea. Daniel y tú sois perfectos el uno para el otro. Que pases una buena noche, Ella.

Entonces, Savannah me arroja la toalla mojada a la cara y me moja la parte delantera de la camiseta. Perpleja, cuelgo la toalla y me aparto la prenda mojada del pecho. ¿Qué narices acaba de pasar?

Daniel me espera fuera del baño con una expresión preocupada en el rostro.

—¿Qué ha pasado? ¿Os habéis peleado Savannah y tú?

—No exactamente. No sé qué ha pasado aparte de que se ha enfadado y me ha empapado la camiseta. —Señalo la camiseta mojada de Astor Park que le he cogido prestada a uno de los gemelos y que me he atado a la espalda para que me quedara bien.

—¿Necesitas otra camiseta? Puedo coger una de la habitación de Farris. —Señala arriba.

—No, no pasa nada. Se secará. —Abanico la tela. Es lo bastante fina como para que se seque bastante rápido.

Asiente.

—Mira, no quiero decir nada malo de ella, pero Sav no es que esté muy allá últimamente. No dejes que te afecte lo que diga.

—Sí, me he dado cuenta.

—Están organizando una partida de dardos en la otra sala. ¿Te animas?

—Claro, ¿por qué no?

Me tiende una botella de agua.

—No sé si quieres al estar ya toda empapada, pero pensé que te vendría bien. Esas bebidas que Farris mezcla son potentes.

—Gracias. —Abro el tapón y me fijo en que es nueva, que nadie la ha abierto antes. Está claro que Daniel entra en el grupo de los chicos buenos y sería muy estúpida si no le diera al menos una oportunidad.

Su brazo choca contra mi hombro cuando recorremos el pasillo.

—¿Sabes, Daniel...? —Respiro hondo—. Creo que deberíamos salir.

—¿Sí? —Sonríe de oreja a oreja.

—Claro.

—Muy bien, vale. —Me atrae hasta su lado y me besa en la sien con otro movimiento dulce y tranquilizador—. Pero primero, vamos a darles una paliza a los dardos.

La diana está en la casita de la piscina que hay detrás de la propiedad de Farris. Tiene el tamaño de esas que se utilizan en los bares. Me tranquilizo al ver a dos chicas ya apoltronadas en un sofá de piel. Tenía miedo de que Daniel hubiese presupuesto que mi respuesta afirmativa a lo de tener una cita significaba que estoy lista para acostarme con él.

—Estas son Zoe y Nadine. Son de la ciudad.

Zoe levanta una muñeca flácida.

—Vamos al instituto South East.

—¿No hemos jugado contra vuestro equipo esta noche?

—Sí —confirma—. Y ahora estamos celebrando.

Tengo que reírme.

—Pero si habéis perdido.

—Entonces supongo que nos están consolando. —Ella y Nadine vuelven a reír tontamente otra vez.

—Que bien que tengamos aquí a Hugh.

Hugh es un chico enjuto, unos centímetros más alto que yo, que le pega una calada a lo que sea que esté fumando y solo asiente.

Daniel guiña un ojo a las chicas.

—Bueno, Ella y yo tenemos una cita con la diana. ¿Vosotros tres queréis jugar?

—*Nop*. Solo miraremos. A Hugh le gusta mirar, ¿verdad, Hugh?

Hugh les tira humo a la caras y las chicas se ríen más fuerte. Es obvio que están borrachas o colocadas.

—¿Tú quieres los rojos o amarillos? —Daniel levanta dos dardos.

—Los rojos.

Me tiende los dardos rojos y luego me acerca a la diana. Antes de lanzar los míos, siento un pinchazo en el brazo.

—¡Au! —Me llevo una mano al brazo—. ¿Qué ha sido eso?

Avergonzado, levanta su dardo amarillo.

—Te he pinchado con mi dardo.

—Joder, Daniel, ha dolido. Ni siquiera tiene gracia. —Me masajeo la zona dolorida.

Frunce el ceño a la vez que mira la punta del dardo.

—Lo siento. Debo de haberte dado más fuerte de lo que pretendía.

Me obligo a relajarme.

—No lo vuelvas a hacer, ¿vale?

Me estrecha entre sus brazos.

—No volverá a ocurrir.

Lo dejo abrazarme durante un minuto porque su contacto me sienta muy bien. Cuando me suelta, tengo que agarrarme a una mesa cercana. Mi equilibrio ha desaparecido. Debo de estar todavía experimentando los efectos de la bebida de antes. Jugamos una ronda y luego otra. Mi puntería es horrible y golpeo más veces la pared que la diana. Daniel me toma el pelo unas cuantas veces y me dice que espera que nunca tenga que competir en los Juegos del Hambre.

Cuando llegamos a la tercera ronda, tengo la boca extrañamente seca. Alargo el brazo para coger la botella de agua, pero me equivoco y la tiro.

—Ay, mierda. Lo siento.

Oigo a las chicas reírse a mis espaldas. Me caigo de rodillas y busco algo con lo que secar el suelo. Mi camiseta. Mi camiseta es absorbente y ya está mojada. Además, la tela me molesta bastante. En realidad, toda la ropa me está empezando a irritar. El sujetador parece apretarme demasiado y la goma elástica de las bragas se me clava en la piel. La tela del dobladillo de la falda me araña los muslos cada vez que me muevo. Debería quitarme la ropa.

—Es buena idea —concuerda Daniel.

Debo de haberlo dicho en voz alta.

—La ropa me molesta—confieso.
—¡Sí, quitémonos la ropa! —grita una de las chicas desde el sofá. Oigo el frufrú de varias telas y luego más risas.
—Se me ha quedado la cabeza atascada —trina una de ellas.
—¿Por qué no os ayudáis la una a la otra? —sugiere Hugh.
Me pongo de pie y me apoyo en el hombro de Daniel. Zoe le quita el top a Nadine y se lo lanza a Hugh. Él lo tira al suelo y se acerca al sofá.
—Debería marcharme —le digo a Daniel. Me hago una muy buena idea de lo que va a pasar entre los tres y no es que me apetezca mucho mirar.
Daniel me pega de nuevo contra su cuerpo y me pasa un brazo alrededor de la cintura. Su respuesta física a la escena que se desarrolla delante de mis narices es inconfundible.
—¿Dónde está Reed? —Me giro de golpe. El cosquilleo entre mis piernas me hace pensar en él—. Lo necesito.
—No. Ya me tienes a mí. —Daniel se restriega lentamente contra mí.
—No. —Me libero de él de un tirón—. Lo siento, Daniel. No creo... No... —Me llevo una mano a la cabeza y me sacudo el pelo con fuerza. El deseo me recorre las venas. Oigo los latidos de mi corazón, fuertes y acelerados. Me obligo a concentrarme—. Necesito a Reed.
—Por Dios, zorra estúpida. Solo cierra los ojos y disfruta.
Ya no es amable. Su voz suena fría y molesta. Me tira del borde de la camiseta. Lucho contra sus manos, pero me falta coordinación, así que me la quita antes de que proteste.
—¿Cómo os va por ahí? —oigo a Hugh preguntar. Su voz está cerca. Muy cerca.
—Está poniéndose a tono. Le he dado eme. Se ha pensado que la he pinchado con un dardo. —Daniel suena encantado con su estratagema. Intento propinarle un puñetazo, pero el brazo me pesa demasiado.
Hugh se detiene.
—Tío... ¿Crees que deberías hacer esto con Ella Royal? Pensaba que íbamos a hacerlo solo con tías de fuera de la ciudad después de lo que pasó con la prima de Savannah. No es bueno morder la mano del que te da de comer.
Daniel resopla.

—Los Royal no la soportan. No va a decir nada. Es basura. Es una don nadie que me ha hecho tener que esforzarme durante una semana.

Me toca una mejilla y la sensación es extraordinaria. Ojalá estuviera Reed aquí y esa fuera su mano.

Gimo su nombre.

—¿Qué ha dicho?

Daniel ríe.

—Creo que esta tía se ha zumbado tanto a Easton como a Reed. —Me acaricia con fuerza las tetas y el contacto hace que gima de nuevo.

—Joder, está cachonda —se regodea Hugh—. Genial. ¿Puedo jugar con ella cuando termines tú?

—Claro. Deja que haga lo que tengo que hacer y, luego, es toda tuya.

—¿Tú crees que lo tendrá muy abierto? Por lo que he oído, se ha acostado con muchos.

—Todavía no lo sé. Me muero por abrirla de piernas. —Me sienta en una silla e hinca una rodilla entre mis piernas.

—¿Por qué no le das un poco de coca? Eso la despertará.

—Sí, buena idea.

La presión desaparece cuando Daniel se levanta y se encamina hacia la encimera. Lo observo con miedo mientras rebusca dentro de un cajón.

—¿Dónde guarda Farris esa mierda...? Pensé que estaba aquí... Ah, a lo mejor en el frigorífico.

Oigo voces amortiguadas provenientes de fuera de la casita de la piscina.

—Ella... la he visto... Daniel... piscina...

—Reed. —Me obligo a ponerme de pie—. Reed. —Me tambaleo junto a las dos chicas que están ocupadas dándose el lote.

—Eh, espera. —Daniel cierra el cajón de golpe y se precipita hacia mí. Apoya una mano en la puerta antes de que pueda abrirla—. ¿Adónde vas?

—Tengo que irme —insisto y llevo la mano al pomo.

—No. Vuelve aquí.

Forcejeo para abrir la puerta. Daniel tiene algo afilado y brillante en la mano.

—Hugh. Échame una mano, por favor.

Doy golpes en la puerta.

—¡Reed! ¡Reed!

Daniel profiere una maldición y Hugh me aparta de un tirón, pero ambos han llegado demasiado tarde. La puerta se abre de golpe y Reed aparece. Sus ojos azules se llenan de inmediato de ira cuando nos ven a los tres.

Me lanzo hacia él. Daniel, estupefacto, me deja marchar y cae al suelo.

—¿Qué cojones pasa? —gruñe Reed.

—Joder, tío, está pedo —responde Daniel con una risa apresurada—. He tenido que traerla aquí para que no se pusiera en ridículo.

—No, no —protesto a la vez que intento sentarme, pero mi cuerpo está hecho un lío. No encuentro las palabras para explicarme. Solo soy capaz de mirar a Reed con desesperación. Me odiará. Creerá que de verdad soy una puta. Las fuerzas me abandonan. Se acabó.

Más gente llega y cinco pares de pies grandes se alinean frente a mis ojos. El número de personas que presencia mi humillación aumenta. Apoyo la cabeza contra el suelo de baldosa con la esperanza de que el suelo se abra y me trague.

—Tienes dos opciones —responde Reed. Su voz es fuerte y calmada, como si estuviera soltando un discurso al cuerpo de estudiantes—. O bien te disculpas , dices la verdad y solo uno de nosotros te pega una paliza, o mientes y todos, por turnos, haremos que tu cuerpo sea un proyecto de ciencias. Elige bien lo que vas a decir.

¿Me habla a mí? Puede que sí. Levanto la cabeza para protestar y decir que no he hecho nada malo, pero cuando alzo la mirada, veo toda una pared de cuerpos. Todos los hermanos Royal están aquí. Todos y cada uno de ellos, incluido Gideon. Tienen los brazos cruzados y echan humo. Pero ninguno de ellos me mira.

Echo un vistazo por encima del hombro hacia Daniel, con los brazos a los lados y una jeringa entre los dedos.

Se aclara la garganta.

—Reed, yo no he hecho nada…

—Supongo que ya has tomado una decisión.

—Una muy estúpida —oigo murmurar a Easton.

Reed aparta la mirada de Daniel y se agacha para levantarme en brazos. Me acurruca contra su pecho; me sujeta el trasero con una mano y con la otra me rodea los hombros con fuerza. Este tío ha sido mi enemigo, la fuente de muchísimo dolor emocional. Pero ahora mismo me aferro a él como si fuera el único consuelo que encontraré en este mundo.

En el Range Rover, empiezo a llorar.

—Reed, me siento rara.

—Lo sé, nena. Todo irá bien. —Apoya una de sus frías manos sobre mi pierna y la sensación es extraordinaria.

—Necesito que me toques. —Intento tirar de su mano hacia arriba.

Él gime. Me agarra con más fuerza durante un segundo, pero, entonces, se aparta.

—No —protesto—. Me gusta.

—Daniel te ha inyectado éxtasis, Ella. Estás excitada por la droga, así que no voy a aprovecharme de ti.

—Pero... —intento responder al tiempo que alargo un brazo.

—No —me espeta—. Basta, por favor. Por el amor de Dios, ¿puedes quedarte quieta y dejarme conducir?

Me aparto, pero la sensación de hormigueo que siento en la piel no se detiene. Junto las piernas para suavizar un poco el dolor y veo que me ayuda un poco. Preferiría que el roce proviniera de Reed, pero mis propias manos me alivian, así que no digo que no. Recorro los muslos con las manos hasta llegar a las pantorrillas. Es como si mi piel estuviera viva. Meto las manos por debajo de la camiseta prestada de Reed para masajearme y hacer desaparecer el dolor.

—Joder, Ella, por favor. Me estás matando.

Intento detenerme, avergonzada.

—Lo siento —me disculpo en voz baja—. No sé qué me pasa...

—Volvamos a casa. —Suena agotado.

El resto del camino es un suplicio. Hago acopio de todo el esfuerzo mental que tengo para no tocarme.

Reed recorre veloz la calle junto a su casa y luego se baja del todoterreno antes de apagar el motor. Abre la puerta de un tirón y yo me lanzo atropelladamente a sus brazos. Ambos gemimos; yo, aliviada, él, frustrado.

La puerta de otro coche se cierra con fuerza y el resto de los hermanos se une a nosotros con Sawyer a la cabeza para abrir la puerta de casa.

Gideon habla.

—Va a tener una noche muy larga. Uno de vosotros tiene que ayudarla.

—¿De qué forma? —dice Reed entre dientes.

—Ya sabes. —La voz de Gideon es un susurro.

—Joder.

—¿Quieres que lo haga yo? —pregunta Easton.

Me acurruco contra Reed, que me agarra con más fuerza.

—No. Lo haré yo solo.

La cabeza me da vueltas cuando subimos las escaleras y me deja sobre la cama. Cuando se aleja, alargo los brazos en su dirección con desesperación.

—No me dejes sola.

—No lo haré —promete—. Solo voy a por una toalla.

Empiezo a llorar otra vez cuando desaparece dentro del cuarto de baño.

—No sé por qué estoy tan llorona.

—Estás drogada hasta las cejas. Éxtasis. Coca. A saber qué más te han dado. —Reed suena asqueado.

—Lo siento —susurro.

—No estoy enfadado contigo. —Coloca la toalla fría contra mi frente—. Estoy enfadado conmigo mismo. Yo te he hecho esto. Bueno, Easton y yo. Yo lo he provocado. Soy Reed el Destructor. —Suena triste—. ¿No lo sabías?

—No me gusta ese nombre.

Se sienta a mi lado y me humedece todo el rostro, el cuello y los hombros con la toalla. La sensación es increíble.

—Sí, ¿y cómo me llamarías entonces?

Abro la boca y contesto:

—Mío.

Capítulo 24

Ambos dejamos de respirar.

—Ella. —Empieza a hablar, pero no termina la frase. Se limita a observarme mientras me incorporo.

Le quito la toalla de la mano y la tiro al suelo. La camiseta que le he cogido prestada la sigue poco después.

—Ella —intenta decir de nuevo.

Pero estoy cansada de que intente ser noble. Lo necesito ahora.

Me siento a horcajadas sobre su regazo y le rodeo las caderas con las piernas.

—Pregúntame por qué Daniel estaba tan enfadado conmigo antes.

Reed intenta liberarse de mis piernas.

—Ella...

—Pregúntamelo.

Pasa un segundo y luego desiste de intentar apartarme de él. Coloca las manos en mis muslos y un escalofrío me recorre todo el cuerpo.

—¿Por qué estaba tan enfadado contigo? —pregunta Reed con voz ronca.

—Porque no dejaba de pronunciar tu nombre.

Sus ojos arden.

—Porque eres tú. Siempre has sido tú, y estoy cansada de luchar contra ello.

Su expresión se ensombrece.

—Mi hermano...

—Tú —repito—. Siempre has sido tú.

Le rodeo la nuca con las manos y gime.

—No piensas con claridad.

—No es por culpa de las drogas —susurro—. Llevo sin pensar con claridad desde que te conocí.

Otro gemido escapa de sus labios.

—Siento que me estoy aprovechando de ti.

Acerco su cabeza a la mía.

—Te necesito, Reed. No me obligues a suplicártelo.

Y tal cual, sucumbe. Enreda una mano en mi pelo mientras me estrecha con fuerza contra él con la otra.

—No tendrás que volver a pedírmelo nunca más. Te daré todo lo que quieras.

Su boca se pega a la mía y me besa con suavidad. Solo me acaricia, como si estuviera memorizando la forma de mis labios contra los suyos. Y luego, justo cuando estoy a punto de pedirle más, desliza la lengua entre mis labios abiertos y me besa con tanta pasión que incluso me mareo.

Caemos sobre el colchón. Posa las manos en mis caderas y me restriega contra él. Su boca se fusiona con la mía, hambrienta y exigente. Doy todo lo que soy capaz de ofrecer en el beso. Todo mi amor, mi soledad, mis esperanzas y mi tristeza.

Reed lo acepta y me corresponde con todo lo que tiene. Nos enredamos el uno en los brazos del otro. Encuentra las zonas donde resuenan los latidos de mi corazón, detrás de la oreja y en la base de mi cuello, y me besa como si no tuviera suficiente.

Coloca un mulso entre mis piernas y encuentro el alivio que necesito incluso a través de la tela de mis bragas y sus vaqueros. Casi. Sigue sin ser suficiente y se lo hago saber con un gemido agonizante.

Se apoya sobre los codos y me mira con los ojos abiertos como platos y los labios hinchados por culpa de nuestros besos. Es el tío más guapo del planeta y es mío. Al menos esta noche.

—Más —suplico.

Sonríe, luego se tumba sobre el costado y desliza una mano entre mis piernas.

Un terremoto sacude mi cuerpo.

—¿Mejor? —susurra.

Ni de lejos. Me retuerzo, y otra sonrisa aparece en las comisuras de su boca antes de que su mirada vuelva a echar chispas. Mueve la mano en pequeños círculos y la base roza justo el punto de mi cuerpo que se muere por él.

Mi cuerpo es como un cable de alta tensión segundos antes de explotar. Literalmente segundos, porque, con solo rozarme una vez más, el placer estalla en mi interior. Ahogo un grito y tiemblo; aturdida por la increíble sensación que acabo de experimentar. A lo mejor son las drogas, pero me gusta pensar que es por Reed, por los susurros de ánimo que me ofrece a la vez que me restriego contra su mano. Por la prueba de su excitación, pegada a mi cadera.

Sus labios vuelven a encontrarse con los míos y yo lo beso de nuevo con más ganas, porque el deseo vuelve a aparecer mucho más rápido de lo que ninguno de los dos esperaba. Estiro el brazo y lo acerco hasta que está totalmente tumbado sobre mí.

Nuestras bocas chocan y él suelta un gemido cuando me arqueo hacia arriba para frotarme contra él. La dureza de su cuerpo es lo único que me alivia. Es enorme y está más que listo, pero cuando introduzco una mano entre ambos, él me la aparta.

—No. —Su voz suena distorsionada—. Esto no es para mí. Esta noche no. No cuando estás…

Drogada, creo que quiere decir, pero ya no me siento colocada. O al menos bajo los efectos de cualquier otra cosa que no sea él.

Posa la boca sobre mi cuello. Me besa y lame al mismo tiempo que refriega su cuerpo contra el mío. El placer se acumula, pero sus vaqueros me estorban. No quiero que esto solo sea para mí. Quiero…

Vuelve a apartarme la mano de un manotazo y se aleja de mí directamente. Pero no se va muy lejos. El calor me hace sentir un hormigueo en la piel cuando me besa en los pechos. Me roza un pezón con sus cálidos labios. Cuando saca la lengua para lamerlo, veo las estrellas. Cuando lo succiona, dejo de respirar.

Cada lametón juguetón me pone más y más cachonda. Me retuerzo bajo su contacto en busca del elusivo orgasmo. Él se vuelve a mover y se mete el otro pezón en la boca. Y luego baja y desliza los labios hasta mi vientre.

—Por Dios —susurro. Mis terminaciones nerviosas vibran por la necesidad que tengo—. Reed —suplico.

—No pasa nada, nena, tranquila. Sé lo que necesitas.

El corazón se me detiene cuando se mueve entre mis piernas. Siento su mano temblar cuando me baja las braguitas por las piernas. Coge aire de golpe antes de acercar su boca hacia mí.

Grito ante la desconocida sensación. Me gusta. Mucho. Su lengua encuentra el punto sensible e involuntariamente levanto las caderas. Suelto un potente gemido. Hinco los dientes en el labio inferior para intentar permanecer en silencio, pero Reed me vuelve loca. Casi me desmayo cuando llevo las manos a su cabeza para tirarle del pelo.

Levanta la vista; sus ojos arden de deseo.

—¿Quieres que pare?

—*No*.

Continúa. Su lengua es mágica; me lame a un ritmo incesante. Emite un sonido gutural como si mi respuesta fuera tan maravillosa como todas las cosas que me hace sentir.

Me acaricia con los dedos la parte interior del muslo. Levanta la cabeza para pedirme permiso con la mirada. Se lo concedo asintiendo ansiosa con la cabeza. Tengo muchas ganas de que lo haga.

Cierra los ojos al mismo tiempo que introduce despacio un dedo en mi interior. Los dientes le rechinan.

—Joder, lo tienes demasiado estrecho.

—Te lo dije —consigo contestar con voz ahogada.

Ríe.

—Sí, es verdad. —Saca el dedo y desliza la mano sobre mi muslo—. Voy a hacer que te sientas muy bien.

—Ya me siento bien —contesto a modo de protesta, y levanto las piernas.

Me dedica una sonrisa engreída que me resulta muy familiar.

—Todavía no has visto nada.

Se acopla entre mis piernas y, con los hombros, me las abre tanto que debería ruborizarme, sin embargo, solo siento expectación. Vuelve a introducirme el dedo mientras me rodea el muslo con un brazo.

Los músculos de mis piernas se tensan. Hundo los dedos en su cabeza, pero él no deja de besarme, ni siquiera cuando el orgasmo me arrolla y me arroja por el precipicio. En cuanto me quedo sin fuerzas, se incorpora, se tumba a mi lado y me acerca junto a él.

Vuelve a encontrar mi cuello con los labios y respira hondo.

—¿Por qué tuviste que venir?

Su pregunta me confunde.

—Yo… ya sabes por qué. Tu padre…

—Me refiero a por qué ahora. —Sus palabras llenas de frustración me calientan la piel—. Si fuera otra momento y estuviésemos lejos de aquí, quizá tú y yo podríamos haber tenido algo distinto.

—No entiendo lo que quieres decir.

—Te digo que esto no puede volver a suceder. —Levanta la cabeza y veo su tristeza—. Necesito irme. Necesito abandonar este maldito lugar y convertirme en algo mejor. Alguien... que merezca la pena... —Titubea al pronunciar la última palabra.

—¿Que merezca la pena? —repito en un susurro—. ¿Por qué piensas que no mereces la pena?

Se queda en silencio durante un momento. Me acaricia el hombro distraídamente.

—No importa —responde finalmente—. Olvídalo.

—Reed...

Se sienta y se quita la camiseta de repuesto que se había puesto en el coche. La otra, la que se quitó y me puso cuando abandonamos la fiesta, yace olvidada en el suelo, junto al resto de mi ropa.

—Cierra los ojos, Ella —dice con brusquedad al mismo tiempo que se coloca junto a mí de nuevo. Ahora tiene el torso desnudo, aunque todavía lleva vaqueros. Cuando paso una pierna por encima de él, la tela me araña—. Cierra los ojos y duérmete.

Su pecho desnudo amortigua mi voz.

—¿Me prometes que no te irás?

—Te lo prometo.

Me acurruco más cerca de él y me pierdo en la calidez de su cuerpo y en el ritmo regular de los latidos de su corazón, que resuena debajo de mi oído.

Cuando me despierto a la mañana siguiente, Reed ya no está.

Capítulo 25

—¿Estás bien, hermanita?

Easton me mira desde la mesa de la cocina cuando entro en la estancia. Me siento como si me hubiera atropellado un camión articulado.

—No. Me siento fatal. —Me sirvo un vaso de agua del grifo, me lo bebo de un trago y luego me sirvo otro.

El tono de voz de Easton refleja cierta compasión.

—¿Te dio fuerte, eh? A mí también me pasó la primera vez que el eme entró en mi vida.

—¿Eme? —pregunta con curiosidad Callum desde la puerta—. ¿De Emely? ¿Tienes novia nueva, Easton? ¿Qué ha pasado con Claire?

Veo que Easton intenta contener la risa.

—Claire y yo somos historia. Pero Eme no está nada mal. —Me dedica una sonrisa traviesa.

La cabeza me duele demasiado como para devolverle la sonrisa. Entonces, Callum posa la mirada en mí y se queda claramente sorprendido.

—Ella, tienes un aspecto horrible. —La sospecha ensombrece su rostro y devuelve la atención a su hijo—. ¿En qué lío la metisteis anoche?

—Nada fuera de lo común. Parece ser que Ella no digiere bien el alcohol.

Le lanzo una mirada agradecida a Easton cuando Callum no nos mira. Supongo que la tregua también incluye cubrirnos las espaldas. Aunque tampoco es que anoche tomara drogas por voluntad propia. Cierro los puños al recordar los ojos lujuriosos de Daniel y cómo me manoseó.

—¿Te emborrachaste anoche? —Callum frunce los labios cuando se gira hacia mí.

—Un poco —confieso.

—Venga, papá, no te pongas ahora en modo «padre responsable» —añade Easton—. Me diste mi primera cerveza cuando tenía doce años.

—Y a mí con once —dice Gideon, que acaba de entrar en la cocina. Lleva el torso descubierto y tiene un arañazo bastante visible en el pectoral izquierdo. Me mira con compasión—. ¿Cómo te sientes?

—Con resaca —responde Easton por mí, y luego le lanza a su hermano una mirada cómplice cuando su padre no mira.

Callum sigue sin estar contento conmigo.

—No quiero que bebas en exceso.

—¿Estás celoso de que te quite el puesto de borracho de la familia? —interviene Easton.

—Ya basta, Easton.

—Eh, solo puntualizo lo hipócrita que eres, papá. Y, al parecer, el doble rasero con el que actúas. Si alguno de nosotros se emborracha, te la suda. Así que ¿por qué no puede hacerlo Ella?

Callum aparta la mirada de sus hijos, la posa en mí y, luego, sacude la cabeza.

—Supongo que debería alegrarme de que ahora os apoyéis mutuamente.

Oigo pasos en el pasillo y me quedó sin respiración en cuanto Reed entra en la cocina. Tiene puestos unos pantalones negros de chándal, que le quedan justo por las caderas, y el pecho desnudo y ligeramente mojado, como si acabara de salir de la ducha.

Se dirige al frigorífico sin ni siquiera mirarme.

Mi ánimo cae en picado, aunque no estoy segura en realidad de cuál es la reacción que esperaba. Haberme despertado sola ha sido un mensaje claro. Y lo que me dijo ayer —«esto no puede volver a suceder»— solo hace que el mensaje me quede todavía más claro aún.

—Ah, Ella —dice Callum de repente—. Se me olvidó decírtelo. Tu coche llegará mañana, así que ya podrás ir sola al trabajo los lunes.

Aunque me alivia que Callum por fin pueda pronunciar la palabra «trabajo» sin fruncir el ceño, me siento decepcionada. Junto a la nevera, Reed tensa la espalda. Él también sabe lo que eso significa. Se acabaron los viajes en coche a solas.

—Genial —contesto con docilidad.

—En fin. —Callum echa un vistazo a su alrededor—. ¿Qué planes tenéis para hoy? Ella, estaba pensando que tú y yo podríamos ir a…

—Voy a ir al muelle con Valerie —lo interrumpo—. Vamos a almorzar en ese restaurante de marisco que hay sobre el agua del que no deja de hablar maravillas.

Parece decepcionado.

—Ah, vale. Suena divertido. —Se gira hacia sus hijos—. ¿Alguien quiere venir a jugar al golf conmigo? Han pasado siglos desde la última vez que fuimos todos juntos.

Ni un solo hermano Royal acepta su invitación, así que cuando Callum sale de la cocina con la apariencia de un cachorrito abandonado, no puedo evitar fruncir el ceño.

—¿Ni siquiera podéis hacer un esfuerzo? —pregunto.

—Créeme, ya lo hacemos. —responde Gideon. Su comentario desdeñoso me pilla desprevenida.

Cuando se va, miro a Easton.

—¿Qué narices le pasa?

—Ni idea.

Por una vez, Easton está tan perdido como yo, pero Reed debe de saber algo que nosotros no, porque también frunce el ceño y responde:

—Dejad en paz a Gid.

Entonces él también se marcha, sin mirarme ni una sola vez. El dolor que me aplasta el corazón es mil veces peor que cualquier resaca.

Me lo paso bien durante el almuerzo con Valerie. Sin embargo, vuelvo a casa temprano porque todavía siento como si me estuvieran apuñalando con cuchillos oxidados en la cabeza. Val ríe y me dice que cuanto mayor es la resaca, mejor ha debido de ser la fiesta, y le dejo creer lo mismo que a Callum: que bebí demasiado y que ahora sufro las consecuencias.

No sé por qué no le hablo de Daniel. Val es mi amiga y sería la primera persona que haría cola para darle una paliza por lo que me hizo. Pero algo me hace no contárselo. A lo mejor es vergüenza.

No debería avergonzarme. *No debería.* No hice nada malo, y si hubiera tenido la más mínima sospecha de que Daniel era un psicópata, nunca habría ido hasta la casa de la piscina con él. Nunca.

Pero cada vez que recuerdo lo ocurrido anoche, me veo arrancándome la ropa y susurrando el nombre de Reed mientras las asquerosas manos de Daniel me manoseaban todo el cuerpo. Lo veo y me invade la vergüenza.

Ni siquiera soy capaz de distraerme pensando en lo que pasó después, en lo bueno, cuando susurré el nombre de Reed por otras razones. No puedo pensar en ello porque me entristece. Reed me deseaba anoche, y me dio tanto de sí mismo como estuvo dispuesto, pero ahora me lo ha vuelto a quitar.

Valerie me deja en la mansión y se marcha corriendo en el coche de su ama de llaves. Me ha dicho en el almuerzo que su novio vendrá a casa el próximo fin de semana, y me muero de ganas de conocerlo. Val habla tanto de Tam que tengo la sensación de que ya lo conozco.

Hace un día precioso, así que decido ponerme el bañador y tumbarme junto a la piscina un rato. Con suerte, el sol me hará sentirme humana otra vez. Cojo un libro y me acomodo en la tumbona, pero solo disfruto de veinte minutos de soledad antes de que Gideon llegue ataviado con un bañador Speedo.

De todos los hermanos Royal, Gideon probablemente sea el que menos grasa tenga en el cuerpo. Tiene el cuerpo de un nadador. Easton me contó que le dieron una beca completa de natación cuando empezó la universidad. Los gemelos insisten en que ganará la medalla de oro en las próximas Olimpiadas de verano, pero es bueno que no se celebren ningunas ahora, porque lo rechazarían en un santiamén. Sus brazadas son irregulares y su ritmo, alarmantemente lento.

Pero a lo mejor me preocupo por nada. Es decir, solo lo he visto nadar en otra ocasión. Quizá hoy esté tomándoselo con calma.

—Ella —me llama cuando sale del agua casi una hora después.

—¿Sí?

Camina hacia mí chorreando.

—Esta noche hay una fiesta en la playa. En la casa de los Worthington. —Se seca el pecho con una toalla—. Quiero que te quedes en casa.

Arqueo una ceja.

—¿Ahora eres tú el que me lleva la agenda?

—Esta noche sí. —Su tono no admite discusión—. Lo digo en serio. Mantente alejada de esa fiesta.

Después de lo de anoche, no tengo interés alguno en volver a ir a una fiesta, pero no me hace ninguna gracia que me digan qué hacer.

—Quizá lo haga.

—No me sirve un quizá. Quédate en casa.

Desaparece dentro de la casa y no pasan ni cinco minutos cuando Easton sale y se acerca a mi tumbona.

—Brent Worthington va a dar una...

—Una fiesta. Sí, ya lo sé.

Se pasa una mano por la barba incipiente que le cubre la mandíbula.

—No vas a ir.

—Has hablado con Gideon, por lo que veo.

Su expresión me revela que es así, pero entonces intenta abordar el asunto de un modo distinto y me dedica una de esas sonrisillas aniñadas suyas.

—Mira, no hay razón para que salgas, hermanita. Tómate la noche libre, relájate, ponte alguna telenovela...

—¿Telenovela? ¿Qué te crees que soy? ¿Una ama de casa cincuentona?

Easton ríe.

—Vale, entonces ponte una peli porno, pero no vendrás con nosotros esta noche.

—¿Nosotros? —repito—. ¿Reed va?

Easton se encoge de hombros. Al ver que evita mi mirada, mi enfado aumenta. ¿Qué narices tienen preparado para esta noche? El miedo me azota el vientre. ¿Irá Daniel? ¿Es esa la razón por la que quieren que me quede aquí?

No tengo oportunidad de preguntárselo, porque Easton ya se ha marchado. Suspiro, cojo mi libro e intento concentrarme en el capítulo que estoy leyendo, pero no sirve de nada. Estoy preocupada otra vez.

—Hola.

Levanto la mirada y veo a Reed acercarse. Es la primera vez que me mira a los ojos hoy.

Acomoda su ancho cuerpo en la tumbona que hay junto a la mía.

—¿Cómo te sientes?

Dejo el libro a un lado.

—Mejor. Ya no me duele la cabeza, pero todavía siento el cuerpo un poco débil.

Asiente.

—Deberías comer algo.

—Ya lo he hecho.

—Entonces come algo más.

—Créeme, estoy llena. —Esbozo una sonrisa—. Valerie me ha obligado a comer un montonazo de gambas y patas de cangrejo en el almuerzo.

Se le crispan los labios.

Sonríe, suplico en silencio. *Sonríeme. Tócame. Bésame. Lo que sea.*

La sonrisa no aparece.

—Escucha, lo de anoche... —Se aclara la garganta—. Necesito saber una cosa.

Frunzo el ceño.

—Vale.

— ¿Te...? —Exhala—. ¿Crees que me aproveché de ti?

—¿Qué? Por supuesto que no.

Pero la intensidad con la que me mira a los ojos no disminuye.

—Sé directa conmigo. Si sientes que me aproveché de ti o que hice algo que no querías... tienes que decírmelo.

Me siento y me inclino hacia él para tomar su rostro con ambas manos.

—No hiciste nada que no quisiera.

El alivio se hace patente en su expresión. Cuando le acaricio el mentón con los pulgares, se le entrecorta la respiración.

—No me mires así.

—¿Cómo? —susurro.

—Ya sabes cómo. —Gime, me aparta las manos de su cara y se pone de pie con inseguridad—. No puede volver a pasar. No dejaré que vuelva a pasar.

La frustración hace mella en mí.

—¿Por qué no?

—Porque no está bien. No... No te deseo, ¿vale? —Me mira con desagrado—. Anoche solo me porté bien contigo porque estabas hasta arriba de éxtasis y necesitabas alivio. Solo te hice un favor, ya está. No te deseo.

Se marcha antes de que responda. O mejor dicho, antes de lo llame mentiroso. ¿Que no me desea? Y una mierda. Si no fuera así, entonces no me habría besado como si estuviera hambriento y yo fuera su única fuente de alimento. Si no me deseara, no habría venerado mi cuerpo como si fuese el mayor regalo que ha recibido nunca, ni me hubiera abrazado hasta quedarme dormida.

Miente, y ahora estoy más preocupada que nunca. No solo siento preocupación; también determinación, porque está claro que Reed Royal tiene secretos que no soy siquiera capaz de descifrar.

Pero lo haré. Lo averiguaré todo. Por qué se aleja de mí, por qué se siente indigno, por qué finge que no hay nada entre nosotros cuando ambos sabemos que eso no es cierto. Descubriré todos sus secretos, sí.

Lo cual significa que… al final iré a otra fiesta esta noche.

Capítulo 26

Necesito refuerzos o, como mínimo, información. Por lo que ha dicho Gideon, los Worthington viven en la playa y lo bastante cerca como para oír ruidos provenientes de allí desde la propiedad de los Royal. También deben de tener hijos de la misma edad que los hermanos Royal. Pero eso es todo lo que se.

Está bien conocer a alguien que se entera de todos los cotilleos.

Valerie responde al primer tono.

—¿Necesitas más marisco? Ya te dije que la mejor cura para la resaca es la comida.

Solo de pensar en tener que comerme otro molusco más, me entran ganas de vomitar.

—No, gracias. Me preguntaba si ya habías terminado de hablar por Skype con Tam y querías venirte a espiar a los Royal conmigo.

Valerie coge aire.

—Enseguida voy.

—Eh —la interrumpo antes de que cuelgue—. ¿Tienes coche?

—No. ¿Y no puedes pedirle a alguno de los hermanos que me recoja, no? —pregunta lastimeramente.

—No te preocupes. Durand te recogerá. Dios, en cuanto le diga a Callum que quiero traer una amiga a casa, hasta él se ofrecerá voluntario.

—Oh, Callum. Bien. Está bueno para ser mayor.

—Qué asco, Valerie. Tiene más de cuarenta años.

—¿Y? Él es lo que llaman un madurito buenorro. ¿Sabes a quién le interesan?

—Ni idea. ¿A una de las chicas pastel?

—Dios, no. Esas no sabrían qué hacer con un hombre adulto, y menos con uno con unas cuantas décadas en cada pierna. ¡La hermana mayor de Jordan! Tiene veintidós años y trae constantemente a hombres mayores a casa. El último hasta tenía el pelo canoso y te juro que era mayor que el tío Brian. No termino de decidir si es superpervertida y esos son los únicos tíos que saben lo que se hacen, o si tiene problemas con su papaíto.

—Entonces el insulto que le solté a Jordan en su fiesta dio un poco en el clavo, ¿no?

—Probablemente no ayudara —responde Valerie alegremente.

—Voy a colgar, porque estoy considerando muy seriamente vomitar todo lo que he comido después de haber tenido esta conversación. —Suelto el teléfono e intento borrar de mi cerebro cualquier imagen de Callum haciendo cosas pervertidas.

Por suerte, Durand está disponible y puede traer a Valerie a casa enseguida.

—Guau, este cuarto es tan... —Busca la palabra adecuada mientras observa mi habitación con la boca abierta.

Le ofrezco unas cuantas palabras.

—¿Juvenil? ¿Femenino? ¿Un homenaje al fracaso del Día de San Valentín?

Se tira de espaldas sobre la colcha rosa de volantitos rosa.

—Interesante.

—Sí, podría calificarse así. —Me acomodo en la silla de pelo blanca del tocador y observo a Valerie ondear las cortinas de gasa que cuelgan de los cuatro postes de la cama—. ¿Quieres algo de beber? Tengo hasta una mininevera. —Abro la puerta de cristal del frigorífico situado bajo la mesita del tocador.

—Vale. Lo que sea, pero *light*. Aunque sea rosa, es una habitación genial. Televisión, una cama pija. —Toca la colcha—. ¿Es de seda?

Tengo la mano metida en la nevera cuando suelta esa bomba.

—¿Duermo sobre una colcha de seda?

—Técnicamente duermes debajo. Es decir, no tienes por qué, pero se supone que tienes que dormir sobre las sábanas y bajo el cubrecama. —Valerie parece preocupada, como si mi ocurrencia fuera tan extraña que sospechara que no sé de la existencia de las sábanas. Tristemente, no dista mucho de la realidad.

—Eso lo sé, listilla. —Saco una Coca-Cola *light* y se la tiendo. Abro otra para mí—. Pero es raro. He cambiado los sacos de dormir por colchas de seda o... perdona, cubrecamas —me corrijo antes de que ella lo haga. Pero basta de cháchara sobre ropa de cama. Necesito información—. Dime todo lo que sepas sobre los Worthington —ordeno.

—¿Los Worthington de la compañía telefónica o los de la inmobiliaria? —pregunta todavía con la lata en la boca.

—Ni idea. Viven cerca de aquí y dan una fiesta en la playa esta noche.

—Oh, entonces son los de la telefónica. Viven como cinco casas más abajo. —Levanta la lata—. ¿Tienes posavasos?

Le lanzo una libreta que usa para apoyar la lata.

—Brent Worthington está en último curso. Es superestirado, aunque es más por el apellido que por el dinero. Los padres de su novia Lindsey se declararon en bancarrota hace un par de años y sacaron a Lindsey del Astor Park porque no podían permitirse pagar la matrícula, pero Brent no cortó con ella porque es una Dar.

—¿Y a qué se dedican los Dar?

Valerie ríe y niega con la cabeza.

—No, ese no es su apellido. Es miembro de las Hijas de la Revolución Americana, viene de las siglas en inglés. Su árbol genealógico se remonta hasta los tres primeros barcos que llegaron desde Inglaterra.

—¿Esa sociedad existe? —la miro con la boca abierta.

—*Sip*. ¿Y qué pasa?

—Los Royal van a estar ahí esta noche y me han dicho que me mantenga alejada.

—¿Por qué? Esas fiestas son bastante sosas en comparación con todas las que celebran el resto de estudiantes de nuestra edad. Cierran todas las puertas de la casa porque Brent no quiere que nadie se acueste con nadie en las habitaciones. Solo se puede utilizar un baño y está en el patio. La casa de la piscina también está cerrada. Brent contrata un *catering* y le gusta que todo el mundo vaya vestido como si fuera a subirse a un yate. Si hasta se pone una americana y todas las chicas llevan vestidos. Sin excepciones.

Suena horrible. Si los Royal me hubiesen hecho este resumen, no habrían tenido ni que advertirme. Pero lo han hecho, y eso significa que ocurrirá algo que no quieren que vea o en lo que no quieren que me inmiscuya.

—¿Invitarían a Daniel Delacorte?

Reflexiona y luego asiente despacio.

—Sí. Su padre es juez. Creo que Daniel también quiere serlo, y tener amigos jueces nunca viene mal, ¿verdad?

Se me ocurre que así es cómo los ricos se vuelven más ricos todavía. Crean los vínculos cuando están en secundaria, o incluso antes, y cuando crecen, simplemente siguen rascándose la espalda mutuamente.

—¿Pasó algo entre Daniel y tú la otra noche? Sé que tenías resaca, pero Jordan dijo que estabas tan borracha que Reed tuvo que sacarte en brazos de la casa de Farris. ¿No hizo... nada? —Parece preocupada.

No quiero contarle a Valerie lo horrible que fue esa noche, pero si va a involucrarse, se merece que le cuente algo.

—Se pensaba que era fácil, y no lo soy. Y a los Royal no les gusta cuando se meten con su medio hermanastra. Dejémoslo ahí.

Hace una mueca.

—Dios, qué gilipollas. Pero, ¿por qué estoy aquí si los Royal ya van a efectuar su venganza?

—No sé si eso es lo que harán, solo sé que tres de ellos me dijeron que no fuera a la fiesta de los Worthington esta noche, pasase lo que pasase.

A Valerie se le iluminan los ojos.

—Me encanta que no te importe lo que los Royal piensen. —Se baja de la cama de un salto y abre la puerta de mi armario—. Veamos qué vestidos tienes que pasen el filtro de los Worthington.

Me bebo el resto de mi Coca-Cola mientras Valerie rebusca y desecha prenda tras prenda.

—Necesitas más ropa. Hasta los Carrington me llenan el armario con cualquier cosa que quiera. Así mantienen las apariencias, ya sabes. No sabía que Callum fuera tan tacaño contigo.

—No lo es —respondo en defensa de Callum—. Tuve que ir de compras con Brooke, y los sitios a los que me llevó eran demasiado caros.

—Todo lo que hay por aquí es caro. —Valerie sacude la mano—. Considéralo como una extensión de tu uniforme. Además, si vistes mal, la gente pensará lo mismo que yo: que Callum es un agarrado contigo. ¡Ajá! —Saca un vestido azul marino de mangas diminutas y escote bien pronunciado en V ribeteado con encaje blanco. No recuerdo haberlo visto, lo cual significa que Brooke debió de haberlo cogido cuando yo no miraba—. Este es mono. Tiene un buen escote y es *sexy* sin parecer que estás ofreciendo tus servicios por cincuenta pavos.

—Me fiaré de tu buen juicio. —En mi antiguo trabajo, hacía falta un escote muchísimo más bajo para ganarte cincuenta pavos. Cruzo la habitación y empiezo a cambiarme. Está haciéndose tarde y quiero asegurarme de que nos marcharemos a la fiesta antes de que empiecen los fuegos artificiales.

—¿Te importa si te cojo prestado este vestido? —Valerie se prueba un vestido blanco de encaje por encima.

—Todo tuyo. —Es tres centímetros más baja que yo, y dado el largo de la falda, esta debería llegarle por la mitad del muslo—. Por curiosidad, ¿cuántos vestidos me hacen falta? Dos me parecen bastantes.

—Un par de docenas.

Me giro, pero Valerie parece decirlo totalmente en serio.

—Estás de coña, ¿no?

—No. —Vuelve a colgar el vestido en el armario y empieza a contar con los dedos—. Necesitas vestidos de tarde, náuticos, para salir, tanto al club como a las discotecas, vestidos para fiestas de jardín, para las fiestas oficiales del colegio, para después de clase, para bodas, funerales… —Me da vueltas la cabeza.

—¿Has dicho funerales? —la interrumpo.

Valerie levanta un dedo y me guiña un ojo.

—Solo era para asegurarme de que prestabas atención. —Ríe cuando pongo los ojos en blanco y empieza a desvestirse—. Te hace falta más ropa de la que tienes. Las apariencias importan, hasta para los Royal. —Su voz se oye amortiguada cuando se quita la camiseta por la cabeza—. Por ejemplo, si dices algo mínimamente malo de Maria Royal, todos sus hijos se vuelven locos. A Reed casi lo encierran en el calabozo por pegarle a un chico del instituto South East por decir que se suicidó tomándose unas cuantas pastillas de más.

—¿Acusó a Maria de suicidarse? —exclamo, sorprendida.

Valerie mira a ambos lados como si esperara ver a Reed aparecer de repente y echársele encima. Luego baja la voz.

—Es un rumor, uno que no les gusta a los Royal. Si incluso demandaron al médico de Maria por negligencia.

—¿Ganaron?

—Llegaron a un acuerdo, y el médico dejó la profesión y el estado, así que… ¿Sí?

—Guau.

—En fin —continúa Valerie—, se muestran muy protectores cuando se trata de su madre, y supongo que es importante que la gente ajena a la familia crea que te tratan bien.

Se me enciende la bombilla de repente. ¿Eso es lo que hace Reed? ¿Asegurarse de mantener la reputación de la familia? No, no puede ser. Todo lo que hicimos aquí, encima y debajo de esa colcha de seda, fue privado y no tuvo nada que ver con la reputación de los Royal.

Miro el reloj. Tengo que darme prisa. Me cambio corriendo, pero cuando me miro en el espejo, veo un problema.

—Val, tiene mucho escote. —Me giro para que vea que el lacito blanco de mi sujetador queda a la vista.

Se encoge de hombros.

—Tendrás que ir sin sujetador. Ponte tiritas si te preocupa que se te noten los pezones.

—Sí, supongo que tendré que hacer eso. —Aunque estar en el mismo código postal que Daniel sin llevar sujetador me echa un poco para atrás.

Tardamos otra media hora en arreglarnos el pelo y maquillarnos. Yo soy la que maquilla a Valerie, en realidad. Le ha impresionado toda la cantidad de productos de maquillaje que he llegado a acumular.

—Puede que te hagan falta vestidos, pero tu kit de maquillaje es la leche —exclama.

—Gracias, pero, si no te callas, te mancharás los dientes de pintalabios. —Muevo de un lado al otro y de forma amenazante el pintalabios, y ella cierra la boca, obediente.

En cuanto estamos listas, esperamos a que los Royal se vayan. Oímos unos cuantos portazos y pisadas en el pasillo. Al menos un par de ellos se detienen frente a mi puerta.

Se escucha un golpe ensordecedor que hace que me encoja, seguido de la voz de Easton.

—¿Estás bien? Volveremos a casa pronto.

—No me importa —grito, fingiendo estar enfadada—. Y no vuelvas a llamar a mi puerta. Estoy cabrada contigo. Con todos vosotros.

—¿Hasta con Reed? —bromea Easton.

—Todos.

—Oh, venga, vamos, hermanita. Es por tu propio bien.

De repente, ya no tengo que fingir mi ira.
—Vosotros no sabríais qué es lo mejor para mí ni aunque os lo pusiera delante de las narices una chica Playboy.
Valerie levanta los dos pulgares en mi dirección para animarme.
Easton suelta un suspiro exagerado.
—Por supuesto que no vería nada si tuviera a una chica Playboy delante. Estaría demasiado ocupado mirándole las tetas como para prestar atención a cualquier otra cosa.
Valerie no es capaz de aguantar la risa.
—Ni se te ocurra —susurro—. Solo le darás bola.
—Te he oído, y sí, me la ha dado —responde Easton desde el otro lado de la puerta—. Volveremos en un par de horas. Espéranos y vemos luego una peli.
—Vete, Easton.
Se va.
—Easton es adorable. Si no estuviera tan enamorada de Tam, iría a muerte a por él —admite Valerie.
—No creo que atraparlo sea el problema —replico con sequedad.
—¿No? ¿Entonces cuál?
—Conservarlo.

Capítulo 27

Valerie y yo bajamos por la orilla hacia la casa de los Worthington con los zapatos en la mano.

—¿Cómo hacen para evitar que la gente se cuele en la fiesta? —pregunto con curiosidad—. ¿No puede entrar cualquiera por la playa?

—Se darían cuenta de que no estás invitado solo por la ropa. Además, los únicos que tienen acceso a esta playa viven en ella, y a menos que puedas permitirte un apartamento de diez millones de dólares, no caminarías sobre esta arena.

—¿Nos obligarán a marcharnos? —Ni siquiera se me había ocurrido planteármelo porque nunca había asistido a una fiesta como esta.

—No, porque eres Ella Royal y, aunque yo soy un familiar lejano, mi apellido sigue siendo Carrington.

No nos acercamos lo bastante como para toparnos con Brent Worthington, porque los cinco hermanos Royal están agrupados al borde de la propiedad. Traman algo, tal y como sabía que harían. Y está clarísimo que es en contra de Daniel, porque, ¿contra quién más podría ser?

Si alguien merece vengarse, soy yo. Me acerco con paso diligente a su grupo y ni siquiera se dan cuenta.

—Hola, hermano mayor, ¿qué pasa? —Doy un golpecito a Gideon en la espalda.

Reed se gira y me reprende el primero.

—¿Qué haces aquí? Te dije que te quedaras en casa.

—Y yo. —Gideon me mira con expresión seria.

—Y yo. —Easton aporta su granito de arena.

—¿Y vosotros dos? —miro directamente a los gemelos, vestidos con pantalones cortos de color caqui y polos blancos con un lagarto en el pectoral izquierdo idénticos. Parpadean con inocencia. Es imposible diferenciarlos esta noche, que puede que sea lo que le guste a su novia. Voy a tener que marcar a uno con pintalabios antes de que acabe la noche—. Bueno, tengo noticias de última hora para vosotros: no soy un perro. No me voy a quedar sentada y quieta porque me lo ordenéis. ¿Y por qué tenía que mantenerme alejada, eh? ¿Aquí las bebidas también tienen droga?

Detrás de mí, Valerie ahoga un grito, lo cual hace que todos los hermanos Royal me atraviesen con la mirada.

—No —contesta Gideon—, pero si pasara algo malo, papá no se enfadaría tanto si estuvieses en casa, metida en la cama.

—O enrollándote con Valerie —interviene Easton—. Pero que estuvieras en casa y en la cama eran los puntos importantes —añade precipitadamente cuando recibe miradas mortíferas.

—Si te ve aquí, puede que Daniel se huela que estamos preparando algo —dice Reed, que frunce el ceño todavía más.

Valerie se coloca a mi lado.

—Si el plan era no levantar sospechas, entonces Easton tendría que estar metiéndole la lengua hasta la campanilla a alguien; Reed, susurrándole cositas a Abby... —Puaj—; Gideon debería estar liado con cosas de la universidad; y vosotros dos —dice, mientras bambolea el dedo entre los gemelos—, deberíais estar tomándole el pelo a alguien, porque no hay forma de distinguiros, por Dios.

Easton finge toser para esconder una risotada mientras los dos gemelos miran a todos sitios menos a Valerie. Reed y Gideon intercambian una mirada. En lo que respecta a los hermanos Royal, estos dos están al mando. Al menos esta noche.

—Ya que estás aquí, no hay razón para mandarte de vuelta a casa, pero este es un asunto de los Royal. —Gideon dedica una mirada mordaz a Valerie.

Ella es rápida.

—De repente me ha entrado mucha sed. Creo que voy a ir a pedir una copa de champán.

En cuanto Val se va, me froto las manos.

—¿Cuál es el plan?

—Reed va a iniciar una pelea y le va a dar la paliza del siglo a Daniel —me informa Easton.

—Ese plan es horrible.

Todos se giran de nuevo hacia mí. Ser el centro de las miradas de los cinco hermanos Royal resulta un poco abrumador.

Me centro en Reed y en Gideon, los dos a los que tengo que convencer.

—¿Creéis que podéis provocar a Daniel para que participe en una pelea? —Ambos hermanos se encogen de hombros—. Y por supuesto creéis que va a funcionar porque todos vosotros lucharíais por defender vuestro nombre. Pero ese tío no tiene honor. No es un luchador justo. Es del tipo de tío que droga a una chica porque no tiene la suficiente confianza o paciencia como para ganársela por las buenas. Es un cobarde. —Muevo una mano por encima del cuerpo exageradamente torneado de Reed—. Reed tiene diez kilos de músculo y pelea con regularidad.

—¿Sabe lo de las peleas? —interrumpe Gideon. Reed asiente con brusquedad y Gideon nos dedica un capirotazo a los dos como si estuviese harto de nuestras niñerías.

—Pero se defenderá —argumenta Reed.

—Te apuesto cien pavos a que se reirá y dirá que sabe que vas a ganar. Luego, si intentas presionar el tema, parecerás tú el malo.

—No me importa.

—Vale. Si lo que queréis es darle una paliza, entonces id y hacedlo. —Señalo al jardín trasero, que empieza a abarrotarse de gente.

—Reed no puede ser el que lance el primer puñetazo —interrumpe Easton.

Miro a todos los hermanos de forma intermitente, confusa.

—¿Es alguna especie de regla en vuestro club de la lucha?

—No. Papá pilló a Reed peleándose hace unos meses. Dijo que si lo pillaba peleándose otra vez, mandaría a los gemelos a la academia militar.

Guau, eso es malvado. Sé que a Reed no le importaría ir a la academia militar —o, al menos, no tanto—, pero sí que no le gustaría nada que fueran los gemelos. Callum no deja de sorprenderme.

—¿Entonces no puedes pegar a nadie, nunca?

—No, no puedo asestar puñetazos a menos que sea para defenderme a mí mismo o a algún miembro de la familia de un daño inminente. Esas fueron sus palabras exactas —responde Reed entre dientes—. Si tienes una idea mejor, escúpela.

No la tengo y ellos lo saben. Gideon sacude la cabeza e incluso Easton parece estar decepcionado conmigo. Observo el oscuro cielo azul, el mar, después, la casa y, por último, a los hermanos. Se me enciende una bombilla.

—¿Los Worthington tienen casa de invitados junto a la piscina?

—Sí —contesta Reed con tiento.

—¿Dónde está? —La casita de la piscina de los Royal está hecha casi entera de cristal, así que se ve el mar por un lado y la piscina por el otro. Tiro del brazo de Reed—. Enséñamela.

Reed me ayuda a subir por la cornisa de rocas y a saltar hasta el jardín trasero de la casa. Señala una estructura oscura que se alza justo en el filo del suelo de cemento que hay alrededor de la piscina grande y rectangular.

—Worthington la tiene cerrada.

—Entonces nadie puede acostarse con nadie allí dentro. Valerie me lo ha dicho. —Es perfecto.

Dirijo la mirada hacia los gemelos.

—Si el plan implica tener que vestirme de tía, paso. —Sawyer levanta una mano. Al menos creo que es Sawyer por la quemadura apenas visible que tiene en la muñeca.

—Voy a por Valerie. Hacen falta dos de nosotros. Y también voy a necesitar a los dos gemelos. El resto, fingid que estáis en una fiesta. Cuando sea la hora, Sawyer saldrá y os lo dirá. Tendréis que reunir a tanta gente como sea posible junto a la piscina. Y tened las cámaras preparadas.

—¿Qué tienes en mente, hermanita? —Easton se acerca a mí.

—No hay nada peor que una mujer menospreciada o una chica drogada en contra de su voluntad —digo con voz misteriosa antes de salir corriendo en busca de Valerie.

La encuentro hablando con Savannah a medio camino entre la playa y la piscina, lo cual es una serendipia perfecta.

—Eh, ¿puedo hablar con vosotras un momento?

Valerie tiene que arrastrar a Savannah, pero me las arreglo para secuestrarlas a ambas y llevarlas a un lado.

Me dirijo a Savannah primero.

—Mira, me gustaría disculparme por no haberte escuchado la otra noche. Me sentía sola y deseaba a alguien a quien no podía tener, así que pensé que sería buena idea pasar un rato con Daniel. Fue un error.

Frunce los labios, pero luego sus barreras de hielo se derriten, bien por mi honesto arrepentimiento o por nuestro odio mutuo hacia Daniel.

—Acepto tu disculpa —responde, tensa.

—Oh, Sav, sácate el palo del culo —la reprende Valerie—. Estamos aquí para devolvérsela a Daniel. ¿Verdad, Ella?

Savannah, interesada, arquea una ceja en mi dirección y yo asiento con entusiasmo.

—Este es el plan.

Después de explicarles los detalles, Valerie parece divertida. Pero Savannah se muestra escéptica.

—¿De verdad crees que va a caer en la trampa?

—Savannah, el chaval droga a chicas para acostarse con ellas. No va a rechazar mi oferta. Le gusta dárselas de jefecillo, y eso es lo que vamos a utilizar en su contra.

Levanta un hombro con elegancia.

—Vale. Me apunto. Acabemos con ese cabrón.

Daniel está sentado en una tumbona junto a la piscina con una Heineken en una mano y el muslo de una chica jovencita en la otra. Debe de ser de primer año. Un renovado sentido de la justicia se apodera de mí. Hay que detener a Daniel. Tal y como dijo Savannah, ya es hora de acabar con él.

—Hola, Daniel. —Adopto el tono de voz más sumiso que soy capaz de ofrecer.

Él levanta la cabeza y busca entre la multitud a los hermanos Royal. Al no verlos, se vuelve a acomodar y estrecha a la chica más contra su costado, casi como si fuese un escudo.

—¿Qué quieres? Estoy ocupado.

Arrastro la punta de mi manoletina en el suelo de cemento.

—Quería disculparme por lo de la otra noche. Sobre... sobreactué. Eres Daniel Delacorte y yo... —digo, e intento contener una arcada involuntaria—, una don nadie.

La chica se remueve, incómoda.

—Mmm... creo que he oído a mi hermana llamarme.

Se aparta de la mano de Daniel. Cuando Daniel protesta, yo intervengo.

—Solo necesito a Daniel un minuto y luego es todo tuyo.

Daniel sonríe con suficiencia.

—¿Solo un minuto? Yo duro muchísimo más.

La chica suelta una risita nerviosa y sale corriendo. Lo pillo. Es muy raro ver cómo alguien se humilla. En cuanto ya no nos oye, la sonrisa despreocupada de Daniel se transforma en otra amenazadora.

—¿A qué estás jugando?

—Quiero otra oportunidad. —Me inclino para que vea mi escote—. Cometí un error. Si me hubieses dicho lo que querías, no habría sobreactuado. —Dios, no me puedo creer que tenga que decir estas tonterías.

Su mirada baja hasta mis pechos y se relame los labios como un cerdo asqueroso.

—Los Royal no parecían muy contentos.

—Se enfadaron porque monté una escena. Quieren que me calle y sea invisible.

—Y, aun así, aquí estás.

—Su padre los obligó a traerme.

Frunce el ceño.

—¿Entonces quieres devolvérsela? ¿Es eso?

—¿Francamente? Sí —miento, porque centrarme en los Royal puede ser algo que le llame la atención—. Estoy harta de que esos imbéciles me obliguen a actuar como algo que no soy. —Me encojo de hombros—. Me gusta salir de fiesta y pasármelo bien. Intentaba actuar con decencia por ellos, pero... no soy así.

Daniel parece intrigado.

—Dejemos de fingir. Estoy interesada en lo que quieras, y no solo yo. —Señalo a una zona difusa a mi espalda—. ¿Conoces a Valerie, verdad? —Daniel asiente y vuelve a bajar la mirada hacia mi escote—. Le hablé de tus amigas, Zoe y Nadine. Y está interesada. Hemos pensado que... —Apoyo una mano junto a la rodilla de Daniel y acerco los labios a su oreja—. Hemos pensado que podríamos enseñarte lo que las chicas de Astor Park saben hacer. Ambas somos bailarinas, ¿lo sabías?

—¿Ah, sí? —Se le iluminan los ojos.

—Y puedes hacer lo que quieras con nosotras —lo tiento.

Ahora parece más que interesado.

—¿Cualquier cosa?

—Lo que quieras... y más. Tráete la cámara, si quieres. Puede que quieras inmortalizar algún momento.

—¿Dónde? —Desliza la mano entre sus piernas. Puaj, ¿se está tocando delante de mis narices? Cierro la boca para no vomitarle en el regazo.

—La casita de la piscina. He abierto la cerradura. Nos vemos allí en cinco minutos.

Me alejo sin mirar atrás. Si he juzgado mal a Daniel, el plan no funcionará y tendré que tragarme mis palabras con los hermanos Royal. Pero no creo haberme equivocado. Daniel Delacorte tiene la oportunidad de degradar a dos don nadie y hacerles fotos para enseñárselas a todos sus amigos pervertidos. Ni de coña va a dejar pasar esta oportunidad de oro.

Cuando entro en la pequeña estructura, Valerie aparece junto a una de las dos sillas que ella y Savannah han arrastrado desde el ventanal que va desde el suelo hasta el techo. Al igual que la casa de la piscina de los Royal, esta también está hecha casi por completo de cristal, así que nada tapa las vistas al mar. Sin embargo, hay sombras, y las dos chicas las han aprovechado todas.

—Me gusta cómo lo has decorado —bromeo.

Valerie me lanza algo que agarro gracias a mis reflejos. El cinturón de una bata.

—Gracias, hemos optado por ir a lo minimalista. Savannah y yo pensamos que nuestro trabajo se vería mejor si no había distracciones. ¿Te parece bien el cinturón?

Vuelvo a pensar en el yate y en Reed.

—Servirá. —Me lo enrollo en la muñeca—. ¿Dónde está Savannah?

—Estoy en el baño —susurra.

Unos golpes secos en la puerta nos avisan de la llegada de Daniel.

—Que comience el espectáculo —murmuro, y luego abro la puerta.

Capítulo 28

—Por un momento he pensado que me estabas tendiendo una trampa, pero acabo de ver a los Royal bebiendo. Reed parece que por fin va a hincarle el diente a Abby esta noche. —Daniel me recorre con la mirada de forma insolente y luego la desvía hacia Valerie—. Y tú, Val. Nunca habría sospechado que fueras una chica tan pervertida. Pero a lo mejor debería haberlo imaginado.

Porque eres tanto vulgar como barriobajera, añado por él en silencio.

Valerie retuerce la boca y hace una mueca visible. Como no está haciendo muy buen trabajo fingiendo estar cachonda por Daniel, me precipito a distraerlo.

—¿Qué quieres hacer primero? —Le acaricio los hombros y lo guío hasta la mesa que hay en medio de la estancia. Debe de pesar demasiado para que Valerie y Savannah pudieran moverla.

—¿Y si os lo coméis la una a la otra? —sugiere.

—¿Sin preliminares? ¿Directos a la acción? —Lo empujo hacia la mesa con más fuerza de la necesaria—. Creo que necesitas una lección sobre ellos. Deja que te bailemos un poco.

Se apoya sobre los codos y nos asiente con aire de superioridad.

—Vale. Pero quiero ver cómo os tocáis y mucha piel.

Valerie recupera la compostura y da un paso hacia delante.

—¿Y si te damos un masaje? ¿Alguna vez te han dado uno?

—¿Un masaje? Claro, me los dan continuamente en el club de mi padre.

—¿Pero con dos chicas y final feliz? —Menea los dedos—. Como ha dicho Ella, no precipitemos las cosas. Podemos darte un masaje y luego nos verás hacer lo que tengamos que hacer. Al fin y al cabo, tú deberías correrte primero.

Daniel valorar su oferta durante un momento y luego accede.

—Sí, suena bien. Vosotras, zorras, podéis esperar a que llegue vuestro turno. —Nos guiña el ojo al final para que nos tomemos el comentario de zorras como una broma. Ninguna de las dos reímos y tenemos que hacer acopio de todas nuestras fuerzas para no darle un puñetazo en esa cara engreída que tiene.

—Deja que te ayude a quitarte la ropa —digo con dulzura.

Por suerte, Daniel no sospecha nada. Se mostraría receloso de Reed o Gideon, pero no de dos chicas vulgares que, de no ser por sus familiares ricos, seguramente se dedicarían a hacer la calle. Así es cómo funciona su mente, y gracias a ello esta farsa es posible. Porque él es Daniel Delacorte, hijo de un juez, jugador de *lacrosse,* un tipo con una reputación impoluta del que nadie sospecharía que fuese tan cabrón. No dudo ni por un segundo que la prima de Savannah provenga de una rama de la familia con menos éxito.

Valerie y yo nos preparamos para ponerle las manos encima a Daniel, pero para nuestro alivio, no necesita ayuda. Se quita los pantalones cortos, los bóxers y la camiseta antes de que podamos respirar.

—Alguien está ansioso —murmura Valerie.

Daniel se relame los labios.

—¿Dónde queréis que me ponga?

Val se lleva las manos a las caderas y finge pensar en su pregunta.

—¿Qué tal allí? —Señala al nido de almohadas situado justo en frente del ventanal.

Daniel se dirige hacia allí y se arrodilla sobre los suaves almohadones.

—No olvidéis que no quiero que uséis los dientes. Cubridlos con vuestros labios.

Esa es la última instrucción que me va a dar en su vida, pienso, y luego, como si nada, cojo un cuenco de fruta de la mesa y le golpeo en la cabeza con él.

Él se echa hacia atrás con un grito.

—¿Qué cojones? —Sorprendido, se lleva una mano a la coronilla.

—Te dije que un bol era demasiado debilucho —dice Savannah, que sale del cuarto de baño. Antes de que Daniel salga corriendo, agita un bote de laca para el pelo y le echa *spray* en toda la cara.

—¡Hijas de puta! ¡Estáis muertas! —Ruge Daniel. Se tambalea hacia la izquierda y se choca contra el ventanal.

Las tres nos reímos.

—No quiero matarlo, solo lisiarlo —le recuerdo a Savannah—. ¿Qué tal ese candelabro? —Balanceo la pesada arma de plata y golpeo a Daniel en el hombro. Savannah coge el otro y lo golpea en la cabeza, y Daniel cae inconsciente.

Valerie coge una cinta y me lanza la otra a mí.

—Tienes razón, Ella. Este tío es un pervertido.

Lo atamos como a un pavo en Navidad lo más rápido posible. Con Daniel temporalmente fuera de combate, resulta fácil amarrarle las manos a la espalda, los tobillos y luego atar otra cinta entre las dos ataduras.

—Qué mal que no tengamos cinta adhesiva. —Agarro un plátano del suelo y lo lanzo al aire—. Podríamos meterle esto por el culo.

—Eso sería la caña —se jacta Valerie.

Savannah frunce el ceño.

—Tengo algo para meterle por el culo.

Se acerca con paso firme, echa hacia atrás la pierna y le da la patada más fuerte que haya visto dar a alguien fuera de una película. Al parecer, haberle estampado un candelabro de casi tres kilos en la cabeza no ha disminuido la ira que siente hacia él.

El impacto de su delicado pie contra su trasero es sorprendentemente fuerte. Saca a Daniel de su estupor, que suelta un alarido de dolor. Una sonrisa maligna aparece en el rostro de Savannah. Valerie y yo la vemos inclinarse hacia él para susurrarle algo al oído, algo que lo hace temblar.

Luego Savannah se endereza y se pasa una mano por el pelo para alisárselo.

—He terminado. No quiero pasar ni un minuto más con este cerdo.

—Espera —dice Valerie. Nos giramos y la vemos lanzar una manzana al aire.

Esbozo despacio una amplia sonrisa.

—¿Estás pensando lo mismo que yo? —pregunto. El plan es malvado. Me encanta.

Savannah empieza a reír. Y ríe con tantas ganas que casi no puede ayudarnos a abrirle la boca a Daniel y meterle la manzana dentro, pero un chico desnudo y aturdido no es rival para las tres.

—Vamos. —Corro hacia la puerta y encuentro a Sawyer allí—. Estamos listas.

—Nosotros también —responde con una sonrisa de oreja a oreja—. ¿Lo habéis matado? Porque ese golpe ha sonado muy mal.

—Creo que Savannah quería hacerlo, pero la hemos contenido.

—Siempre me ha gustado esa chica —dice Sawyer.

Me doblo hacia atrás y le indico a las chicas que salgan. Savannah y Valerie salen por la puerta corredera que da a la playa. En cuanto han llegado a la orilla, enciendo las luces y pulso un botón para abrir las cortinas. Los Worthington nos lo han facilitado todo. Mientras las luces se encienden y las cortinas se abren, Sawyer y yo echamos a correr tras las chicas, a quienes encontramos junto a Sebastian.

En cuanto llegamos, Seb coloca un brazo por encima de los hombros de Valerie y Savannah.

—No puedo creerme que nos estemos perdiendo el espectáculo —dice con tristeza.

A mí también me repatea, pero decidimos que no era buena idea que las chicas y yo formáramos parte de la multitud cuando la gente encontrara a Daniel. Si alguno de sus amigos averigua que hemos sido las culpables, puede que se vuelvan en nuestra contra. Los gemelos están aquí como nuestros guardaespaldas en caso de que eso ocurra.

Nos quedamos de pie y esperamos, prestando atención por si escuchamos los sonidos que nos indicarán que ya han descubierto a Daniel atado y expuesto como un cerdo en una fiesta hawaiana.

Lo primero que oímos es un coro de gritos ahogados. Se oye un grito que no somos capaces de descifrar y luego hay un momento de silencio. Tras lo que me parece un largo rato, pero que debe de ser como una eternidad para el desnudo y atado Daniel, escuchamos unos gritos: «¡Ay Dios!» y «Joder, ¿ese es Daniel Delacorte?». Otras voces se unen hasta que parece que todos los invitados comentan la escena que tienen frente a ellos.

Se oyen aplausos, silbidos y gritos, y por alguna razón empiezo a temblar. Tiemblo tanto que tengo que apoyarme en Sawyer. Él me rodea con un brazo y me acaricia un costado.

—No... no sé por qué me siento tan débil —tartamudeo.

—El chute de adrenalina se te está acabando. —Rebusca en su bolsillo y me tiende unos caramelos blandos de menta—. Es todo lo que tengo. Lo siento.

—No pasa nada —murmuro y me meto dos en la boca. Me concentro en masticar las chuches, y no sé si es la pequeña cantidad de azúcar la que me ayuda o el centrarme en algo distinto a la treta en la que acabo de participar, pero los temblores cesan y empiezo a entrar en calor—. ¿Dónde están los demás?

Sebastian me dedica una mirada divertida, como si supiera exactamente por qué Royal estoy preguntando.

—Viendo la humillación de Daniel con el resto del Astor Park y cerciorándose de que la historia que se extienda sea la correcta.

—¿Qué historia?

—La verdad. Que una chica le ha dado una paliza.

—Tres chicas —lo corrijo.

—La historia mola más cuando solo es una chica —habla Sawyer.

—¿Pero no queréis llevaros el mérito también?

—¿Públicamente? No. Llegaría a los oídos de papá y entonces nos volvería a comer la cabeza con lo de la academia militar. —Sawyer sonríe—. Pero nosotros sabremos que fuimos los responsables, eso es todo lo que importa.

Una conmoción en el terraplén llama mi atención. Vienen los otros tres Royal. Sawyer me agarra del brazo y me arrastra hasta la playa. Valerie nos grita que se marcha a casa con Savannah y yo me despido de ella con la mano mientras acelero el paso junto a los gemelos. Sus hermanos no andan muy atrás de nosotros.

—Deberías haberle visto la cara… —empieza a decir Gideon.

—Tío, tiene una polla enana —se jacta Easton—. ¿La tenía así de pequeña por la situación o es así de verdad…?

—El cardenal de la frente tenía mala pinta. ¿Se lo has hecho tú? —Reed suena impresionado.

Los tres hermanos Royal se unen a nosotros, hablando todos a la vez.

—Eh, eh, eh. —Levanto las manos—. No puedo lidiar con todos vosotros al mismo tiempo.

—Lo has hecho bien. —Gideon me sorprende al removerme el pelo.

—Ha sido perfecto —añade Reed, y la aprobación que veo en sus ojos me calienta y me derrite por dentro.

Easton me levanta en brazos y me gira.

—Eres una *crack,* Ella. Recuérdame que nunca te enfade.

Una sucesión de gritos y maldiciones nos hace girarnos hacia la casa de los Worthington. Easton me deja en el suelo cuando vemos formarse una multitud en el terraplén. Se oye una salpicadura de agua... ¿Acaban de empujar a alguien a la piscina?

—¡Acaba de lanzar a Penny Lockwood-Smith a la piscina! —grita alguien de la fiesta antes de romper a carcajadas.

—Aquí viene —dice Gideon en un suspiro.

El sujeto implícito es Daniel, que aparta de malas maneras a una fila de gente. Hasta en la oscuridad de la noche, se aprecia que está cabreado.

—No dejes que te muerda —me murmura Easton al oído—. Puede que tenga la rabia.

Daniel se detiene en el borde del jardín y escudriña la línea de playa. Cuando nos ve, ruge, señala y luego salta hacia la arena con un solo impulso. Es un movimiento de atleta impresionante.

—Míralo —digo, asombrada.

—Está en el equipo de *lacrosse* —me recuerda Sawyer.

—Voy a mataros. ¡A todos! ¡Empezando por ti, rata de alcantarilla!

Reed esboza una sonrisa de oreja a oreja cuando se gira hacia nosotros. Quién me iba a decir que en este momento iba a ofrecer una de sus rarísimas sonrisas.

—Eso ha sonado a amenaza, ¿verdad?

Easton asiente.

—Creo que Ella está en peligro inminente. Ya sabes que a papá eso no le gustaría.

Tan feliz como nunca lo he visto, me coloca tras él y espera a que Daniel llegue a la arena, vestido únicamente con sus pantalones cortos. Pequeños puntitos de luz aparecen en el horizonte cuando los invitados deciden que esta escena debería quedar inmortalizada. Los Royal me echan hacia atrás y me encuentro intentando abrirme paso entre los gemelos para ver qué ocurre.

Y también justo a tiempo, porque en cuanto saco la cabeza entre la montaña de músculo de los Royal, Daniel se lanza contra Reed con un gruñido. Reed da un paso hacia delante y le pega a Daniel un puñetazo en la mandíbula.

Daniel cae al suelo como un tronco.

Capítulo 29

Todos estamos animados cuando nos dirigimos de vuelta a la mansión. Mando a Valerie un mensaje rápido para asegurarme de que de verdad le parece bien volverse a casa con Savannah, y ella me tranquiliza diciéndome que sí. Resulta que los Carrington viven a la vuelta de la esquina de los Montgomery.

Easton camina a mi lado. Los gemelos van los primeros, todavía riéndose de la escena que hemos dejado atrás en la casa de los Worthington. Sus voces llegan hasta nosotros.

—Lo ha dejado K. O. en un segundo. —Sawyer ríe entre dientes.

—Nuevo récord para Reed —coincide Sebastian.

Reed y Gideon vienen detrás de nosotros. Cada vez que me giro, veo que tienen las cabezas juntas y cuchichean. Es obvio que esos dos tienen secretos que Easton y los gemelos desconocen, y eso me molesta, porque estaba empezando a tragarme de verdad el lema ese de que los Royal siempre se mantienen unidos.

Llegamos a la casa, pero me detengo en seco en las escaleras que llevan a la puerta principal.

—Voy a pasear un ratito por la playa —le digo a Easton.

—Te acompaño.

Niego con la cabeza.

—Quiero estar sola. No te ofendas.

—No te preocupes. —Se inclina hacia mí y me da un beso en la mejilla—. Lo de esta noche ha sido venganza de primera clase, hermanita. Eres mi nueva heroína.

Cuando se va, dejo los zapatos en una roca y camino descalza a lo largo de la orilla, cubierta de suave arena. La luna ilumina mi camino, pero no he dado ni veinte pasos cuando oigo unas pisadas a mi espalda. No necesito girarme para saber que es Reed.

—No deberías estar sola aquí fuera.

—Qué, ¿crees que Daniel saldrá de detrás de una roca y me atacará?

Reed me alcanza. Dejo de caminar y me giro hacia él. Como de costumbre, su precioso rostro hace que se me entrecorte la respiración.

—Puede. Lo has humillado muy bien esta noche.

Tengo que reírme.

—Y tú lo has dejado K. O. Lo más seguro es que esté en su casa poniéndose hielo en la cara.

Reed se encoge de hombros.

—Se lo ha buscado.

Me quedo mirando fijamente al agua. Reed me mira a mí. Siento el fuego de su mirada en mi rostro, así que giro la cabeza de nuevo al tiempo que sonrío con ironía.

—Oigámoslas.

—¿Qué?

—Las mentiras. Ya sabes, que anoche solo me estabas haciendo un favor, que en realidad no me deseas, bla, bla, bla. —Muevo la mano.

Para mi sorpresa, ríe.

—Ay, madre. ¿Eso ha sido una risa? Reed Royal se ríe, chicos. Que alguien llame al Vaticano, porque acabamos de ser testigos de un milagro de Dios.

Con eso me gano otra risita.

—Eres un coñazo —refunfuña.

—Sí, pero, aun así, te gusto.

Se queda callado. Creo que no va a contestar, pero entonces suelta una maldición por lo bajo y dice:

—Sí, puede que sí.

Finjo incredulidad.

—¿Dos milagros en una noche? ¿El mundo se acaba?

Reed me tira del pelo.

—Para ya.

Me acerco al agua, pero está incluso más fría que de costumbre. Pego un gritito cuando me toca los dedos de los pies y, luego, retrocedo.

—Odio el Atlántico —declaro—. El Pacífico es mucho mejor.

—¿Has vivido en la costa oeste? —suena interesado, aunque a regañadientes.

—En el oeste, este, norte y sur. Vivimos en todas partes. Nunca nos quedamos mucho tiempo en un lugar. Creo que lo máximo que estuvimos fue un año, y eso fue en Chicago. Aunque supongo que Seattle fue donde más tiempo pasamos, dos años, pero no lo cuento porque mi madre estaba enferma y no teníamos más remedio que quedarnos allí.

—¿Por qué os mudabais tanto?

—Por el dinero, mayormente. Si mi madre se quedaba sin trabajo, teníamos que hacer las maletas e irnos a donde estaba el dinero. O se enamoraba y nos íbamos a vivir a casa de su último novio.

—¿Tuvo muchos? —pregunta con severidad.

Soy sincera con él.

—Sí. Se enamoraba bastante.

—Entonces no se enamoraba de verdad.

Lo miro, confusa.

—Era lujuria —dice Reed, encogido de hombros—. No amor.

—Quizá. Pero para ella, era amor. —Vacilo—. ¿Tus padres se querían?

No debería haber preguntado, porque se pone más rígido que una tabla de madera.

—Mi padre dice que sí. Pero él nunca actuó como un hombre enamorado.

Creo que Reed se equivoca. Solo con oír a Callum hablar sobre Maria, se hace evidente que la amaba profundamente. No sé por qué sus hijos se niegan a verlo.

—Todos la echáis de menos, ¿verdad? —Llevo el tema hacia un lugar más seguro, pero la tensión de su rostro no remite.

Reed no responde.

—No pasa nada por decirlo. Yo echo de menos a mi madre todos los días. Era la persona más importante de mi vida.

—Era una *stripper*.

Su comentario burlón me hace tensar los hombros.

—¿Y? —Salgo en defensa de mi madre al instante—. Su trabajo pagaba las facturas. Gracias a él, teníamos un techo bajo el que vivir. Pagaba mis clases de baile.

Reed clava sus ojos azules en mí.

—¿Te obligó a ocupar su lugar cuando enfermó?

—No. Ella nunca lo supo. Le dije que trabajaba de camarera, y era cierto. Trabajé de camarera, y también en una estación de servicio, pero no bastaba para pagar las facturas médicas, así que le robé el carné de identidad y conseguí un trabajo en uno de los clubs. —Suspiro—. No espero que lo entiendas. Tú nunca te has tenido que preocupar por el dinero ni un solo día de tu vida.

—No, es verdad —conviene.

No estoy segura de si yo me muevo primero, o de si es él, pero volvemos a caminar de nuevo. Al principio, entre nosotros hay unos cuantos metros de distancia, pero conforme andamos, nos acercamos más y más, hasta que nuestros brazos desnudos se rozan a cada paso. Tiene la piel caliente, así que el vello se me eriza cada vez que entramos en contacto.

—Mi madre era buena —revela por fin.

Callum también dijo eso. Pienso en la mujer con la que se casó Steve, Dinah, la horrible arpía que cuelga fotos suyas desnuda por toda la casa y me pregunto cómo dos amigos pudieron casarse con mujeres tan completamente diferentes.

—Se preocupaba por la gente. Demasiado, quizás. Le encantaban las historias tristes. Siempre se desviaba de su camino para ayudar a alguien.

—¿Era buena contigo? ¿Y con tus hermanos?

Reed asiente.

—Nos quería. Siempre estaba ahí cuando la necesitábamos, nos daba consejos y nos ayudaba con los deberes. Y todos los días pasaba tiempo con cada uno de nosotros. Supongo que no quería que ninguno de nosotros se sintiera abandonado o ignorado o que pensáramos que tenía un hijo favorito. Y los fines de semana solíamos hacer cosas todos juntos.

—¿Como qué? —pregunto con curiosidad.

Se encoge de hombros.

—Íbamos a museos, al zoo y a volar cometas.

—¿A volar qué?

Me pone los ojos en blanco.

—A volar cometas, Ella. No me digas que nunca lo has hecho.

—No. —Frunzo la boca—. Fui al zoo una vez, eso sí. Uno de los novios de mi madre nos llevó a un zoo de mierda en medio de la nada. Tenían una cabra, una llama y un mono pequeño que me lanzaba su caca cuando pasaba.

Reed echa la cabeza hacia atrás y ríe. Es el sonido más *sexy* que he oído nunca.

—Y luego resultó que el zoo era una tapadera para una operación de tráfico de drogas. El novio de mi madre fue allí para comprar marihuana.

Ninguno de los dos menciona las diferencias en nuestra infancia, pero sé que ambos pensamos en ello.

Seguimos andando. Sus dedos rozan los míos. Contengo la respiración y me pregunto si me va a coger de la mano, pero no lo hace, y la decepción es demasiado difícil de digerir.

Me detengo de golpe y lo miro a los ojos. Una mala idea, porque sé que percibe el anhelo que refleja mi rostro. Su mirada se vuelve más seria, y yo contengo la frustración.

—Te gusto —declaro.

Su mandíbula se mueve involuntariamente.

—Me deseas.

Y se mueve de nuevo.

—Joder, Reed, ¿por qué no puedes admitirlo? ¿Qué razón hay para mentir?

Al no responder, me giro y me alejo levantando arena a cada paso que doy. De repente, siento que tiran de mí hacia atrás y me estrello contra un pecho masculino muy duro. El aire se me escapa de los pulmones.

Reed apoya la barbilla sobre mi hombro y acerca su boca a milímetros de mi oreja.

—¿Quieres que lo diga? —susurra—. Vale. Te deseo, joder.

Siento su dura erección contra mi trasero y sé que no miente. Un escalofrío me recorre la columna vertebral cuando Reed me gira y estampa la boca contra la mía.

El beso es lo bastante pasional como para convertir el océano Atlántico en lava. Abro los labios y él desliza la lengua a través de ellos. Me devora la boca con lametones ávidos que me dejan sin aire. Me aferro a sus hombros anchos y luego bajo las manos por su esbelta cintura.

Gime y me agarra el culo a la vez que rota las caderas para que sienta cada centímetro de su miembro. Entonces, tras otro beso arrollador, me suelta y se tambalea hacia atrás.

—Me iré a la universidad el año que viene —dice con voz ronca—. Me iré, y lo más probable es que no vuelva nunca. No soy lo bastante egoísta como para empezar algo que no puedo terminar. No voy a hacerte eso.

No me importa, quiero responder. Lo tendré como pueda, aunque solo sea por un corto plazo de tiempo, pero no lo digo en voz alta, porque sé que no lo voy a convencer.

—Volvamos a casa —murmura cuando mi silencio se prolonga.

Lo sigo sin pronunciar palabra. Los labios todavía me hormiguean por culpa de su beso, y el corazón todavía me duele por culpa de su rechazo.

Estoy a punto de quedarme dormida cuando la puerta de mi cuarto se abre. Levanto la cabeza medio grogui. En cuestión de segundos me despierto por completo.

Reed se sube a la cama junto a mí. No dice nada. La habitación está demasiado oscura, así que no soy capaz de distinguir su expresión, pero sí que siento la calidez de su cuerpo cuando se acerca a mí. Siento el calor de la palma de su mano cuando me acaricia la mejilla antes de sujetarme la barbilla y de levantar mi cabeza hacia la suya.

—¿Qué haces? —susurro.

—He decidido ser egoísta. —Su voz suena afligida.

La felicidad estalla en mi pecho. Rodeo su cuello con los brazos y lo atraigo hacia mí. Sus labios se acercan a los míos, pero no me besa.

—Solo esta noche —me dice.

—Eso es lo que también dijiste anoche.

—Esta vez lo digo en serio. —Y entonces me besa, y cualquier protesta que haya podido expresar se pierde en la precipitada unión de nuestras bocas.

Gime cuando mi lengua toca la suya. Sus fuertes caderas se mecen contra mí y su erección se frota contra mi muslo. Me muevo de manera que ambos estemos tumbados de costado, cara a cara y con las bocas fundidas.

—Joder —exclama, sin aliento, y luego desliza una mano bajo mi camiseta. Y dentro de mis bragas.

Sus dedos me provocan y me acarician los puntos sensibles que hacen que gima contra sus labios. Nos tocamos el uno al otro. Acariciamos toda la piel desnuda que encontramos y ninguno de los dos se aleja para tomar aire mientras nos comemos prácticamente la boca.

No pasa mucho rato antes de que el nudo de tensión en mi interior se haga añicos. El placer me recorre el cuerpo y yo jadeo en su boca. Reed tiembla contra mí, y en esta ocasión soy yo la que traga su gemido de placer.

Después, nos quedamos tumbados y enredados, besándonos durante lo que parecen horas. No quiero que se vaya nunca. Quiero que se quede en esta cama para siempre.

Pero, al igual que anoche, ya no está para cuando abro los ojos a la mañana siguiente.

Me pregunto si lo habré soñado, pero cuando me doy la vuelta, percibo su aroma en mi almohada. Su champú, su jabón y esa intensa loción *aftershave* que lleva. Estuvo aquí. Fue real. La pérdida me arrolla, y ni siquiera la luz del sol que penetra por las cortinas es capaz de suavizar la decepción con la que me despierto.

Pero entonces, la decepción da paso a una punzada de miedo, porque oigo un chillido atravesar toda la mansión. Creo que procede del salón. Salgo de la cama y abro la puerta de un tirón justo cuando otro chillido me ataca los tímpanos.

—¡No te librarás esta vez! —grita Brooke—. ¡Esta vez no, Callum Royal!

Capítulo 30

Llego a la barandilla al mismo tiempo que Easton sale de su dormitorio. Su pelo apunta en todas direcciones y tiene los ojos rojos.

—¿Qué cojones? —murmura cuando llega a mi lado.

Ambos bajamos la mirada hasta el recibidor, donde Brooke y Callum están encarados. Es casi cómico, porque él le saca casi una cabeza a ella, así que es la imagen menos amenazadora del planeta.

—¡Tengo derecho a estar allí! —grita Brooke, que golpea el pecho a Callum con una uña afilada.

—No, no lo tienes. No eres una Royal, ni tampoco eres una O'Halloran. No es tu lugar.

—Entonces, dime, ¿cuál es mi lugar? ¿Por qué aguanto todas tus mierdas, eh? ¡Me tratas como si fuese tu amante en vez de tu novia! ¿Dónde está mi anillo, Callum? *¿Dónde coño está mi anillo?*

No alcanzo a ver el rostro de Callum, pero no me pasa desapercibida la tensión que tiene acumulada en los hombros.

—¡El cuerpo de mi esposa apenas se ha enfriado! —ruge.

A mi lado, Easton también se tensa. Alargo el brazo y le agarro una mano, y él me aprieta los dedos con tanta fuerza que incluso siento una punzada de dolor.

—Esperas que me vuelva a casar como si fuese una cosa sin importancia…

—¡Dos años! —lo interrumpe Brooke—. ¡Lleva muerta dos años! ¡Supéralo!

Callum se tambalea como si le hubiese cruzado la cara.

—No voy a dejar que me sigas engañando. —Brooke se lanza hacia adelante y lo agarra de la camisa con los puños—. Se acabó, ¿me oyes? ¡Se acabó!

Y con eso, le propina un empujón en el pecho y se gira para encaminarse hacia la puerta. Sus tacones altos resuenan a cada paso que da sobre el suelo de mármol.

Callum no va tras ella, y cuando Brooke se da cuenta, se vuelve a girar y lo señala con un dedo.

—¡Si salgo por esa puerta, no volveré nunca!

—Cuidado que la puerta no te dé en el culo al salir —responde Callum en un tono gélido como el hielo.

Easton ríe entre dientes.

—Tú... ¡Monstruo! —chilla Brooke. Abre la puerta con tanta fuerza que una ráfaga de aire entra en el recibidor y yo la siento en el primer piso.

Su cabellera rubia y minivestido desaparecen a través del umbral. Cierra la puerta de un portazo con la misma fuerza.

El silencio se instala en el recibidor. Veo de soslayo un destello de movimiento, así que me giro y me encuentro al resto de los Royal detrás de nosotros. Los gemelos parecen adormilados. Gideon, sorprendido. Reed permanece impasible, aunque juraría que veo un brillo triunfante en su mirada.

Easton ni siquiera intenta esconder su júbilo.

—¿De verdad acaba de pasar lo que acaba de pasar? —pregunta al mismo tiempo que sacude la cabeza, impresionado.

Callum oye la voz de su hijo y alza la vista hacia la barandilla. Parece afligido, pero no destrozado porque su novia acabe de abandonarlo y se haya marchado enfadada de su casa.

—Papá —lo llama Easton, con una sonrisa de oreja a oreja—. ¡Qué grande! Ven aquí y choca esos cinco.

La expresión de su padre se convierte en otra de agotamiento. En lugar de responder a Easton, desvía su mirada hacia mí.

—Ya que estás despierta, Ella, ¿por qué no bajas y vienes a mi estudio? Tenemos que hablar. —Luego sale del recibidor.

Me muerdo el labio, dudando si seguirlo o no. De repente me acuerdo de lo que acaba de decirle a Brooke, que no es ni una Royal ni una O'Halloran, y mi ansiedad aumenta. Tengo la sensación de que estaban discutiendo por culpa de Steve. Lo que significa que, indirectamente, también era por mí.

—Ve —murmura Reed cuando no me muevo de la barandilla.

Como de costumbre, obedezco su orden por instinto. Es como si me tuviera cogida como a una marioneta y no estoy segura de si me gusta. Pero soy incapaz de detenerlo.

Bajo las escaleras tambaleándome y encuentro a Callum en su estudio. Cuando entro, ya ha acudido al mueble bar y se ha servido una copa de *whisky* escocés.

—¿Estás bien? —pregunto en voz baja.

Mueve el vaso con la mano y provoca que el líquido salpique por encima del borde del vaso.

—Estoy bien. No pasa nada. Siento que te hayas despertado para escuchar todo eso.

—¿De verdad crees que se ha acabado las cosas entre vosotros dos? —No puedo evitar sentirme mal por Brooke. He visto su lado más mordaz, por supuesto, pero también ha sido amable conmigo. O al menos eso creo. Brooke Davidson es un hueso duro de roer.

—Probablemente. —Da un sorbo a su copa—. No iba muy desencaminada. Dos años es mucho tiempo de espera para una mujer. —Callum deja el vaso en el escritorio y se pasa una mano por el pelo—. La lectura del testamento está programada para dentro de dos semanas a partir de mañana.

Lo miro, perpleja.

—¿El testamento?

—Sí. El de Steve.

Sigo confusa.

—¿Pero eso no se hizo ya? Creía que me dijiste que hubo un funeral.

—Y lo hubo, pero la herencia todavía no se ha repartido. Dinah y yo empezamos a verificarlo tras la muerte de Steve, pero la lectura en sí se pospuso hasta que se te localizara.

Apuesto a que a Dinah debió de encantarle eso.

—¿De verdad tengo que estar allí? ¿No lo hereda todo Dinah por ser su mujer?

—Es mucho más complicado. —No se explica—. Pero sí, tienes que estar allí. Yo también estaré, como tu tutor legal, y también Dinah y sus abogados. Se fue anoche a París, pero volverá en dos semanas y podremos solucionarlo todo. Será indoloro, te lo prometo.

¿Indoloro y Dinah O'Halloran en la misma frase? Claro que sí. Lo más probable es que sea doloroso.

Me limito a asentir con la cabeza y digo:

—Vale. Si tengo que ir, iré.

Él también asiente y vuelve a levantar su copa.

Callum se va poco después para jugar al golf. Asegura que recorrer los dieciocho hoyos lo ayuda a aclarar la mente. Me preocupa el ciego que planea cogerse, y luego me recuerdo a mí misma que él es el adulto y yo soy la adolescente de diecisiete años, así que me muerdo la lengua.

Los Royal se van de uno en uno. Gideon se marcha a la universidad antes de comer. Siempre parece más feliz cuando se va que cuando llega.

Y enseguida solo quedo yo. Caliento las sobras de una quiche y luego valoro la idea de salir a caminar por la playa.

Solo llevo un mes en la casa de los Royal, pero ha sido un mes lleno de, bueno, vida. Siempre pasa algo. No siempre es algo bueno, pero nunca he estado sola, y hasta ahora, en este momento de soledad, no me había dado cuenta de que no me gusta estar sola. Es agradable tener amigos y familia a tu alrededor, aunque esa familia sea de lo más disfuncional.

Me pregunto si esa es la razón por la que Gideon sigue volviendo.

—¿Has dejado algo de esa cosa de huevo para mí? —La voz de Reed me sobresalta.

Me llevo una mano al corazón para evitar que se me salga del pecho.

—Me has asustado. Pensé que te habías ido con Easton.

—*Nop.* —Cruza la habitación para echar un vistazo por encima de mi hombro—. ¿Qué más hay en la nevera?

—Comida —respondo.

Me tira del pelo de forma juguetona —al menos espero que haya sido de forma juguetona— y se dispone a investigar sus opciones.

Se queda de pie frente al frigorífico con la puerta en una mano —inclinado sobre él, en realidad, con la otra mano apoyada en el mueble de al lado— hasta que toda la estancia se vuelve fría por culpa del aire refrigerado.

—¿Algún problema? —Dejo de comer un segundo para admirar su cuerpazo y cómo sus músculos se tensan y se relajan mientras hurga en el frigorífico en busca de comida.

—Supongo que no me puedes hacer un sándwich, ¿no? —dice desde el interior de la nevera.

—Va a ser que no.

Cierra el frigorífico de un portazo y se sienta a la mesa conmigo. Me roba el plato y el tenedor de debajo de mis narices y luego se traga la mitad del plato de quiche antes de que proteste.

—¡Eso era mío! —Alargo el brazo e intento recuperarlo.

—Sandra querría que lo compartieras conmigo. —Me mantiene alejada con tan solo una mano… otra vez.

Jopé. Necesito empezar a levantar pesas. Intento quitarle el plato una vez más y, en esta ocasión, Reed no me retiene. Tira de mí y el movimiento sorpresa hace que pierda el equilibrio. Caigo sobre su regazo, con las piernas a cada lado de sus anchos muslos.

Mis intentos por liberarme finalizan cuando me rodea con un brazo y me empuja hacia él con una mano en mi trasero. Cuando me besa, no puedo evitar corresponderle con ansia; quiero que haga esos ruiditos roncos que indican que lo excito.

—Te has ido esta mañana —digo en cuanto deja libre mi boca. Ojalá pudiera retirar las palabras, porque tengo miedo de que me diga algo hiriente.

—No quería hacerlo —responde.

—¿Por qué te has ido? —A pesar de tener el orgullo por los suelos, mi debilidad no le corta el rollo.

Me acaricia el pelo.

—Porque soy débil en lo que a ti respecta. No confío en ser capaz de quedarme en tu cama toda la noche sin hacer nada. Joder, deberían encarcelarme por la mitad de las cosas que pienso.

Sus palabras me llenan de un deseo vertiginoso.

—Piensas demasiado.

Hace un ruido gutural indescifrable, que refleja impaciencia, cinismo y humor, y me besa de nuevo. Al cabo de unos instantes, el beso no es suficiente. Bajo la mano para tirar de la parte inferior de su camiseta. Tiene las manos sobre mí: por debajo de mi camiseta y por dentro de la cinturilla elástica de mis pantalones cortos. Me muevo hacia él en busca del alivio que he descubierto que solo Reed es capaz de proporcionarme.

Un ruido fuera de la cocina nos separa.

—¿Has oído algo? —susurro.

Reed se pone de pie con un solo movimiento, suave y poderoso, y conmigo todavía en brazos. Entonces sale al pasillo. Está vacío.

Me deja en el suelo y me da una palmadita en el culo.

—¿Por qué no vas a ponerte el bañador?

—Eh... ¿Por qué? —Yo solo quiero volver a la mesa y sentarme en su regazo mientras me besa hasta dejarme sin sentido, pero él ya ha salido de la cocina.

—Porque vamos a ir a nadar —me dice, con la cabeza girada hacia atrás.

Suspiro y me dirijo arriba. Cuando llego a la planta superior, veo a Brooke salir de mi habitación. O, al menos, eso es lo que parece.

Me detengo en seco; la ira y la sospecha se instalan en mi estómago. ¿Qué narices hacía en mi cuarto?

¡Mierda! Tengo el dinero ahí.

¿Y si lo ha cogido?

La examino con rapidez, pero no lleva ningún bolso y su ropa es tan ajustada que es imposible que pueda esconder un fajo de dinero debajo. Aun así, no debería estar aquí, y le dejo claro mi desagrado mientras me dirijo hacia ella con paso firme.

—¿Qué haces aquí? —exijo saber.

Ella camina con parsimonia hacia mí.

—Anda, pero si es la pequeña huérfana Ella, la nueva princesa del castillo de la realeza... digo de los Royal.

—Pensaba que le habías dicho a Callum que te marchabas y que no ibas a volver nunca más —respondo, desconfiada.

—Eso es lo que te gustaría a ti. —Me mira con desdén y se echa el pelo hacia un lado. Cualquier afecto que haya podido sentir hacia mí, ha desaparecido.

No hay razón para seguirle el juego, así que la esquivo y me coloco justo delante de la puerta de mi dormitorio.

—Mantente alejada de mi cuarto. Lo digo en serio, Brooke. Si te vuelvo a pillar aquí arriba, se lo diré a Callum.

—Claro. Callum. Tu salvador. El hombre que te sacó de la miseria y te trajo a su palacio. —Me lanza una mirada mordaz—. Él hizo lo mismo por mí. También me salvó, ¿recuerdas? Pero adivina qué, cielo: somos desechables. Para él, todas lo somos. —Mueve uno de sus dedos perfectamente cuidados delante de mi cara—. Tu vida ha cambiado, ¿verdad? Como la de una princesa en un cuento de hadas. Pero los cuentos de hadas no son reales. Las chicas como nosotras siempre volvemos a la calabaza después del baile.

Me doy cuenta de que se le han empezado a humedecer los ojos.

—Brooke —digo con dulzura—. Llamaré a un taxi para que venga a recogerte, ¿vale? —El corazón se me reblandece. Está herida y necesita ayuda. Aunque no sé qué puedo hacer por ella aparte de asegurarme de que vuelva sana y salva a su casa.

—También se cansará de ti —continúa Brooke como si nada. Mi respuesta no importa. Solo necesita que la escuchen—. Recuerda mis palabras.

—Gracias por tu aportación —respondo con sequedad—. Pero creo que es hora de que te vayas.

Intento llevarla hasta las escaleras, pero ella se aparta de mí y se acerca, tambaleándose, a la pared contraria. Una carcajada maníaca sale de sus labios rojos.

—He tenido a los Royal en la palma de mi mano mucho más tiempo que tú, cariño.

Me he cansado de escucharla. Solo quiere quejarse y hablar mal de los Royal. Se me ha acabado la paciencia, así que entro en mi habitación, cierro la puerta de un portazo y me precipito al cuarto de baño. Hurgo en el armarito con manos temblorosas. Cuando palpo el fajo de dinero doblado, me siento aliviada.

Tengo que esconder el dinero en algún sitio al que solo yo tenga acceso. Y lo antes posible.

—¿Qué pasa? —pregunta Reed en cuanto pongo un pie en el patio.

No soy capaz de responder de inmediato porque tengo la lengua pegada al paladar. No sé cómo se supone que tengo que funcionar con Reed de pie enfundado únicamente en un par de bermudas que parece que se le van a caer de las caderas. Su pecho es un muro de músculos que lamer, y es difícil concentrarse. Mi discusión con Brooke pierde importancia cuando el tío más *sexy* del planeta está delante de mí.

—¿Ella? —insiste con un tono de humor en la voz.

—¿Qué? —Salgo de mi ilusión—. Ay, lo siento. Ha sido Brooke. La he visto salir de mi habitación. O al menos eso creo.

El dormitorio de Callum está en el otro lado de la casa. La escalera principal divide las dos alas, y las habitaciones de los chicos están en una y la de Callum, en la otra. Las habitaciones de invitados están en la primera planta. No había razón alguna por la que Brooke estuviese en esta parte de la casa.

Reed frunce el ceño y comienza a caminar hacia la entrada.

—Se ha ido —digo—. La he visto bajar la calle en su coche antes de venir aquí.

—Tenemos que cambiar el código de entrada —murmura.

—Ajá. —No puedo dejar de mirarlo.

Antes de parpadear, Reed me levanta en brazos y me lanza a la piscina.

Aterrizo en el agua y un montón de agua salpica. Escupo el agua que tengo en la boca cuando resurjo a la superficie.

—¿A qué ha venido eso? —grito al mismo tiempo que me aparto el pelo de la cara.

Sonríe con malicia.

—Parecía que necesitabas enfriarte.

—¡Mira quién habla! —Me impulso hasta el suelo de baldosa y me lanzo hacia él.

Reed se aleja con facilidad. Es inútil perseguirlo. Es mucho más grande y rápido que yo, así que tengo que hacer uso de la maña.

Finjo golpearme un pie contra una tumbona.

—¡Au! —grito y me tambaleo hacia el borde de la piscina, donde me doblo hacia delante y me agarro el pie.

Reed se acerca a mí de inmediato.

—¿Estás bien?

Levanto el supuesto pie herido para que lo inspeccione.

—Me he dado en el dedo.

Se inclina y yo lo empujo al agua.

Sale a la superficie al instante y sacude la cabeza para quitarse el agua de los ojos. Entonces sonríe.

—Te he dejado.

—*Claaaro.*

Observo con fascinación el agua que gotea por su cuerpo. Me hace una señal para que me acerque.

—Ya estamos los dos mojados, así que métete en el agua.

—¿Por qué? ¿Para que me ahogues?

—No voy a ahogarte. —Alza dos dedos—. Palabrita de *boy scout.*

Entrecierro los ojos al ver que extiende dos dedos.

—Creo que ese es el saludo vulcano, no el juramento *scout.*

Da una fuerte palmada en el agua y una ola gigante me salpica.

—Listilla. El saludo vulcano se hace con cuatro dedos. No me hagas salir a por ti.

—Voy a meterme porque yo quiero, no porque me lo hayas ordenado.

Reed pone los ojos en blanco y me vuelve a salpicar agua.

Cojo carrerilla y luego me lanzo bien alto en el aire y caigo de bomba justo al lado de Reed. Lo oigo partirse de risa cuando yo me hundo en el agua.

Nos pasamos como diez minutos intentando ahogarnos el uno al otro.

Mientras eso ocurre, puede que le haya bajado un poquito las bermudas y él puede que me haya rozado la parte superior del bikini con la mano. Mi cuerpo responde de inmediato incluso a esa leve caricia.

A la siguiente ahogadilla, voy a por sus caderas. Él me agarra por las muñecas y me sube de un tirón a la superficie. Me arrastra hasta que se sienta en el bordillo de la piscina, conmigo entre sus piernas, todavía en el agua.

—¿Crees que puedes bajarme el bañador, eh?

—Solo estaba nadando. —Parpadeo—. Soy inocente, señor agente. —Levanto las muñecas, todavía aprisionadas.

Reed me da unos golpecitos con un dedo en el pecho.

—No pareces inocente.

En represalia, le acaricio la pantorrilla con el pie y sonrío con suficiencia cuando lo veo removerse, incómodo, en el bordillo.

—Hace frío aquí fuera —digo—. A cualquiera se le endurecerían los pezones.

—Si tienes frío, debería calentarte. —Usa su mano libre y me aparta la parte superior del bikini hasta que estoy completamente expuesta.

Creo que siempre he cerrado los ojos antes de que me haya tocado aquí, y me sorprende lo erótico que es observarlo a plena luz del día meterse un pezón en la boca. Me muerde con suavidad y luego me alivia el dolor a lametones antes de abrir la boca y succionarlo por completo.

Madre mía.

—Creo... Ah... Creo que voy a ahogarme aquí —jadeo.

Levanta la cabeza y me lanza una mirada traviesa.

—Eso no puede ser. —Luego tira de mí para sacarme del agua y me arrastra hasta la casita de la piscina.

Sin aliento, nos caemos sobre el sofá, tambaleantes, y luego Reed se gira hasta quedar de espaldas y me sienta a horcajadas en su regazo. Ambos estamos empapados, pero no me importa que mi pelo chorree agua sobre su torso desnudo. Estoy demasiado ocupada gimiendo, porque Reed tira con las manos de la parte superior de mi bikini y mece las caderas contra mí.

Me desata los tirantes anudados al cuello y a la espalda, y el bikini cae al suelo. El calor inunda sus ojos al instante.

—Te he deseado desde el primer momento en que te vi —confiesa.

—¿De verdad? —lo provoco—. ¿Te refieres a cuando entré en tu casa por primera vez y me atravesaste con la mirada desde la barandilla?

—Oh, sí. Entraste vestida como una indigente, con aquella camisa de franela abotonada hasta el cuello. Me lanzaste una mirada centelleante. Fue lo más *sexy* que he visto nunca.

—Creo que tenemos conceptos distintos de lo que es *sexy*.

Ríe.

Y, hablando de cosas *sexys*, tiene el torso ardiendo; me quemo las manos mientras le froto los pectorales. Cuando me inclino para besarlo, él me corresponde con tantas ganas que me deja sin aliento. Nuestros labios encajan a la perfección. Recorro su pecho con las manos y a él se le corta la respiración. Bajo la yema de mis dedos, sus músculos se estremecen.

Me encanta saber que soy quien lo excita. Excito a *Reed Royal*, el tío que frunce el ceño y no sonríe, que mantiene las emociones bajo llave y las esconde del mundo entero.

Ahora mismo no esconde nada. Me desea, y se hace evidente en su cara. Lo siento al pegarse contra mí.

Doblo la cabeza hacia delante para besarlo otra vez y me hace jadear al succionarme la lengua. Luego, juguetea con mis pezones con los pulgares y gimo de placer.

Respiro con dificultad. Entonces, arqueo la espalda contra las palmas de sus manos y un ruido de frustración abandona su garganta.

—Estoy siendo egoísta otra vez —murmura.

—Me gusta que seas egoísta —respondo en voz baja.

Suelta una risotada ahogada. Después, nos vuelve a girar y desliza una mano dentro de la braguita de mi bikini.

—Quiero hacerte sentir bien. —Sus labios encuentran los míos, y una ola de placer me recorre todo el cuerpo. Cierro los ojos y disfruto de la sensación hasta que ambos respiramos tan fuerte que empañamos las cristaleras de la caseta de la piscina.

—Reed. —Pronuncio su nombre y el mundo a mí alrededor se desvanece. El cerebro deja de funcionarme. Lo único que soy capaz de hacer es dejar que el sofocante placer se apodere de mí.

Cuando vuelvo a la tierra, Reed me sonríe, sumamente complacido consigo mismo.

Abro los ojos de par en par. Quiero golpearlo por tener el poder de hacerme perder el control de esta manera, pero es una estupidez porque… madre mía, ha sido increíble.

Pero no vendría nada mal equiparar el terreno de juego un poquito. Lo empujo para tumbarlo de espaldas. Luego empiezo a besarle el torso. Cada centímetro de él.

La respiración de Reed se vuelve irregular. Cuando mis labios viajan hasta la cinturilla de su bañador, se tensa. Alzo la cabeza para verle la cara. La expresión de su rostro denota expectación.

Me tiemblan los dedos mientras jugueteo con la cinturilla.

—¿Reed?

—¿Mmm? —Ahora tiene los ojos cerrados.

—¿Me enseñas a… eh…? —murmuro, insegura—. Ya sabes.

Abre los ojos de golpe. Para mi fastidio, parece que esté intentando no reír.

—Ah. Sí… claro.

Me enojo.

—¿Sí, claro? No tengo por qué hacerlo si no quieres…

—Sí quiero. —Responde tan graciosamente rápido que ahora soy yo la que ríe—. Tengo muchas, muchas ganas. —Se baja el bañador con presteza.

El corazón me late con fuerza cuando acerco la boca a su miembro. Quiero hacerlo bien, pero al sentirlo observarme, la inseguridad me hace querer salir corriendo.

—¿De verdad nunca lo has hecho antes? —pregunta con voz ronca.

Sacudo la cabeza. Por alguna razón, parece molesto.

—¿Qué pasa? —Frunzo el ceño cuando su expresión se vuelve todavía más atormentada.

—Soy un gilipollas. Todo aquello que te dije en el yate... Deberías odiarme, Ella.

—Pero no te odio. —Le acaricio una rodilla—. Dime qué tengo que hacer para darte placer.

—Ya lo haces. —El deseo le nubla la mirada. Lleva una mano a mi nuca y me acaricia con dulzura el pelo. Con la otra, me agarra una mano y envuelve mis dedos alrededor de su miembro, lentamente—. Usa también la mano —susurra.

La muevo un poco hacia arriba y abajo.

—¿Así?

—Sí, así. Así... está bien...

Ahora que me siento más valiente, me meto la punta en la boca y chupo. Reed casi se cae del sofá.

—Eso es incluso mejor —gruñe.

Sonrío contra él y disfruto de los ruidos que emite. Puede que no tenga experiencia, pero espero que mi entusiasmo lo compense, porque de verdad que quiero hacerlo sentir bien. Quiero que pierda el control.

Sigue acariciándome el pelo y cumplo mi deseo más pronto que tarde. Se derrumba debajo de mí, temblando sin control, y cuando me acomodo contra su cuerpo después, me abraza y dice:

—No me merezco esto.

Quiero preguntar por qué dice eso, pero no tengo la oportunidad. Unos fuertes golpes en una de las puertas de vidrio nos interrumpen.

—¡Hermanita! ¡Hermano! La hora del folleteo ha terminado. —Es Easton. Se ríe a carcajadas mientras estampa el puño contra el cristal.

—Piérdete —responde Reed.

—Me encantaría, pero papá acaba de llamar. Viene de camino a casa y quiere llevarnos a cenar fuera. Llegará en cinco minutos.

—Mierda. —Reed se sienta y se pasa una mano por el pelo. Luego echa un vistazo a nuestros cuerpos desnudos y sonríe—. Deberíamos vestirnos. A papá le daría un infarto si nos pillara así.

¿Sí? Por primera vez desde que empezó lo que sea que tengo con Reed, me permito pensar en cómo reaccionaría Callum si se enterara. El corazón se me hunde en el pecho, porque creo que Reed tiene razón. Llevo en Bayview solo un mes, y Callum ya se muestra muy protector conmigo. Joder, si lo era incluso antes de conocerme.

A Callum no le haría gracia esto.

Fijo la vista en el culo desnudo de Reed cuando se levanta y se sube el bañador hasta las caderas.

No, Callum se enfadaría.

Capítulo 31

—¡Ella! —me llama Callum desde el pie de las escaleras treinta minutos después—. Baja, ¡tengo algo que enseñarte!

Me doy la vuelta y me tapo la cara con una almohada. No quiero salir de mi habitación. He subido para cambiarme para la cena, pero en realidad llevo tumbada en la cama desde que he llegado de la casa de la piscina, reviviendo todos y cada uno de los increíbles momentos que han tenido lugar allí.

No quiero bajar, ver a Callum y preocuparme por lo que diría o por cómo se sentiría si se enterara de lo que Reed y yo hemos hecho. Yo solo quiero quedarme en esta burbuja rosa y aferrarme con fuerza a los recuerdos. Porque lo que hemos hecho en la casa de la piscina ha sido increíble y no ha sido nada malo, y nada me arruinará el recuerdo.

Pero Callum me pide con insistencia que baje y resulta difícil ignorarlo, sobre todo con Easton golpeando la puerta de mi cuarto sin descanso.

—Vamos, Ella. Tengo hambre, y papá no nos deja irnos al restaurante hasta que bajes.

—Ya voy. —Me bajo de la cama y me calzo los zapatos náuticos, que se están convirtiendo en mi calzado favorito. Son comodísimos. Me pregunto durante un segundo si llevar náuticos fuera de un barco es una enorme metedura de pata, pero entonces decido que me da igual.

Cuando llego al descansillo del piso superior, todos los Royal me esperan justo debajo, sonriendo de formas distintas: Reed esboza una sonrisa traviesa; Callum, una sonrisa de oreja a oreja, como la de Easton.

—¿Puede alguno mirar al techo? —refunfuño—. Me estáis incomodando.

Callum hace un gesto de impaciencia.

—Sal y todos miraremos lo que hay fuera.

En contra de mi voluntad, siento un ramalazo de emoción. Mi coche —o al menos el coche que Callum me ha comprado— debe de haber llegado. Intento no bajar las escaleras corriendo, pero Easton está cansado de esperar. Sube los escalones de dos en dos y luego me arrastra hasta el recibidor. El resto de los Royal me empuja hacia el exterior.

En el centro del camino asfaltado que lleva hasta la casa, justo enfrente de los enormes escalones embaldosados, hay un descapotable biplaza. Tiene el interior de cuero de color crema y de brillante madera oscura. El cromado del volante brilla tanto que casi tengo que cubrirme los ojos.

Pero nada de eso es tan impresionante como el color. No es rosa. Ni rojo. Sino el verdadero azul real. El mismo que adornaba el avión que me trajo hasta aquí, el mismo de las tarjetas de visita de Callum.

Poso la vista en Callum y él asiente con la cabeza.

—Lo he mandado pintar en nuestra fábrica de California. Es azul real, o Royal, y la fórmula está patentada por la Atlantic Aviation.

Reed apoya una mano en mi zona lumbar y yo me tambaleo hacia delante, hacia el coche. Es tan precioso, tan nuevo, y está tan limpio que me da hasta miedo conducirlo.

—¿Preparada para darte un paseo?

—En realidad no —confieso.

Todos se ríen, no de mí, sino por sana y genuina diversión. El corazón me da un vuelco. ¿Esta es de verdad mi familia? Al hacerme esa pregunta, las pocas barreras que me quedaban se derrumban.

Callum me tiende las llaves junto con un papel.

—Estos son los papeles del coche. Pase lo que pase, es tuyo.

Lo cual quiere decir que, si decido irme por cualquier razón, espera que me lleve el coche conmigo. Una locura, porque hasta sentarme dentro me da miedo.

—Vamos, demos una vuelta en esta preciosidad. —Reed abre la puerta del lado del copiloto y se sube al coche.

Todos me miran expectantes, así que no tengo más remedio que caminar hasta el lado del conductor. Reed me explica cómo mover el asiento hacia delante, bajar el volante y encender la radio, la característica más importante.

Y entonces, tras literalmente pulsar un botón, el motor se arranca y nos vamos.

—Odio conducir —admito mientras recorro la calle de dos carriles que lleva a la residencia de los Royal. Estoy agarrada bien fuerte al volante y no me atrevo a rebasar los cuarenta kilómetros por hora. Las casas que hay a lo largo de este bulevar lleno de árboles tienen portón, o el camino de entrada es tan largo que no se ve más que el asfalto negro adentrándose entre los árboles y la buganvilla.

El coche es lo bastante pequeño como para que Reed coloque el brazo fácilmente en la parte de atrás de mi asiento. Me acaricia las puntas del cabello.

—Es bueno que me tengas a mí, entonces, porque a mí me encanta.

—¿Ah, sí? —pregunto en voz baja, casi agradecida de tener que mirar a la carretera en vez de a sus ojos azules—. Lo de tenerte, digo.

—Sí, eso creo.

Y durante el resto del camino, tengo la sensación de que vuelo.

—Parece que te lo has pasado bien —Callum me saluda cuando regresamos.

—Ha sido la mejor vuelta en coche de toda mi vida —declaro. Y como reboso felicidad, me lanzo a sus brazos—. Te has portado demasiado bien conmigo, Callum. Gracias. Gracias por todo.

Callum se queda patidifuso por mi arrebato sentimental, pero me devuelve el abrazo enseguida. Los chicos nos separan con la queja de que tienen el estómago vacío y todos nos dirigimos al restaurante de carne a la brasa que hay al otro lado de la calle, donde los Royal comen lo mismo que cinco familias enteras.

Cuando volvemos a casa, me precipito a la planta superior para añadir *viaje en coche* a mi catálogo mental de cosas maravillosas que han ocurrido en mi vida. Lo anoto justo detrás de *mamada*.

Esa noche, tan tarde que hasta los ratones habían arropado ya a sus ratones bebés en la cama, Reed se mete en mi cama.

—Estaba teniendo el mejor sueño —murmuro mientras me acurruco de espaldas contra su cuerpo.

—¿Qué estabas soñando? —me pregunta con voz ronca.

—Que entrabas en mi cuarto y me abrazabas toda la noche.

—Me gusta ese sueño —me susurra al oído. Después, hace justo eso: me abraza hasta que me quedo dormida.

Ya no está junto a mí cuando despierto, pero su olor permanece en mis sábanas.

Lo encuentro abajo, apoyado contra la mesa de la cocina.

—¿No tienes entrenamiento? —pregunto sin darle mayor importancia. No quiero creerme que todavía quiera llevarme al trabajo.

—No puedo dejar que conduzcas tan temprano y en un vehículo nuevo. Tienes que hacerte a él un poco más antes de manejarlo medio dormida.

Intento disimular cómo mi animado corazón rebota entre las paredes de mi pecho.

—Eh, yo estaba durmiendo inocentemente hasta que un enorme oso vino y decidió que mi cama le gustaba.

Me tira del pelo.

—Creo que te has equivocado de cuento.

—¿Y qué sueño sería? ¿*Aladdín*, porque planeas llevarme sobre tu alfombra mágica? —pregunto mientras muevo las cejas.

Reed rompe a carcajadas.

—¿Eso es lo que piensas de mi polla? ¿Que es mágica? —Me ruborizo tanto que ríe todavía con más fuerza—. Joder, sí que eres virgen, ¿verdad?

Con las mejillas todavía ardiendo, le dedico un corte de manga.

—Esto es lo que pienso de ti y de tu mágica… eh….

—Polla —dice entre risas—. Vamos, virgen, dilo: polla.

—Lo que eres es un gili*pollas*. —Lo atravieso con la mirada durante todo el trayecto hasta llegar al coche.

Reed se las apaña para recuperar el control de sí mismo mientras se abrocha el cinturón. Se inclina hacia mí para besarme, y eso es todo lo que necesito para que se me pase el enfado.

Estoy prácticamente flotando en una nube durante mi turno de trabajo en la pastelería. El buen humor me acompaña a lo largo de toda la mañana en el colegio. Me topo con Reed en el pasillo unas cuantas veces, pero aparte de unas cuantas miradas secretas y un guiño por su parte, no hablamos. No me importa, porque no estoy segura de estar preparada para anunciar a toda la gente del Astor Park que estoy más o menos saliendo con mi más o menos hermanastro.

En el almuerzo, Valerie y yo nos sorprendemos cuando Savannah nos dice que nos sentemos con ella y sus amigas. Supongo que la Operación Hundamos a Daniel Delacorte fue un éxito en más de un sentido, aunque Savannah no se sienta del todo cómoda a mi alrededor.

Tras las clases, me tumbo en el jardín sur para hacer los deberes hasta que Easton y Reed terminen con sus reuniones de equipo, y luego Reed me lleva de vuelta a la mansión con el brazo a mi alrededor durante todo el trayecto.

En cuanto llegamos a casa, descubrimos que Callum se ha marchado de viaje de negocios a Nevada, lo cual significa que tendremos la casa para nosotros hasta el sábado. Genial.

Esa tarde, Reed entra en mi habitación mientras leo, tumbada en la cama.

—Claro, entra. No me importa —digo con sarcasmo. Me doy la vuelta hasta quedar tumbada de espaldas y veo como coloca un bol de palomitas en mi mesita de noche.

—Gracias. No te importa que lo deje aquí, ¿no? ¿Quieres algo de beber? —Echa un vistazo al interior de mi mininevera—. ¿No tienes nada que no sea *light* aquí?

Camina hacia la puerta y se asoma al pasillo.

—Trae cerveza. Ella solo tiene mierdas *light*.

Oigo un suave «Entendido» al fondo del pasillo.

Me siento con la espalda pegada al cabecero.

—Me da miedo preguntar qué pasa.

—Vamos a ver el partido.

—¿Vamos?

—Tú, Easton y yo —explica, y luego se sube a la cama. Me echo hacia un lado para que no se siente sobre mí.

Miro a mi alrededor con recelo. La cama es lo bastante grande para que quepamos Reed y yo, ¿pero Reed, Easton y yo?

—No creo que quepamos.

—Por supuesto que sí. —Reed sonríe con suficiencia, me levanta y me coloca entre sus piernas, pegada contra su pecho.

Easton llega justo después y se coloca donde estaba hasta hace un segundo. Ni siquiera parpadea al ver la íntima posición en la que nos encuentra. Reed coloca el bol de palomitas entre nosotros y enciende la televisión.

—¿Dónde están los gemelos? —pregunto. Mi cama parece estar a rebosar con dos Royal gigantes encima, pero si estuviesen también los gemelos sería como meter un pecho de copa E en un sujetador de copa A.

—Van a casa de Lauren —responde Easton antes de meterse un puñado de palomitas en la boca.

—¿Los dos?

—No hagas preguntas de las que no quieras saber la respuesta —deja caer Reed, y yo me callo de inmediato.

Aunque tuviese más preguntas, no creo que fuera capaz de conseguir las respuestas. En cuanto empieza el partido, es como si ni siquiera estuviese en la habitación. Easton y Reed animan, se quejan y chocan los cinco. Me paso todo el rato admirando los culitos prietos de los jugadores en la pantalla y sonriendo con suficiencia al escuchar todos los comentarios con doble sentido, como cuando dicen que el tío que lleva el balón necesita meterla en el agujero o que la defensa del otro equipo no penetra lo suficiente.

Ninguno de los chicos se da cuenta de mis observaciones. Yo me acomodo entre las piernas de Reed y me limito a disfrutar de la compañía. En ocasiones, Reed estira el brazo y me acaricia la espalda o el pelo. Son gestos despreocupados e improvisados, como si lleváramos años juntos, y yo bebo de ellos como si fuera un gatito sediento. Hay peores formas de pasar la noche, reflexiono.

El resultado es bastante dispar, y en algún momento a lo largo de todo el partido me quedo frita, atiborrada de palomitas y completamente aburrida. Me despierto al oír sonar el teléfono de Easton. Se va para responder la llamada y Reed se estira a mi lado como si fuese mi estufa personal.

—¿Quién era? —murmuro adormilada.

—A saber. ¿Estabas dormida?

—No, solo descansaba los ojos. ¿Cómo va el partido?

—Los Lions están dándole una paliza a los Titans.

—¿Los equipos se llaman así de verdad o te lo has inventado?

—Son los de verdad. —Suena divertido. Recorre con un dedo la banda elástica de mis pantalones cortos. Me estiro al sentir una nueva y familiar ola de calor en mis huesos.

—¿Ya hemos terminado de ver el fútbol? —Es más una sugerencia que una pregunta.

Los ojos azules de Reed se llenan de pasión. Se coloca sobre mí y me aprisiona entre sus brazos y piernas.

—Sí, creo que sí.

Su cabeza desciende despacio y yo me relamo los labios con anticipación…

—… ¿Qué cojones? ¿Acaban de marcar los Lions? —pregunta Easton, que entra de golpe en la habitación.

Reed suspira y se aparta de mí.

—¿Ves lo genial que sería que la gente empezara a llamar a la puerta? —susurro mientras Easton coge el mando de la cama y sube el volumen de la televisión.

Reed se cruza de brazos y refunfuña. Ambos observamos a Easton empezar a pasearse por la habitación.

El equipo vestido de azul y plata que lleva un león en el casco baja por el terreno de juego. El equipo contrario con una flamante T en el casco no está haciendo muy buen trabajo protegiendo su zona de anotación. Durante los siguientes veinte minutos, el equipo azul marino marca *touchdown* tras *touchdown,* hasta que empatan.

Easton está que se sube por las paredes. Para cuando el silbato suena, está igual de blanco que las cortinas que cuelgan de mi ventana.

—¿Qué pasa? —exige saber Reed—. ¿Cuánto has apostado en el partido?

Heredé los problemas de adicción de mi madre. Oh, Easton.

Easton se encoge de hombros e intenta actuar como si no fuera para tanto.

—Lo tengo controlado, hermano.

La mandíbula de Reed se mueve como si este estuviese luchando por no gritarle a Easton. Por fin, dice:

—Si necesitas algo, dímelo.

Easton nos dedica una sonrisa, pero parece agotado.

—Sí, por supuesto. Ahora tengo que hacer una llamada. No hagáis nada que yo no haría —enuncia con una alegría forzada.

—¿Tiene Easton problemas con el juego? —pregunto en cuanto la puerta de la habitación de Easton se cierra al fondo del pasillo.

Reed exhala con frustración.

—Quizá. No lo sé. Creo que apuesta y bebe porque se aburre, no porque sea adicto. Pero bueno, yo no soy psiquiatra, ¿no?

Lucho por encontrar algo que decir, pero solo se me ocurre disculparme:

—Lo siento.

Reed se encoge de hombros.

—No hay nada que tú o yo podamos hacer.

Por lo apretada que tiene la mandíbula, deduzco que no se lo cree ni él.

—Me voy a la cama. —Reed se baja del colchón.

Doblo las piernas bajo mi cuerpo y contengo las ganas de suplicarle que se quede.

—Vale —respondo con voz queda.

Frunce el ceño.

—No creo que sea buena compañía esta noche.

—No pasa nada. —Me levanto de la cama y me dirijo al cuarto de baño. ¿Me duele que no quiera quedarse esta noche conmigo? Un poquito.

Me agarra de la muñeca cuando paso junto a él.

—Solo estoy agotado y… no quiero presionarte a nada.

—¿Me vas a soltar el típico discurso de «no eres tú, soy yo»? Porque es lo peor. A nadie le gusta oírlo.

Esboza una sonrisa de mala gana.

—No. Iba a echarte el discurso de «estás demasiado buena para tu propio bien». Me cuesta mucho mantener las manos alejadas de ti.

Giro a su alrededor y le hinco un dedo en su pecho pétreo.

—¿Quién dice que quiero que lo hagas?

Me agarra el dedo y tira de mí hacia él.

—¿De verdad estás lista, Ella? ¿Lista para llegar hasta el final?

Vacilo y esa es toda la respuesta que necesita. Acerca su rostro al mío y me roza la mejilla con la nariz.

—No lo estás, y no pasa nada, porque puedo esperar. Pero dormir a tu lado es una tortura para mí. Tu cuerpo pegado al mío… y yo me despierto… —Deja de hablar, pero sé a lo que se refiere porque para mí también es igual.

De repente siento dolor en sitios que no sabía que podían dolerme.

—Podríamos hacer otras cosas. —Me relamo los labios con la casa de la piscina en mente.

Gime y entierra la cabeza en mi cuello.

—No hay prisa. De verdad. Vamos a tomárnoslo con calma y a hacer esto bien. —Respira hondo de nuevo y me separa de él. Me aparta un mechón de pelo de los ojos—. ¿Vale?

Es inútil llevarle la contraria. Conozco a Reed lo suficiente como para saber que en cuanto ha decidido algo, le lleva un tiempo cambiar de parecer, lo cual implica que pasaré la noche sola.

—Vale. —Me pongo de puntillas para darle un beso en la mejilla, pero Reed gira la cara para que nuestros labios se encuentren.

El dulce y anhelante beso que me da me alivia cualquier dolor que me haya hecho sentir. El contacto de su fuerte cuerpo contra el mío tampoco me hace daño.

Y la sensación de rechazo desaparece por completo cuando Reed se mete en mi cama más tarde esa misma noche. En silencio, coloco su brazo a mi alrededor y me duermo feliz como una perdiz.

Capítulo 32

El jueves, Valerie me aborda en el almuerzo.

—¿Qué hay entre Reed y tú?

Intento parecer lo más inocente posible cuando respondo.

—¿A qué te refieres?

—Al parecer, ayer pasó por tu lado de camino a biología y te tocó el pelo —anuncia.

La miro y luego rompo a reír.

—¿Y eso es una declaración de amor de Reed Royal? —pregunto, incrédula.

Asiente con la cabeza.

—A Reed no le van las muestras públicas de afecto. Incluso cuando estaba, en teoría, saliendo con Abby...

Arrugo la nariz ante ese comentario. No me gusta escuchar esos dos nombres en la misma frase.

Valerie me ignora y continúa.

—... la evitaba. No la besaba contra las taquillas. No la cogía de la mano. Sí, ella iba a sus partidos de fútbol, pero él estaba en el campo, así que tampoco es que se enrollaran durante los partidos ni nada. —Se queda mirando al infinito como si los viera en su cabeza. Contengo una arcada—. Creo que la única vez que la gente los vio juntos fue en una fiesta. Así que sí, el hecho de que te haya tocado voluntariamente significa mucho.

Me quedo mirando a mi bandeja, con una pechuga de pollo orgánica procedente de alguna granja cercana y verduras frescas de huerto, para que Valerie no vea que para mí también significa mucho. El recuerdo del roce de sus dedos contra la base de mi cuello el martes por la mañana se quedó conmigo durante horas.

Cuando consigo recuperar el control, devuelvo la mirada a Valerie.

—Estamos disfrutando de nuestra tregua. —Eso es lo único que admito.

Ella me lanza una mirada de preocupación, pero no me presiona, porque es mi amiga.

Le agarro la mano con picardía y me la llevo al pecho.

—Tú eres la primera en mi corazón, Val.

—Más te vale, mala pécora. —Me aprieta la teta y le aparto la mano de un golpe.

Se mete una zanahoria en la boca, riéndose por lo bajo. Cuando terminamos de almorzar, me dice que la discoteca Moonglow abrirá otra noche solo para mayores de dieciocho años.

—¿Te apuntas?

Vacilo, porque mi primer instinto es mandarle un mensaje a Reed para saber lo que hará, pero entonces caigo en la cuenta de que no solo me estaría delatando ante Valerie, sino que también, haya lo que haya entre ambos, necesito tener una vida separada de la suya. Así que asiento con decisión.

—Me apunto.

Me da un empujón juguetón con el hombro cuando caminamos de vuelta a nuestras taquillas.

—¿Bailaremos en la jaula? —pregunto con una sonrisa.

—¿Es el Papa católico?

—¿Me hará falta otro modelito?

Sacude la cabeza con fingida consternación.

—Ni que fuera tu primer día de clase otra vez. ¿No has aprendido nada desde que estás aquí? Por supuesto que te hará falta otro modelito.

Valerie y yo hacemos planes para ir de compras más tarde.

—Te recogeré después del trabajo —digo, pensando en mi nuevísimo coche cogiendo polvo en casa.

Se detiene en seco y me agarra del brazo.

—¿A qué te refieres con que me recogerás? ¿Ya tienes coche?

Asiento con la cabeza.

—Un descapotable. Callum me lo ha regalado.

Val silba bajito, pero lo bastante alto como para que todas las personas a un radio de tres metros giren la cabeza.

—¿Te lo has traído al colegio? —Da una palmada—. ¡Quiero verlo!

—Ah, no. —Entonces, me paro a pensar en una excusa plausible para haber venido esta mañana con Reed—. Vine con Reed.

Tiene entrenamiento por las mañanas, así que tiene más sentido que compartamos coche.

Valerie pone los ojos en blanco.

—¿Cuánto más vais a seguir fingiendo que no estáis juntos?

Contengo una sonrisa.

—Hasta que la gente deje de tragárselo. —Y eso es lo más cerca que estoy de admitir que tiene razón.

Valerie, cómo no, adora el coche. Y yo uso una parte de mi fajo de billetes para comprarme un conjunto para esta noche. Me lleva a un centro comercial normal en el que los precios son altos, pero no tanto como para sentir que llevo el sueldo de un mes entero a la discoteca. En la mansión Royal, le arreglo el pelo y la maquillo, y después me toca a mí. El resultado es un *look* dramático de noche.

—Estoy buena —declara Valerie mientras observa su reflejo en el espejo—. Deja que me haga una foto para Tam.

—Te la puedo hacer yo.

Me tiende su teléfono y tomo un par de fotos, que envía de inmediato a su novio. Esos dos parecen tener una gran relación, a pesar de que Tam no viniera hace una semana, tal y como había prometido. Val no parecía demasiado molesta por ello.

—¿Cómo lo haces? —Pienso en Reed en la universidad y me pregunto si sería capaz de manejarlo estando rodeado de tantas chicas mayores guapas.

Valerie me hace una foto antes de responder.

—Tengo que confiar en él. Le mando muchas fotos.

—¿Desnuda?

—*Sip*. Y fotos eróticas, sobretodo de barbilla para abajo... por si acaso. —Hace una mueca—. No es que no confíe en él, es por si alguien le roba el móvil o algo.

—Claro. —Vacilo—. ¿Tam fue el primer chico con el que te acostaste?

—¿Me estás juzgando? —pregunta, curiosa.

—¡Por supuesto que no! —Levanto las manos en el aire—. No te juzgo.

Me mira con incredulidad.

—Espera. ¿Nunca te has acostado con nadie?

Bajo la cabeza y confieso:

—No, nunca.

—¿Nunca? —Se echa hacia atrás—. Guau. Ahora sí que dudo de tu relación con Reed, porque ni de coña va ese tío a quedarse sin un polvo.

—Yo... yo... —tartamudeo. Me he quedado sin palabras.

Se lleva una mano a la boca.

—No quería decir eso. Si está contigo, te garantizo que no se acuesta con nadie más. Cuando salía con Abby, nunca lo vi enrollarse con otra.

—Vale. —Me siento un poco adormecida. Nunca se me habría ocurrido que pudiera estar acostándose con alguien más. ¿Por eso no me presiona?

Valerie me da un apretón en el hombro.

—Ha sido un comentario estúpido. No quería decir nada. De verdad. He intentado hacerme la graciosa y me ha salido el tiro por la culata. ¿Me perdonas?

—Por supuesto. —La abrazo, pero la duda se ha instalado en mi cabeza.

Unos minutos después, salimos de mi dormitorio ataviadas con nuestros diminutos vestidos y taconazos, y arregladas con nuestros preciosos peinados. Easton sale del suyo al mismo tiempo y nos silba.

—¿Adónde vais vosotras dos?

—A Moonglow. Tienen otra noche especial —explico.

Easton arquea una ceja.

—¿Se lo has dicho a Reed?

—No. ¿Debería hacerlo? —No he visto a Reed desde esta mañana.

—Vale. Hasta luego —responde Easton, y baja trotando las escaleras.

—¿Hasta luego... dónde? —grito.

—¿Dónde crees? —Resopla—. Si le digo a Reed que llevas un cinturón como vestido y «bailarinas en jaulas», lo pondrás muy calentito esta noche.

—Entonces imagino que eso significa que Easton y Reed irán a Moonglow esta noche —presupone Valerie.

Ni siquiera intento esconder la sonrisa de satisfacción que se extiende por mi rostro.

Justo después de entrar por la puerta, nos llevan a Valerie y a mí a las jaulas. Supongo que nos recuerdan. Bailamos dos canciones y luego oigo que alguien grita mi nombre. Bajo la mirada a través de las barras y veo a Easton con las manos ahuecadas alrededor de la boca.

Cuando llama mi atención, señala hacia el bar. Sigo la línea de su brazo hasta Reed, que está apoyado contra la barra en prácticamente la misma pose que la primera noche que Valerie y yo bailamos aquí. Solo que esta vez no desaparece.

Espera.

Espera a que baje de la jaula.

Espera a que cruce toda la discoteca.

Espera a que llegue hasta él.

Y entretanto, sus ojos ardientes siguen cada paso que me acerca más a él.

Me detengo cuando estamos a solo un palmo de distancia.

—¿En qué piensas? —pregunto con voz ronca.

Mira con descaro mi pecho y la longitud de pierna expuesta bajo la cortísima y apretada falda negra.

—Sabes exactamente lo que estoy pensando. —Respira hondo—. Pero como estamos en público, solo puedo *pensar* en ello.

Elevo una mano hasta su hombro, y este chico, a quien no le gustan las muestras públicas de afecto, la toma y se la lleva a los labios. Su cálido aliento me roza la palma de la mano y entonces, de un tirón, me acerca a él.

—Estás volviendo locos a la mitad de los chicos aquí —gruñe contra mi pelo.

—¿Solo a la mitad? —bromeo.

—La otra mitad está enamorada de Easton —me informa. Hunde la mano en mi pelo y la baja hasta mi zona lumbar. Un pequeño empujoncito me coloca entre sus piernas. Ambos cogemos aire cuando entramos en contacto.

—¿Quieres bailar? —consigo preguntar.

Apura de golpe lo que sea que esté bebiendo, deja el vaso vacío en la barra y me coge de la mano.

—Vamos.

En la pista de baile, nos pegamos el uno al otro. Uno de sus fuertes muslos encuentra su lugar entre mis piernas. Reed dobla las rodillas para que me coloque encima de él, como si lo cabalgara. Luego me recorre con los dedos la piel recién expuesta de la parte trasera de mis muslos.

Entrelazo los brazos alrededor de su cuello y me cuelgo; confío en él.

—He estado a punto de explotar en los pantalones al verte bailar —me dice con voz ronca al oído.

—¿Sí? ¿Te gusta vernos bailar a Val y a mí juntas? —bromeo. Es la fantasía de todo hombre, creo.

—¿Había alguien más contigo? —Me pasa una mano por el pelo—. Solo te he visto a ti.

Casi me derrito allí en medio.

—Sigue hablando así y puede que esta noche tengas suerte.

Se le entrecorta la respiración e hinca los dedos en mi carne.

—¿Quieres salir de aquí?

Asiento sin poder contenerme. Estoy acalorada y ansiosa, totalmente desesperada por él.

—Deja que busque a Easton y le diga que nos vamos. —Me aprieta la mano y se inclina para darme un ligero beso en la sien. Un beso inocente que me enciende.

—Voy a la barra a por un vaso de agua. —Estoy muerta de sed.

—Vale, vuelvo en un momento.

A Reed se lo traga la multitud a la vez que yo me muevo en la dirección opuesta e intento llamar la atención de un barman. Val sigue todavía en la jaula, meneando su culo bonito.

Un chico mono con el pelo caído y castaño se detiene justo delante de mí. Lleva una camisa abotonada hasta el cuello y en los puños sobre unos pantalones cortos a cuadros. Me resulta vagamente familiar y me pregunto si va al Astor Park.

—Ella Royal, ¿verdad? —pregunta.

Ya he desistido de que la gente me llame por mi apellido de verdad. Levanto un billete de diez entre los dedos y una de las camareras me atiende asintiéndome con la cabeza.

—Agua —articulo con la boca. La chica me vuelve a asentir y yo meto la propina en el tarro. Es mucho dinero por un vaso de agua, pero tengo sed y me imagino que esta es la forma más rápida de que te hagan caso—. Sí, soy Ella. ¿Eres de Astor Park?

—Scott Gastonburg. —Apoya un codo en la barra—. ¿Puedo hacerte una pregunta?

—Claro. —Agarro el vaso que me tiende la camarera y grito un gracias.

—Solo me preguntaba si empezaste con los gemelos y vas ascendiendo en la escala de edad de los Royal, o si simplemente pasas de uno a otro.

Me giro tan rápido que el agua se me derrama en la mano.

—Que te follen.

Levanta las manos.

—Estoy más que dispuesto, cariño, pero mi apellido no es Royal.

Contengo las ganas de tirarle el vaso en la cara al gilipollas.

—Vete a la mierda. —Dejo el vaso en la barra con un golpe, luego me giro y me choco contra Reed.

Me ve la cara e inmediatamente después, la expresión insolente de don Pantalones a Cuadros. Al instante es consciente de lo que ocurre.

Entrecierra los ojos y me coloca detrás de él.

—¿Qué le has dicho? —exige saber.

—No ha pasado nada. —Tiro del brazo de Reed—. Nada. Vámonos.

A Scott o bien le faltan instintos de supervivencia o tiene mucho coraje, porque sonríe y contesta:

—Ellie acaba de ofrecerse a acostarse conmigo, pero le he recordado que no soy un Royal. Ni siquiera un primo, pero, eh, estoy dispuesto a tomar el relevo en cuanto haya terminado con vosotros, chicos.

Reed le pega un puñetazo tan rápido que no tengo oportunidad de reaccionar. Para cuando me percato de lo que ocurre, Scott se encuentra en el suelo y Reed está dándole una paliza. Hasta con el palpitante sonido de la música, oigo el crujido de nudillos contra el hueso.

—¡Reed! ¡Reed! ¡Vamos! —grito y tiro de sus hombros, pero está demasiado centrado en arreglarle la cara a Scott. Otros intentan ayudarme, aunque creo que algunos animan enérgicamente.

Por fin, tres guardias de seguridad se abren paso entre la muchedumbre y separan a Reed de su presa, que está tumbada en el suelo. Le sale sangre de las fosas nasales y tiene un ojo morado.

—Vas a tener que marcharte —le espeta uno de los gorilas vestido con una camiseta negra.

—Vale. —Reed se libera de la mano del guardia de seguridad y me agarra de la muñeca. Sé qué quiere antes de que abra la boca.

—Iré a por Easton —le aseguro.

Reed asiente. Señala a uno de los de seguridad, un rubio que parece comer esteroides para desayunar y niños pequeños para cenar.

—Tú, quédate con ella. Como le vuelva a pasar algo —dice, y hace hincapié en la palabra—, haré que cierren este garito y lo transformen en un parque infantil antes de que cerréis al amanecer.

No espero a que los gorilas y Reed lleguen a un acuerdo. Ya es hora de que Reed salga de aquí. Está hasta arriba de adrenalina y sé que necesita salir del bar antes de que las ganas de meterse en otra pelea lo superen.

—Easton está al lado de los baños —grita Reed mientras los de seguridad lo escoltan hasta la entrada. Le he perdido el rastro a Val, pero tengo que ir a por Easton.

Mientras me alejo, oigo murmullos. La gente más cercana a la pelea ha empezado a cotillear.

—¿Qué acaba de pasar?

—Creo que acabo de ver la proclamación de otro decreto Royal. Si dices algo malo de Ella Royal, tendrás que alimentarte con una cañita durante los próximos seis meses.

—Debe de ser la leche en la cama —puntualiza alguien.

—Las de la calle son muy buenas —dice otra voz—. Esas zorras te dejan hacer de todo.

Los oídos me pitan y me siento tentada de repetir las violentas acciones de Reed con cada uno de estos engreídos. Pero no puedo detenerme porque tengo que ir a por Easton, que está en el pasillo que hay junto a los baños.

Me abro paso entre la multitud, pero Easton no entra en los baños. En cambio, recorre todo el pasillo hasta la puerta de salida.

—Disculpad —murmuro al cruzar la cola de chicas que esperan para entrar al baño y paso junto a una pareja que se da el lote en una esquina que no está demasiado a oscuras.

—Easton —lo llamo, pero no se detiene. Sé que me ha oído, porque veo como su cuerpo se sacude. Sin embargo, sigue adelante.

Me apresuro a recorrer todo el pasillo y salgo por la puerta unos cuantos segundos después de él. Al instante me paro en seco.

Está en el callejón de atrás con otros dos tíos, y no parece que estén disfrutando de una pausa para fumar.

Oh, no. ¿En qué se ha metido Easton?

Los dos tipos tienen el pelo castaño oscuro y peinado hacia atrás. Visten una camiseta blanca y vaqueros de tiro bajo. Apostaría a que si se giraran, les vería los calzoncillos sin problema. No es que quiera, por supuesto. Una cadena de metal cuelga también de una de las presillas del cinturón de ellos.

—Vuelve dentro, Ella. —La voz de Easton suena más dura y fría de lo que nunca la he oído.

—No, espera —responde el tío de la cadena—. Puedes pagar tu deuda con ella si quieres. —Se agarra la entrepierna—. Préstame a la zorra durante una semana y estamos en paz.

Mi vida antes de los Royal estaba llena de sordidez, así que reconozco una estafa cuando la veo.

Entonces recuerdo la noche de fútbol del lunes.

—¿Cuánto? —pregunto al señor Cadena.

—Ella… —empieza a decir Easton.

Lo corto.

—¿Cuánto te debe?

—Ocho mil.

Casi me caigo de culo. Sin embargo, Easton intenta restarle importancia como si ocho mil pavos fueran solo calderilla.

—Te lo daré la semana que viene. Solo tienes que esperar.

Si fuese calderilla, no lo amenazarían en el callejón de un bar, y el señor Cadena lo sabe.

—Sí, claro. Vosotros, los niños ricos, vivís del crédito, pero conmigo no. No tengo vuestros culos morosos en mi lista más de una semana, porque tengo que pagar las facturas. Así que paga tu deuda o vas a ser el ejemplo de la semana de lo que no hay para todos tus amiguitos, porque Tony Loreno no es ninguna casa de empeños.

Easton tensa los hombros y se remueve disimuladamente en el sitio. Mierda. Se está preparando para pelear y todos lo sabemos.

Tony se mete una mano en el bolsillo y el miedo me inunda el pecho.

—Para. —Hurgo en mi bolso en busca de las llaves—. Tengo tu dinero. Espera aquí.

—¿Qué narices haces, Ella? —ladra Easton.

Nadie espera. Todos me siguen hasta el coche.

Capítulo 33

Al mismo tiempo que presiono el mando del coche para abrir el maletero, escruto el aparcamiento en busca del Range Rover de Reed. No lo veo por ninguna parte, así que lo más probable es que haya aparcado al otro lado del edificio.

El alivio me embarga, porque si Reed se topara con esta escena sería lo peor que podría pasar ahora mismo. Ya le ha dado una paliza a un tío esta noche y sé que no vacilaría si tuviera que volver a hacerlo, sobre todo si es para apoyar a su hermano.

—Será mejor que no estés buscando un arma ahí dentro —susurra Tony a mi espalda.

Pongo los ojos en blanco.

—Sí, claro, porque guardo un montón de rifles de caza en el maletero del coche. Relájate.

Levanto la tapa cuadrada que cubre el compartimento donde está la rueda de repuesto y busco la bolsita de plástico que metí debajo del gato. Siento una presión en el pecho cuando saco el fajo de dinero de la bolsa y cuento ocho mil dólares en billetes.

Easton no pronuncia palabra, pero me observa con el ceño fruncido. Frunce el ceño todavía más cuando le pongo los billetes a Tony en la mano.

—Toma. Ya estáis en paz. Es un placer hacer negocios contigo —digo con sarcasmo.

Tony sonríe con suficiencia y cuenta el dinero. Dos veces. Cuando empieza a hacerlo una tercera, Easton gruñe.

—Está todo, imbécil. Date el piro.

—Cuidado, Royal —advierte Tony—. Podría darte un escarmiento solo por gusto.

Pero todos sabemos que no lo hará. Una paliza solo atraería más atención hacia nosotros y hacia sus pequeños «negocios».

—Oh, y a partir de ahora ya puedes ir haciendo tus apuestas en otro lado —dice Tony con frialdad—. Ya no me gusta tu dinero. Me he cansado de tener que verte el careto.

Los dos tíos se van. Tony se mete el dinero en el bolsillo trasero y sí, le veo los calzoncillos por encima de los pantalones.

Cuando desaparecen, me giro hacia Easton.

—¿Qué coño te pasa? ¿Por qué te juntas con esos mierdas?

Se limita a encogerse de hombros.

La adrenalina empieza a recorrerme las venas mientras lo observo, incrédula. Nos podrían haber hecho daño. Tony podría haberlo matado. Y se queda ahí tan pancho, como si nada le importara. Tiene una de las comisuras de los labios arqueada como si contuviera una sonrisa.

—¿Te parece divertido? —grito—. Que casi te maten te la pone dura, ¿es eso?

Por fin habla.

—Ella...

—No, cállate. No quiero oírlo ahora mismo. —Meto la mano en el bolso y agarro el móvil, luego le mando un mensaje de texto a Reed para decirle que Easton se vuelve conmigo y que ya nos vemos en casa.

Todavía tengo la bolsita de plástico en la otra mano, así que la arrojo al maletero intentando no pensar en lo vacía que está. Ocho mil fuera, más otros trescientos de mi sesión de compras con Val hoy. Hasta que Callum me dé los diez mil de paga del mes que viene, solo tengo mil setecientos en mi fondo de escape.

No había pensado en huir al final, no después de todos los cambios positivos en mi vida, pero ahora mismo estoy por coger el dinero y largarme.

—Ella... —repite Easton.

Levanto una mano.

—Ahora no. Tengo que encontrar a Val. —Marco su número con la esperanza de que lo oiga dentro de la discoteca.

Por suerte, responde.

—Hola, ¿va todo bien?

Atravieso con la mirada a Easton.

—Ahora sí. ¿Puedes venir al coche? No nos dejarán volver a entrar en la discoteca.

—Voy.

—Ella. —Easton vuelve a intentarlo.

—No estoy de humor.

Cierra la boca y esperamos a que aparezca Val en un silencio de lo más tenso. Cuando lo hace, obligo a Easton a que se siente en el minúsculo espacio de atrás. Val abre la boca para rebatirme, pero decide, muy inteligentemente, que resultaría inútil.

El viaje a su casa transcurre en un completo silencio.

—¿Me llamas mañana? —pregunta mientras baja del coche. Easton la sigue hasta fuera del coche.

—Sí, y siento lo de esta noche.

Me dedica una sonrisa indulgente.

—Estas cosas pasan, nena. No hay nada que perdonar.

—Buenas noches, Val.

Se despide con la mano y desaparece dentro de la mansión Carrington. En silencio, Easton se acomoda en el asiento del copiloto. Agarro el volante con fuerza y me obligo a centrarme en conducir, pero es difícil cuando estoy a meros segundos de darle una bofetada al muchacho que tengo al lado.

Cuando pasan cinco minutos, mi respiración se ha normalizado y vuelvo a oír la voz de Easton.

—Lo siento.

Percibo arrepentimiento de verdad, así que lo miro a los ojos y contesto:

—Deberías.

Vacila.

—¿Por qué tienes dinero escondido en el coche?

—Porque sí. —Es una respuesta estúpida, pero es todo lo que voy a ofrecerle. Estoy demasiado enfadada como para explicarle nada más.

Pero Easton demuestra que me conoce mejor de lo que creo.

—Te lo dio mi padre, ¿verdad? Así es cómo te convenció de que te vinieras a vivir con nosotros. Y ahora lo guardas en caso de que tengas que marcharte.

Aprieto la mandíbula.

—Ella.

Pego un bote cuando su cálida mano cubre la mía y asciende hasta llegar a mi hombro. Su suave cabello me hace cosquillas en la piel y me obligo a no acariciarlo con una mano. No se merece que lo consuele ahora mismo.

—No puedes irte —susurra junto a mi cuello—. No quiero que te vayas.

Me besa en el hombro, pero no hay nada sexual en el gesto. La forma en que me aprieta los nudillos con la mano no es nada romántica.

—Tu lugar está con nosotros. Eres lo mejor que le ha pasado a esta familia.

Estoy realmente sorprendida. Vale. Guau.

—Eres una de los nuestros —murmura Easton—. Siento lo de esta noche. De verdad, Ella. Por favor... no te enfades conmigo.

El cabreo se me esfuma. Suena como un niño pequeño perdido, y ahora no soy capaz de dejar de acariciarle el pelo.

—No estoy enfadada. Pero, joder, Easton, las apuestas tienen que parar. Puede que no esté ahí la próxima vez para salvarte el culo.

—Lo sé. —Gime—. No deberías haber tenido que salvarme el culo esta noche. Te prometo que te lo devolveré, hasta el último centavo. Yo... —Levanta la cabeza y me da un beso en la mejilla—. Gracias por hacerlo. En serio.

Suspiro y devuelvo la mirada a la carretera.

—De nada.

Cuando llegamos a casa, Reed nos está esperando en el camino que lleva a ella. Observa a Easton con recelo, pero me dirijo al interior antes de que pregunte qué ha pasado esta noche. Easton puede contarle los detalles. Yo estoy demasiado cansada como para revivirlo.

Voy a mi cuarto, me quito el vestido y lo reemplazo con una camiseta extragrande que uso para dormir. Luego me adentro en el baño para desmaquillarme y cepillarme los dientes. Solo son las diez, pero la escenita con Tony me ha dejado agotada, así que apago la luz y me meto en la cama.

Reed entra en mi habitación al cabo de un buen rato. Por lo menos una hora, lo cual me indica que él y Easton deben de haber mantenido una larga charla.

—Le has cubierto las espaldas a mi hermano esta noche. —Su voz ronca viaja hasta mí en la oscuridad y el colchón se hunde cuando se tumba junto a mí en la cama.

No opongo resistencia cuando me envuelve con sus fuertes brazos y me gira para que apoye la cabeza sobre su pecho desnudo.

—Gracias —dice, y suena tan conmovido que me remuevo, incómoda.

—Solo he pagado su deuda. No tiene importancia —respondo, restándole importancia a mi participación en los sucesos de esta noche.

—Y una mierda. Sí tiene importancia. —Me acaricia la parte baja de la espalda—. Easton me ha contado lo del dinero que tienes en el coche. No tenías por qué dárselo a ese corredor de apuestas, pero me alegro de que lo hayas hecho. Le acabo de abrir otro agujero en el culo por haberse relacionado con ese tío. Su otro corredor de apuestas es legal, pero Loreno solo trae problemas.

—Con suerte, dejará de usar corredores de apuestas después de lo de esta noche. —Aunque no estoy convencida de que lo haga. Easton se alimenta de la emoción que obtiene apostando, bebiendo o tirándose a todo lo que se mueve. Ese es él.

Reed me coloca encima de él y ambos nos reímos cuando la sábana se nos lía entre las piernas. La aparta de una patada y luego atrae mi cabeza hacia abajo y me besa. Me acaricia sobre la camiseta a la vez que su lengua persigue la mía dentro de mi boca. Entonces pregunta:

—¿Estás enfadada porque le he dado una paliza a ese imbécil esta noche?

Estoy demasiado distraída con sus manos exploradoras como para entender la pregunta.

—¿Le has pegado a Tony?

—No, al estúpido de Scott. —La expresión del rostro de Reed se endurece—. Nadie puede hablarte así. No lo permitiré.

Reed Royal, mi propio asesino de dragones. Sonrío y me inclino para volverlo a besar.

—A lo mejor esto revela demasiado sobre mí, pero me pone cuando te comportas en plan cavernícola.

Sonríe.

—Pídemelo y te pegaré con una porra en la cabeza para arrastrarte hasta mi cueva.

Rompo a reír a carcajadas.

—Oh, qué romántico, por favor.

—Nunca dije que se me diera bien el romanticismo. —Su voz suena más densa—. Se me dan bien otras cosas, eso sí.

Eso es totalmente cierto. Dejamos de hablar cuando nuestros labios se vuelven a encontrar y luego nos quedamos tumbados, besándonos mientras me manosea todo el cuerpo. Cuando desliza un dedo en mi interior, me olvido de la discoteca, del corredor de apuestas y de la súplica de Easton para que no me vaya. Joder, hasta me olvido de mi nombre.

Reed es lo único que existe. Aquí y ahora; él es el centro de mi universo.

El fin de semana pasa rápido. Callum vuelve a casa el sábado por la mañana, así que Reed y yo nos vemos obligados a tontear en la casita de la piscina. Y el sábado por la noche, Valerie y yo salimos a cenar. Por fin cedo y le cuento todas las cosas sucias que hago con Reed Royal. Ella está encantada, pero me señala que todavía seguimos sin hacer lo más sucio de todo y empieza a tomarme el pelo diciéndome que soy una mojigata.

Pero no me molesta el ritmo lento que ha impuesto Reed. Una parte de mí está más que lista para saltar ese último obstáculo, aunque él sigue conteniéndose, casi como si tuviera miedo de llegar ahí. No sé por qué podría sentirse así, teniendo en cuenta que hemos estado dándonos orgasmos diariamente de otras muchas formas.

El lunes, Reed me lleva al trabajo, y, para mi consternación, el día en el colegio pasa volando. Hoy se celebra la lectura del testamento, pero por mucho que le suplico al reloj que el tiempo pase más lento, la campana final suena antes de que esté preparada. Acto seguido bajo los escalones principales del Astor Park y me dirijo a la limusina que me espera.

Callum no dice gran cosa mientras Durand nos lleva hasta la ciudad, pero cuando llegamos al resplandeciente edificio que alberga las oficinas del bufete Grier, Gray y Devereaux, se gira hacia mí con una sonrisa alentadora.

—Puede que la cosa se ponga fea ahí dentro —me advierte—. Pero ten en cuenta que Dinah es más de ladrar que de morder. En su mayor parte, vaya.

Llevo sin ver a la viuda de Steve desde nuestro primer encuentro en su ático, y no es que me apetezca demasiado volver a verla. Al parecer, ella tampoco tiene ganas de verme a mí, porque nos mira con desdén en cuanto Callum y yo entramos en la sofisticada oficina.

Me presentan a cuatro abogados y me arrastran hasta un cómodo sofá. Callum está a punto de sentarse junto a mí cuando uno de los abogados se mueve y una figura familiar sale de detrás de él.

—¿Qué haces aquí? —pregunta Callum—. Te ordené específicamente que no vinieras.

Brooke se muestra impávida ante su tono.

—Estoy aquí para apoyar a mi mejor amiga.

Dinah se coloca a su lado y las mujeres entrelazan los brazos. Bien podrían ser hermanas, con ese pelo largo y rubio y sus facciones delicadas. De repente caigo en la cuenta de que no sé nada de su historia, y probablemente debería haberle preguntado a Callum sobre ella hace mucho tiempo, porque está claro que las dos son superíntimas.

Si hay que elegir bando, entonces supongo que Brooke y yo estamos en lados opuestos. Mi lealtad está con los Royal. Y por el desdén que reflejan los ojos de Brooke, ella lo sabe. Supongo que se pensaba que me pondría de su parte. Que ella, Dinah y yo haríamos piña contra los malvados hombres Royal. Piensa que las estoy traicionando.

—Le pedí que viniera —dice Dinah con frialdad—. Empecemos, que tenemos reserva luego en Pierre's para cenar.

¿Estamos a punto de sentarnos para escuchar el testamento de su marido fallecido y ella se preocupa de no llegar a tiempo para cenar? Esta mujer es tremenda.

Otro hombre se separa del grupo.

—Soy James Dake. El abogado de la señora O'Halloran. —Le ofrece la mano a Callum, que le mira primero la mano y después posa la vista en Dinah, incrédulo.

No estoy familiarizada con este tipo de eventos, pero es evidente que Callum está confuso y descontento porque Dinah haya traído tanto a Brooke como a otro abogado.

Callum se sienta de mala gana en el sofá, mientras que Brooke y Dinah se sientan en el otro que hay frente a nosotros. Los abogados se acomodan en varias sillas, mientras que el que se encuentra tras el escritorio —el Grier de Grier, Gray y Devereaux— remueve unos cuantos papeles y se aclara la garganta.

—Este es el último testamento de Steven George O'Halloran —pronuncia.

El abogado canoso escupe un montón de rollo legal sobre la herencia de varias personas de las que nunca he oído hablar, dinero que dejó a unas cuantas organizaciones benéficas y algo llamado usufructo vitalicio que se le ha concedido a Dinah. El abogado de Dinah frunce el ceño al escuchar esto, así que no debe de ser bueno para ella. También hay regalos sustanciales a los hijos de Callum, en caso de que, y el abogado tose antes de recitar la línea, «Callum se haya gastado su fortuna en alcohol y en rubias antes de que yo la palme».

Callum apenas sonríe.

—Y a cualquier otra descendencia que sobreviva a mi muerte, le dejo...

Estoy demasiado ocupada pensando en lo de «descendencia» como para centrarme en el resto de la frase de Grier, así que pego un bote de sorpresa cuando Dinah suelta un chillido, indignada.

—¿Qué? ¡No! ¡No voy a aguantar esto!

Me inclino hacia Callum para que me explique lo que ha dicho el abogado y me quedo patidifusa con su respuesta. Al parecer, yo soy la descendencia. Steve me ha dejado la mitad de su fortuna, algo alrededor de... Me siento desfallecer cuando Callum me dice la cantidad. Madre de Dios. El padre al que nunca conocí no me ha dejado millones. No me ha dejado decenas de millones.

Me ha dejado *cientos* de millones.

Voy a desmayarme. De verdad.

—Y un cuarto de la empresa —añade Callum—. Esa parte pasará a estar a tu nombre cuando cumplas los veintiuno.

Al otro lado de la habitación, Dinah se pone de pie y se tambalea sobre los altísimos tacones que lleva al girarse para atravesar a los abogados con la mirada.

—¡Era mi marido! ¡Todo lo que tuvo es mío y me niego a compartirlo con esta don nadie que puede que ni siquiera sea su hija!

—La prueba de ADN... —empieza a decir Callum enfadado.

—¡Tu prueba de ADN! —replica—. ¡Y todos sabemos hasta donde eres capaz de llegar para proteger a tu preciado Steve!

—Se vuelve a girar hacia los abogados—. Exijo otra prueba de paternidad, una que lleve a cabo mi gente.

Grier asiente con la cabeza.

—Estaremos encantados de concederle esa petición. Su marido dejó varias muestras de ADN que se encuentran almacenadas en un laboratorio privado de Raleigh. Me hice cargo del papeleo yo mismo.

El abogado de Dinah habla con un tono calmado.

—Antes de irnos, obtendremos una muestra de la señorita Harper con la que compararla. Yo puedo supervisar el proceso.

Los adultos siguen hablando y discutiendo entre ellos, mientras yo me quedo sentada en un aturdido silencio. Mi mente sigue trastabillando después de haber oído las palabras «cientos de millones». Es más dinero del que podría haber soñado nunca, y una parte de mí se siente culpable por haberlo heredado. No conocía a Steve. No me merezco la mitad de su dinero.

Callum se percata de mi rostro afligido y me da un apretón en la mano, gesto por el cual Brooke tuerce la boca con disgusto. Ignoro la ola de animosidad que me acecha y me concentro en inspirar y espirar.

No conocía a Steve. Él no me conocía a mí. Pero mientras combato contra la sorpresa, sentada, de repente me doy cuenta de que me quería. O al menos, quería quererme.

Me duele el corazón, porque yo nunca tuve la oportunidad de corresponder a ese amor.

Capítulo 34

Horas después de la lectura del testamento, todavía sigo amuermada. Sorprendida. Triste. No sé qué hacer con el nudo de dolor que siento en el estómago, así que me acurruco en la cama y dejo la mente en blanco.

No me permito pensar en Steve O'Halloran ni en que nunca podré conocerlo. Conocerlo de verdad.

No pienso en las amenazas de Dinah mientras Callum y yo salíamos de la oficina del abogado, ni en las ofensivas palabras que Brooke le escupió a Callum cuando este se negó a llevarla a cenar para «hablar». Supongo que quiere volver con él. No me sorprende.

Al final, Reed entra en mi cuarto. Cierra la puerta con pestillo y luego se tiende conmigo en la cama y me estrecha entre sus brazos.

—Papá nos dijo que te diéramos espacio. Así que te he dado dos horas. Pero ya está. Habla conmigo, nena.

Entierro el rostro en su cuello.

—No tengo ganas de hablar.

—¿Qué ha pasado con los abogados? Papá no quiere contarme nada.

Está decidido a hacerme hablar, maldita sea. Me siento con un quejido y lo miro a los ojos, que reflejan preocupación.

—Soy multimillonaria —suelto—. No una millonaria normal, no, una multimillonaria. Estoy flipando ahora mismo.

Tuerce los labios.

—¡Te lo digo en serio! ¿Qué narices voy a hacer con todo ese dinero? —me lamento.

—Inviértelo. Dónalo. Gástalo. —Reed me vuelve a estrechar contra él—. Puedes hacer lo que quieras.

—No... no me lo merezco. —La tímida respuesta se me escapa de los labios antes de hacer nada, y lo siguiente que sé es que todas mis emociones se precipitan a salir a la superficie. Le cuento lo del testamento y la reacción de Dinah, y cuando me di cuenta de que Steve realmente me consideraba su hija a pesar de no haberme conocido nunca.

Reed no hace ningún comentario mientras le suelto todo el rollo, y caigo en la cuenta de que eso es lo que quería de él. No necesito consejo ni consuelo, solo necesito a alguien que me escuche.

Cuando por fin me quedo en silencio, hace algo incluso mejor: me besa profundamente. Y su enorme cuerpo pegado al mío me alivia la ansiedad que siento en el pecho.

Sus labios viajan por mi cuello, la línea de mi mentón y mis mejillas. Cada beso me hace enamorarme más y más de él. Es un sentimiento aterrador, que se me atasca en la garganta y me da ganas de querer huir. Nunca he querido a nadie antes. Sí que quería a mi madre, pero no es lo mismo. Lo que ahora siento es... abrumador. Es una sensación ardiente, dolorosa y poderosa, y la noto en todas partes; me inunda el corazón y me recorre las venas.

Reed Royal está dentro de mí. De forma figurada, pero, ay, Dios, necesito que también este dentro de mí físicamente. Lo necesito y voy a tenerlo. Mueve las manos frenéticamente para aferrame a la cremallera de sus pantalones.

—Ella —gime a la vez que intercepta mis manos—. No.

—Sí —susurro contra sus labios—. Quiero hacerlo.

—Callum está en casa.

Sus palabras me sientan como un jarro de agua fría. Su padre podría llamar a la puerta en cualquier momento, y seguramente lo haga, porque sé que Callum ha notado lo afectada que estaba cuando hemos llegado a casa.

Maldigo de frustración.

—Tienes razón. No podemos.

Reed me besa otra vez; solo me roza levemente los labios antes de bajarse de la cama.

—¿Estarás bien? Easton y yo vamos a salir de birras esta noche con algunos tíos del equipo, pero puedo cancelarlo si necesitas que me quede.

—No, no pasa nada. Ve. Yo todavía sigo digiriendo todo esto del dinero y seguramente no sea buena compañía esta noche.

—Volveré en un par de horas —me promete—. Podemos ver una peli o algo si todavía estás despierta.

Cuando se va, me acurruco otra vez y termino quedándome dormida durante dos horas, lo cual hará que mi reloj biológico se vuelva majara. Me despierto cuando suena mi móvil y me sorprendo al ver el número de Gideon en la pantalla. Tengo todos los números de teléfono de los hermanos, pero esta es la primera vez que Gideon me llama.

Respondo la llamada todavía un poco grogui.

—Hola. ¿Qué pasa?

—¿Estás en casa? —responde con brusquedad.

Me pongo en guardia casi al instante. Solo son tres palabras, pero oigo algo en su voz que me asusta. Está cabreado.

—Sí, ¿por qué?

—Estoy a cinco minutos...

¿Ah, sí? ¿Un lunes? Gideon nunca vuelve a casa de la universidad durante la semana.

—¿Podemos ir a dar una vuelta? Necesito hablar contigo.

Frunzo el ceño.

—¿Por qué no podemos hablar aquí?

—Porque no quiero que nadie nos oiga.

Me siento en la cama, pero todavía no me siento cómoda con su petición. No es que crea que vaya a asesinarme en algún rincón oscuro de la carretera ni nada, pero pedirme que vayamos a dar una vuelta es raro, sobre todo viniendo de Gideon.

—Es sobre Savannah, ¿vale? —murmura—. Y quiero que se quede entre tú y yo.

Me relajo un poco. Pero la confusión permanece conmigo. Esta es la primera vez que Gideon me ha mencionado a Savannah. Yo solo sé de su historia por Easton. Aun así, no puedo negar que estoy loca de curiosidad.

—Te veo fuera —le digo.

Su enorme todoterreno me espera en el camino de casa cuando bajo las escaleras de la parte frontal de la mansión. Me acomodo en el asiento del copiloto y Gideon sale a la carretera sin pronunciar palabra. Está totalmente tenso y tiene los hombros rígidos. Y no me dice absolutamente nada hasta que detiene el vehículo y el motor en una placita cinco minutos después.

—¿Estás acostándote con Reed?

Abro la boca y el corazón empieza a latirme con fuerza, porque no me esperaba la ira que refleja su mirada.

—Mmm. Yo... no —tartamudeo. Es la verdad.

—Pero estáis juntos —presiona Gideon—. ¿Estáis liados?

—¿Por qué me lo preguntas?

—Estoy intentando averiguar cuánto control de daños tendré que hacer.

¿Control de daños? ¿De qué narices habla?

—¿No deberíamos hablar de Savannah? —pregunto, incómoda.

—Todo esto va de Savannah. Y de ti. Y de Reed. —Parece que le cueste respirar—. Sea lo que sea que estéis haciendo, tiene que parar. Ya, Ella. Has de ponerle fin.

El pulso se me dispara.

—¿Por qué?

—Porque no saldrá nada bueno de ahí.

Se pasa una mano por el pelo, lo cual hace que ladeé la cabeza un poco hacia atrás y me llame la atención una marca roja que tiene en el cuello. Parece un chupetón.

—Reed tiene problemas —añade Gideon con voz ronca—. Tiene tantos problemas como yo, y, mira, eres una buena chica. Hay más chicos en Astor Park. Reed se irá a la universidad en poco tiempo.

Gideon pronuncia las palabras a trompicones. Forma un montón de frases inconexas que no logro entender.

—Sé que Reed tiene problemas —comienzo a decir.

—No tienes ni idea. Ni idea —responde, y me interrumpe—. Reed, mi padre y yo tenemos algo en común. Arruinamos la vida de las mujeres. Llevamos a las mujeres hasta el borde del precipicio y luego las empujamos. Eres una persona decente, Ella. Pero si te quedas aquí y sigues con Reed, yo... —Deja de hablar. Su respiración se entrecorta.

—¿Tú qué?

Sujeta el volante con tanta fuerza que los nudillos se le ponen blancos, pero no me ofrece más explicación.

—¿Tú qué, Gideon?

—Tienes que dejar de hacer preguntas y empezar a escuchar —me espeta Gideon—. Termina con mi hermano. Puedes ser su amiga como lo eres de Easton y de los gemelos. No empieces una relación con él.

—¿Por qué no?
—Maldita sea, ¿siempre eres tan difícil? Estoy intentando evitar que te rompan el corazón y que te suicides con un bote de pastillas —suelta por fin.
Oh. Ahora su arrebato tiene sentido. Su madre se suicidó... Ay, Dios, ¿Savannah también intentó algo?
Reed y yo hemos solucionado las cosas, pero no creo que Gideon esté preparado para oírlo. Y sospecho que no va a dejar el tema hasta que acceda a sus locas exigencias. Bueno, pues nada. Las aceptaré. Reed y yo ya se lo ocultamos a Callum. Será fácil ocultárselo a Gideon también.
—Vale. —Alargo una mano y la apoyo sobre la de él—. Terminaré con Reed. Tienes razón, estamos tonteando, pero no es nada serio —miento.
Se vuelve a pasar una mano por el pelo.
—¿Estás segura?
Asiento.
—A Reed no le importará. Y para ser honesta, si tanto te molesta, estoy segura de que estará de acuerdo en que no merece la pena. —Le doy un pequeño apretón en la mano—. Relájate, ¿vale? No quiero mandar al traste la dinámica que tenemos en casa. Me parece bien terminar las cosas con él.
Gideon se relaja y suelta un suspiro precipitado.
—Vale, bien.
Retiro la mano.
—¿Podemos volver ya a casa? Si alguien pasa y nos ve aquí aparcados, todo el mundo hablará de ello mañana en el colegio.
Ríe entre dientes.
—Cierto.
Fijo la mirada en la ventana mientras él arranca el coche y sale del aparcamiento. No hablamos en todo el trayecto de vuelta, y tampoco sale del coche cuando me deja en casa.
—¿Vuelves ahora a la universidad? —pregunto.
—Sí.
Se aleja precipitadamente, y, por alguna razón, no creo que vaya a regresar a la universidad. Al menos no esta noche. También estoy más que un pelín asustada por su arrebato y su extraña petición de que permanezca alejada de Reed. Y hablando del rey de Roma, su Rover está aparcado junto al garaje y verlo ahí

me llena de alivio. Ha vuelto. Y el resto de vehículos no están, ni siquiera la limusina, lo cual significa que Reed y yo estaremos solos.

Me precipito al interior y subo los escalones de dos en dos. En el descansillo, giro a la derecha, hacia el ala este, donde todas las puertas están abiertas a excepción de la del cuarto de Reed. Los gemelos y Easton no están por ninguna parte, y mi dormitorio también está vacío cuando echo un vistazo dentro.

Nunca he estado en la habitación de Reed —él siempre viene la mía—, pero esta noche no voy a esperar a que venga a mí. Gideon me ha descolocado bastante, y Reed es el único que puede darle sentido al extraño comportamiento de su hermano.

Alcanzo su puerta y levanto la mano para llamar en ella, luego sonrío con remordimiento porque Dios sabe que nadie en esta casa llama a la mía. Simplemente irrumpen en mi habitación como si fuera la suya propia. Así que decido darle a Reed un poco de su propia medicina. Por muy infantil que parezca, casi espero que esté masturbándose, solo para darle una lección sobre la importancia de llamar a la puerta.

Abro la puerta de golpe y digo:

—Reed, yo...

Las palabras mueren en mi garganta. Me detengo en seco y ahogo un grito.

Capítulo 35

La ropa cubre el suelo como si fuera un obsceno caminito de migajas de pan. Sigo el sendero con la mirada. Hay un par de tacones tirados. Zapatillas de deporte junto a ellos. Una camiseta, un vestido, ropa interior... Cierro los ojos como si pudiera borrar la imagen de mi cabeza, pero cuando los vuelvo a abrir, nada ha cambiado. Es como si alguien hubiera tirado unas cosas negras de encaje —cosas que yo nunca llevaría— al suelo justo antes de que su dueña se subiera a la cama.

Levanto la mirada y dejo atrás unas fuertes pantorrillas, unas rodillas y un par de manos agarradas sin mucha fuerza. Asciendo por su abdomen, musculoso y desnudo; hago una pausa en el nuevo arañazo que tiene en el pectoral izquierdo, justo donde está el corazón, y me detengo en sus ojos.

—¿Dónde esta Easton? —suelto. Mi mente rechaza la escena. Superpongo una historia distinta a la que tengo frente a mí. Una historia en la que me he adentrado en la habitación de Easton, y Reed, tras haber bebido unas cuantas copas, también se ha equivocado de habitación.

Pero me mira impasible y me reta a cuestionar sus acciones.

«Ni de coña va ese tío a quedarse sin un polvo». Oigo como Val me susurra esas palabras al oído.

—¿Y los chicos con los que te ibas a ir de birras? —Le pregunto a la desesperada. Le doy a Reed toda la oportunidad de darle la vuelta a la tortilla y de que me cuente una historia distinta a la que tengo delante de mí. ¡Miénteme, maldita sea! Pero es terco y permanece en silencio.

Brooke emerge de detrás de él como un fantasma y la tierra se detiene. El tiempo se ralentiza cuando recorre su columna vertebral con la mano, sigue con su hombro y, luego, con todo su torso.

No hay duda de que está desnuda. Besa a Reed en el cuello sin dejar de mirarme. Y él no se mueve. Ni un ápice.

—Reed… —susurro. Al hacerlo, siento un arañazo doloroso contra mi garganta.

—Es lamentable ver lo desesperada que estás. —La voz de Brooke suena inapropiada en esta habitación—. Deberías marcharte. A menos… —Estira una pierna desnuda y la envuelve alrededor de las caderas de Reed, que siguen tapadas por el algodón de sus pantalones de chándal—. A menos que quieras mirar.

El dolor de mi garganta empeora cuando permanece a su alrededor y él no hace ningún esfuerzo por apartarse.

Brooke baja la mano por un brazo de Reed y cuando llega a la muñeca, él se mueve. Se sacude ligeramente, es casi imperceptible. Observo, alarmada, como sus dedos se deslizan por sus abdominales, y antes de que agarre lo que había empezado a creer que me pertenecía, me giro con brusquedad y me voy.

Me había equivocado. Me he equivocado sobre tantas cosas que mi mente no es capaz de catalogarlas todas.

Cuando nos mudábamos tan a menudo, pensaba que necesitaba echar raíces. Cuando mamá empezó a salir con su enésimo novio, el que se me quedaba mirando con lascivia, me pregunté si necesitaba una figura paterna en mi vida. Cuando me quedaba sola por la noche y ella trabajaba muy duro y durante muchísimas horas de camarera, de *stripper* y Dios sabe de qué más para alimentarme y proporcionarme ropa que ponerme, anhelaba tener hermanos. Cuando enfermó, recé porque tuviéramos dinero.

Y ahora tengo todo eso, y estoy peor que antes.

Corro hacia mi habitación y lleno mi mochila con maquillaje, dos pares de pantalones ajustados, cinco camisetas, ropa interior, ropa de *stripper* de Miss Candy's y el vestido de mi madre.

Mantengo las lágrimas a raya porque llorar no me va a sacar de esta pesadilla. Solo saldré de aquí si me marcho.

Un silencio sepulcral invade la casa. El recuerdo de la risa de Brooke cuando le dije que había un hombre bueno y decente en esta casa resuena en mi cabeza.

Visualizo mentalmente a Brooke y Reed. A él, besándola. Tocándola. Una vez fuera de la casa, me tambaleo hacia una esquina y vomito.

El ácido me cubre la boca, pero yo prosigo. Arranco el coche al instante. Lo pongo en marcha y, con manos temblorosas, salgo del camino que lleva a la casa. Sigo esperando ese momento de película en el que Reed sale corriendo, me llama a gritos y me pide que vuelva.

Pero no ocurre.

No hay ningún encuentro bajo la lluvia. La única humedad que hay es la de las lágrimas que ya no soy capaz de contener durante más tiempo.

La monótona voz del GPS me dirige hasta mi destino. Apago el motor, saco los papeles del coche y los meto en el interior de mi libro de Auden. Este escribió que cuando un niño se cae del cielo tras sufrir calamidad tras calamidad, sigue teniendo un futuro en algún lugar y que es inútil mortificarse por la pérdida de alguien. ¿Pero sufrió de verdad? ¿Habría escrito eso si hubiese vivido *mi* vida?

Apoyo la cabeza sobre el volante. Sacudo los hombros por el llanto y vuelvo a vomitar. Salgo del coche y, con paso tembloroso, me dirijo hacia la entrada de la estación de autobuses.

—¿Estás bien, cielo? —me pregunta la señora tras el mostrador de venta, preocupada. Su amabilidad me provoca otro sollozo.

—Mi... Mi abuela ha muerto —miento.

—Oh, lo siento mucho. ¿Vas al funeral, pues?

Asiento una sola vez.

Ella teclea en el ordenador. Sus largas uñas hacen clic contra las teclas del teclado.

—¿Ida y vuelta?

—No, solo ida. No creo que vuelva.

Sus manos se detienen sobre el teclado.

—¿Seguro? Es más barato comprar un billete de ida y vuelta.

—Ya no me queda nada aquí. Nada —repito.

Creo que es la angustia de mis ojos la que hace que deje de hacerme preguntas. Imprime el billete en silencio. Lo tomo y me subo al autobús que no va a alejarme lo bastante ni lo suficientemente rápido de este lugar.

Reed Royal me ha hecho trizas. Me he caído del cielo y no estoy segura de poder volver a levantarme. Esta vez no.

Agradecimientos

Cuando decidimos fusionar nuestras mentes y colaborar en este libro, no teníamos ni idea de lo adictivo que terminaría siendo y lo obsesionadas que estaríamos con los personajes y el mundo que creamos. Ha sido una alegría escribir este proyecto desde el primer momento, pero no hubiésemos sido capaces de sacarlo de nuestro cerebro y ponerlo en vuestras manos sin la ayuda y el apoyo de algunas personas bastante increíbles:

Las lectoras cero Margo, Shauna y Nina, a las que todavía caemos bien a pesar del brutal final con el que les hemos dejado.

Nuestra publicista Nina, por su contagioso entusiasmo y su continuo ánimo hacia este proyecto.

Meljean Brook, por elaborar un concepto de portada que encaja con esta saga tan absurdamente bien.

Y, por supuesto, estaremos siempre en deuda con todos los blogueros, reseñadores y lectores que se han tomado tiempo para leer, reseñar y hablar con entusiasmo de la novela. ¡Vuestro apoyo y vuestras opiniones hacen que todo este proceso valga la pena!

Sigue a Wonderbooks
en www.wonderbooks.es
en nuestras redes sociales
y suscríbete a nuestra *newsletter*.

Acerca tu teléfono móvil a los códigos
QR y empieza a disfrutar de información
anticipada sobre nuestras novedades y
contenidos y ofertas exclusivas.